Né en 1959 à Gifu au Japon, Hideo Okuda publie son premier roman en 1997. Il est l'auteur d'une œuvre riche et variée, plusieurs fois primée.

Hideo Okuda

LES REMÈDES DU DOCTEUR IRABU

Traduit du japonais
par Silvain Chupin

Wombat

TEXTE INTÉGRAL

TITRE ORIGINAL
In the Pool
Édition française publiée avec l'accord de Okuda Hideo / Bungeishunju,
par l'intermédiaire du Bureau des Copyrights français, Tôkyô
© Okuda Hideo, 2002

ISBN 978-2-7578-4266-9
(ISBN 978-2-919186-23-5, 1ʳᵉ publication)

© Éditions Wombat, 2013, pour la traduction française

À la piscine

1

Personne dans le couloir – le silence régnait au premier sous-sol de la Clinique générale Irabu. Kazuo Ômori, les yeux levés vers la plaque « Service de psychiatrie », poussa un soupir. Aucun rayon de soleil ne pénétrait de l'extérieur, la lumière blafarde des tubes fluorescents lui paraissait extrêmement peu fiable et – simple impression peut-être – le fond de l'air lui semblait même frisquet.

Malin, la façon dont il s'est débarrassé de moi… Voilà ce que pensait Kazuo au fond de lui. Cela faisait plusieurs jours d'affilée qu'il venait à la clinique pour se plaindre qu'il n'était pas dans son assiette, pourtant le jeune médecin généraliste qui le recevait était demeuré froid et indifférent. Hier, après la prise de sang qu'on lui avait faite, celui-ci s'était même permis une pointe d'ironie en lui suggérant de boire du Yakult. Et aujourd'hui, les radios et les examens d'urine n'ayant rien révélé d'anormal, il lui avait finalement proposé de passer à leur service de psychiatrie. « Le médecin est un homme un peu original mais, une fois habitué, vous verrez que tout se passera bien », lui avait-il assuré avec un petit sourire crispé, sans daigner le regarder dans les yeux.

C'était donc ça, les cliniques, de nos jours. Aucune considération pour les patients en consultation externe.

Frappant timidement à la porte, Kazuo entendit aussitôt, de l'intérieur, une voix stridente lui lancer :

– Entrez, entrez donc !

On aurait dit la voix de Shigeo Nagashima, l'entraîneur des Yomiuri Giants. Kazuo ouvrit la porte et fit un pas dans le cabinet de consultation.

Il leva la tête. Un médecin obèse, âgé probablement d'une quarantaine d'années, était confortablement installé dans un fauteuil. À un bureau dans un coin de la pièce, une jeune infirmière aux cheveux teints en châtain lisait un magazine et ne lui adressa pas un regard.

– Je vous en prie, je vous en prie, dit le médecin, un large sourire aux lèvres, en lui désignant un siège.

Kazuo s'assit sur le tabouret et jeta un coup d'œil au badge sur sa poitrine. « Ichirô Irabu, docteur en médecine », lut-il. L'héritier de cette clinique, peut-être.

– Vous voulez un café ?

– Pardon ?

– Un café. Enfin, c'est de l'instantané. Hé, ma petite Mayumi ! Deux cafés !

Irabu passa la commande sans attendre la réponse. L'infirmière – la petite Mayumi en question – se leva en silence et, d'un air mécontent, sortit de la pièce en faisant claquer ses sandales.

– J'ai regardé votre dossier, dit Irabu d'un air ravi. C'est psychosomatique.

– Pardon ?

– Une maladie psychique. Un cas typique.

– Ah bon…

Kazuo était un peu agacé. On ne parlait pas ainsi, de but en blanc, à un malade qui n'avait déjà pas le moral.

– Les types du dessus, on se demande ce qu'ils fabriquent… (Irabu pointa un doigt vers le rez-de-chaussée, là où se trouvait la médecine générale.) Ils ont tellement la frousse d'avoir affaire à des maladies fonctionnelles qu'ils n'envoient jamais personne ici.

– Oui… je vois.

– Ils veulent tout de suite s'accaparer les patients.

– Ah…

Kazuo n'était pas certain que ce soit exact, mais jugea plus simple de ne pas le contredire.

Cela faisait un mois que sa santé s'était détraquée. Une nuit, il avait eu une douleur à la poitrine. Il était couché, quand il avait d'abord eu l'impression que l'air se raréfiait, puis, quelques secondes après, il avait commencé à suffoquer. Pris de panique, il avait sauté de son lit et s'était précipité sur le balcon de son appartement. Cela s'était calmé au bout d'une minute, mais il s'était retrouvé en nage. Le souvenir de la peur qu'il avait éprouvée alors s'était gravé en lui.

Ensuite, il avait eu la colique. Il ne tenait même pas la distance entre chez lui et la gare. Malgré ses trente-huit ans, il s'était souillé à plusieurs reprises. N'osant pas en parler à sa femme, il avait chaque fois mis un caleçon neuf acheté dans une supérette.

Évidemment, il y avait eu de l'orage dans l'air. Une femme dont le mari rentre le soir avec un caleçon différent de celui qu'il portait le matin ne saurait garder son calme. Pressé de questions, Kazuo lui avait tout avoué pour dissiper le malentendu. Néanmoins, une autre querelle s'en était suivie. Naomi, sa femme, avait en effet été si profondément touchée de compassion

9

qu'elle avait acheté des couches pour adultes à son malheureux mari !

Il ne lui avait plus adressé la parole pendant trois jours.

La colique avait duré une semaine avant que les symptômes s'atténuent. Mais, à la place, c'était son estomac tout entier qui avait commencé à faire des siennes. Il gargouillait constamment, sans aucune cohérence. C'était difficile à expliquer, et la première fois qu'il était allé consulter, lorsqu'il s'était plaint que ses intestins se comportaient «comme une classe indisciplinée», le médecin lui avait ri au nez.

Depuis hier il avait mal au fond du bas-ventre. Compulsant immédiatement *La Médecine en famille*, il avait compris qu'il s'agissait du foie. D'ailleurs, à la réflexion, ces derniers temps, aux toilettes, il ne réussissait pas à vider entièrement sa vessie. Or, Kazuo devenait fébrile à la moindre indisposition, aussi s'était-il rendu à la clinique dès le matin, aujourd'hui encore.

– Et alors ? Vous entendez des voix, c'est ça ?

Kazuo fronça les sourcils.

– Vous voyez, de là-haut. (Irabu leva une main et attrapa une poignée d'air.) Comme si quelqu'un vous parlait.

– Non, répondit-il en secouant doucement la tête.

– Bon… Avez-vous l'impression qu'on vous surveille, par exemple ?

– Non.

Il fronça davantage les sourcils et dévisagea Irabu.

– … Bah quoi ? Vous n'avez pas des sortes d'idées délirantes ? fit ce dernier sur un ton manifestement déçu. D'accord, ce serait donc un simple malaise général ?…

Irabu s'enfonça dans son fauteuil et se cura l'oreille avec le petit doigt.

L'infirmière leur apporta les cafés, que les deux hommes sirotèrent en silence pendant un moment. Il était horriblement fort et sucré. L'infirmière s'était remise à feuilleter son magazine.

– Euh… C'est quoi exactement, un « malaise général » ? s'enquit Kazuo.

– Une indisposition physique due au stress, répondit simplement Irabu.

– Vous voulez dire que c'est le stress qui serait la cause de ma douleur à la poitrine et des coliques qui ont suivi…

– Oui.

Les commissures de ses lèvres se relevèrent. Sa réponse était d'une franchise terrible.

Entendant le mot « stress », Kazuo se mit à penser à sa vie quotidienne. Tout allait pour le mieux avec sa femme et il n'avait pas de problème particulier au travail. Certes, s'il cherchait la petite bête, sa sœur et lui étaient quelque peu gênés aux entournures quant à savoir lequel des deux devrait prendre en charge leurs parents dans l'avenir, mais la situation n'en était pas encore au point de le tourmenter.

– Que ce soit bien clair entre nous : je ne vais pas vous poser de questions, dit Irabu.

– Pardon ?

– Chercher la raison de votre stress, ou étudier le moyen de l'éliminer, moi, je ne fais pas ce genre de choses.

– Ah bon ?

– Allons, on ne voit plus que ça à la télé ces derniers temps : des psychothérapeutes qui écoutent les soucis de malades et qui les encouragent à faire ceci ou cela. Ce genre de trucs, ça ne sert à rien du tout.

– … Vous croyez ?

– Oui. D'abord, à quoi ça servirait que je vous écoute ? Imaginons que vous êtes tourmenté parce que vous avez tué quelqu'un dans le passé. Eh bien, tout ce que je pourrais faire, ce serait vous conseiller de vous livrer à la police, ou alors vous extorquer de l'argent pour acheter mon silence, non ?

– Oui, mais je n'ai rien fait de tel.

– Votre patron serait un type détestable, je vous demanderais si vous avez le courage de l'empoisonner ; mais, vous, on voit tout de suite que vous n'avez pas le cran, poursuivit Irabu sans lui prêter aucune attention. Ce que je veux dire, c'est que le stress fait partie de la vie, et qu'on perd son temps à vouloir faire disparaître quelque chose qui est là depuis toujours. Et donc, il vaut mieux s'orienter dans une autre direction.

– C'est-à-dire…

Ah, il y a donc quelque chose à faire ? pensa Kazuo.

– Vous pourriez tendre une embuscade à des yakuzas dans un quartier chaud la nuit, par exemple.

Kazuo fronça les sourcils pour la troisième fois.

– Ça, c'est du frisson garanti ! Vos petits soucis sans intérêt, vous pouvez être sûr que ça vous en débarrassera. Parce que, forcément, ils ne vont pas vous lâcher. Quand on est en danger de mort, vous croyez qu'on a le temps de se tracasser pour sa famille ou son boulot ?

Parle-t-il sérieusement ? Kazuo ressentit un léger vertige.

– Il y a réellement des cas de guérison de ce genre. Par exemple, un malade était tellement obsédé par la propreté qu'il ne pouvait même pas toucher des pièces de monnaie. Il est victime du grand tremblement de terre de Kôbe et, tout d'un coup, alors qu'il se démène chaque jour comme un possédé, hop ! il est complètement guéri… Vu qu'on ne peut pas provoquer un tremblement de terre, eh bien, les yakuzas, ce serait peut-être une option judicieuse.

– Donc, vous voulez que je m'en prenne à des yakuzas…

– Mais non, c'est juste un exemple ! s'exclama Irabu, qui se mit à rire à gorge déployée. Vous pourriez également prendre des congés et voyager dans une zone de guerre, ça ferait l'affaire aussi.

Kazuo poussa un soupir. Il songea à partir. Il voulait bien croire que sa maladie était due au stress, mais il préférait aller se faire soigner dans un autre hôpital.

– Quoi qu'il en soit, je ne m'embêterai pas à chercher la cause de votre stress. De toute façon, même quand ils réussissent à l'identifier, les gens qui ont des troubles psychosomatiques sont incapables de les éradiquer complètement. Et puis, monsieur Ômori, vous avez trente-huit ans, c'est pile l'âge où ce genre de choses arrive. Comme la rougeole chez les adultes, je dirais.

Kazuo pensa à demander à ses collègues s'ils ne connaissaient pas une clinique avec un bon service de psychiatrie. Mais non, c'était impossible. La rumeur se répandrait immédiatement, et il n'avait pas spécialement envie que les ressources humaines l'apprennent.

– Bien, on vous fait une piqûre ? lança Irabu en se tapant sur les cuisses. Aujourd'hui, puisque vous dites avoir mal au foie, on va vous faire une injection d'antibiotique pour soulager la douleur.

Le rideau du fond s'ouvrit et, lorsqu'il se retourna, Kazuo eut la surprise de voir que l'infirmière se tenait déjà prête.

– Euh… La prochaine fois plutôt…

– Allons, allons, vous n'êtes plus un enfant ! Vous n'allez tout de même pas avoir peur d'une petite piqûre !

Irabu se leva et marcha en crabe jusqu'à la porte pour lui barrer la sortie.

N'ayant pas le choix, Kazuo se déplaça et posa son bras gauche sur le support à injections. Il avait mal au foie, c'était un fait, et puis, quand même, dans une clinique, il ne devait pas risquer grand-chose.

Vue de près, l'infirmière, qui lui avait paru assez vulgaire de prime abord, se révélait d'une beauté remarquable. Cependant, elle n'était pas du tout aimable.

– Serrez un peu le poing, lui dit-elle négligemment.

Elle enroula un garrot autour de son bras et appliqua du désinfectant.

Juste à côté, Irabu regardait comme pour surveiller ses gestes. Cette infirmière était-elle novice ? Bah, Kazuo s'en moquait, il souhaitait seulement qu'elle en termine au plus vite. Il lâcha un discret soupir.

À cet instant, sous le support, le devant de la blouse blanche se fendit, révélant les cuisses blanches de l'infirmière.

Comme il ne pouvait pas rester les yeux fixés dessus, Kazuo détourna la tête. Il avait dû les voir moins de trois secondes, pourtant ces cuisses – leur blancheur et jusqu'aux veines sous la peau translucide – s'étaient imprimées sur ses rétines.

Une petite douleur lui parcourant le bras, il comprit qu'elle avait enfoncé l'aiguille.

La piqûre se termina sans incident, et Kazuo fut rendu à la liberté.

– Monsieur Ômori, vous revenez demain, d'accord ? dit Irabu. Avec les maladies psychosomatiques, il est important de consulter tous les jours.

– Très bien, acquiesça Kazuo, sans se poser de question.

L'image résiduelle des cuisses de l'infirmière se réfléchissait encore sur l'écran de son cerveau.

– Au fait, monsieur Ômori, vous n'auriez pas un schizophrène dans votre entourage ?

– Comment ?

– Un schizophrène. Un type qui a plusieurs personnalités mélangées dans le cerveau.

Et pourquoi j'en aurais un ? pensa Kazuo, qui, se retenant de l'envoyer promener, lui répondit calmement « Non ».

– Ah bon ? C'est dommage, j'aimerais tellement en voir un au moins une fois. Ça ne court pas les rues, vous savez.

Irabu éclata de rire, ce qui secoua son ventre.

– Euh… vaut-il mieux que je prenne du repos ?

– Non, pas spécialement.

Irabu se fourrait un doigt dans le nez.

– Alors, je peux aller travailler comme d'habitude…

– Bien sûr. Mais, en plus de votre travail de bureau, je pense qu'il serait souhaitable que vous fassiez du sport. (Il frotta son doigt couvert de morve contre le mur.) Il faut faire un peu d'exercice tous les jours, jusqu'au moment où on est à bout de souffle.

Considérant à nouveau cet homme dont la corpulence lui évoquait un bovin, Kazuo fut un instant tenté de lui rétorquer que c'était plutôt à lui de se remuer les fesses.

Quand il sortit du service de psychiatrie, une infirmière d'un certain âge qui passait dans le couloir le dévisagea avec insistance. Il sentit quelque chose comme de la compassion dans son regard.

Arrivé à son bureau en début d'après-midi, Kazuo passa quelques coups de fil et expédia les affaires courantes. Employé d'une maison d'édition, il faisait partie de la rédaction d'un mensuel pour femmes au foyer. C'était un poste où il ne comptait pas ses heures, mais comme la surcharge de travail revenait à intervalles fixes, ce n'était pas si pénible une fois qu'on avait pris ses marques. On venait de terminer le bouclage, aussi la rédaction était-elle relativement calme en ce moment.

Tout en buvant le café que lui avait apporté une stagiaire, il parcourut machinalement des yeux son lieu de travail. La cause de son stress se trouvait-elle ici ?

La rédactrice en chef était une pinailleuse qui l'agaçait parfois à cause de sa gestion des dépenses digne d'une ménagère, mais elle se révélait généralement inoffensive avec ses subordonnés. Quant au rédacteur en chef adjoint, il avait les nerfs si fragiles qu'on l'avait déjà hospitalisé pour un ulcère à l'estomac. Il n'osait même pas élever la voix. Et ses collègues étaient tous, eux aussi, des personnes paisibles. Mais qui, en contrepartie, laissaient à désirer dans le travail. Ici, c'était même plutôt lui le plus pointilleux.

Malgré tout, Kazuo était un peu secoué de savoir que ses soucis de santé étaient vraisemblablement dus au stress. Il se voyait comme quelqu'un d'audacieux. Il travaillait dur et s'était constitué des relations variées. Non seulement il ne s'était jamais senti isolé, mais, depuis l'enfance, dans les groupes, il avait toujours eu un tempérament de meneur.

Peut-être était-il arrivé au bout du rouleau ? Ce docteur Irabu avait parlé de « rougeole chez les adultes », mais qui sait, après tout, s'il n'avait pas raison ? Kazuo ne se nourrissait pas à heures fixes, et il ne faisait pas de sport.

Du sport?… Il croisa les bras au-dessus de sa tête et s'étira.

Il n'avait plus pratiqué sérieusement un sport depuis qu'il avait quitté l'université. Il ne skiait pas, ne jouait pas au golf. Il avait tendance à mépriser les « loisirs ». Le dimanche soir, quand il voyait les reportages sur les autoroutes embouteillées, il pensait avec dédain que les gens étaient stupides. Sa femme Naomi disait elle aussi qu'elle préférait rester à la maison. N'ayant pas d'enfants, rien ne les obligeait à aller pique-niquer à la campagne.

Il se demanda vaguement s'il n'allait pas essayer de se mettre au sport.

Une bonne suée n'était sûrement pas désagréable. Et peut-être son ventre, qui se relâchait depuis quelque temps, retrouverait-il ainsi sa fermeté d'antan.

Assis sur sa chaise, il se mit à effectuer des rotations des épaules. Il ressentit une petite douleur plutôt plaisante.

Qu'allait-il faire? Le plus pratique, c'était sûrement le jogging…

Mais non, il ne se voyait pas courir tous les jours.

Le tennis? Il fallait un partenaire, et puis, de toute façon, il n'avait jamais pratiqué ce sport. Quant à la musculation, l'idée lui répugnait parce que ça sous-entendait qu'on souffrait d'un complexe physique.

Penchant la tête d'avant en arrière et de gauche à droite, Kazuo avait commencé sans s'en rendre compte à faire des exercices d'étirement.

Dans ce cas, pourquoi pas la natation?… Il acquiesça à sa propre proposition. Enfant, il était bon nageur, et comme cela n'impliquait pas de charge sur les genoux ou sur les reins, il ne risquait pas de se blesser.

À quand déjà remontait la dernière fois qu'il avait nagé ? Il ferma les yeux et fouilla dans sa mémoire. Là encore, cela datait de ses années d'études, réalisa-t-il avec stupéfaction. Il y avait seize ans qu'il n'était pas allé à la piscine.

Kazuo décrocha le téléphone sur son bureau et appela chez lui. Naomi étant illustratrice, elle passait le plus clair de son temps à la maison.

– Dis, il y a une piscine près de chez nous ? lui demanda-t-il.

– Qu'est-ce qui te prend tout à coup ? lui rétorqua-t-elle d'un ton soupçonneux.

– Allez, dis-moi. Il y en a une ?

– Oui, il y a une piscine au sous-sol du gymnase municipal.

– Et il est où, ce gymnase ?

– Comment, tu ne sais pas ? À côté de la bibliothèque. Le grand bâtiment couleur crème.

– Euh… La bibliothèque, tu dis ?

Il se sentait un peu piteux de poser cette question. Bien qu'habitant dans le quartier depuis cinq ans, il ne connaissait quasiment rien du voisinage. Naomi parut elle-même tomber des nues et trouva seulement à lui répondre qu'elle était à cinq minutes à pied de chez eux.

– Pourquoi tu veux le savoir ? lui demanda-t-elle.

– J'ai envie d'aller nager.

– Toi ?

– Bah oui, moi.

– Tu veux venger Suzu Chiba[1] de ses déboires, c'est ça ?

---

1. Nom d'une championne japonaise de natation. *(Toutes les notes sont du traducteur.)*

– Je me demande bien où tu vas chercher une idée pareille.

– Qu'est-ce qui te prend, alors ?

– C'est le médecin. Il m'a demandé de faire du sport.

– Quoi, tu es encore allé à la clinique aujourd'hui ?

Le ton de sa voix à l'autre bout du fil se faisait plus incisif.

– Oui, j'y suis allé. Mais, de toute façon, c'est sur le chemin de mon boulot.

– Chéri, tu es malade, non ?

Ce que disait sa femme n'avait aucun sens.

Au début, Naomi n'avait pas manqué de s'inquiéter de la santé de son mari, mais depuis peu son attitude envers lui était devenue beaucoup plus rude. Même lorsqu'il était allongé, le visage livide, sur le canapé, elle n'en faisait aucun cas et lui lançait des remarques absurdes, du genre : « Sur tes radios, il n'y avait pourtant ni ombre suspecte ni forceps. » Bon sang ! Il n'avait jamais été opéré, alors comment un chirurgien aurait-il pu oublier de lui retirer des forceps ? !

Le comble, c'était que, tout en sachant qu'il n'avait pas d'appétit, Naomi lui servait ses plats préférés, comme de la daurade cuite à la sauce soja. Il en laissait la moitié, et il fallait voir sa mine réjouie lorsqu'elle débarrassait son assiette !

Quoi qu'il en soit, ayant obtenu confirmation qu'une piscine se trouvait bien dans leur voisinage, Kazuo coupa court à la conversation et raccrocha. Il étala une carte de Tôkyô sur son bureau. Examinant leur arrondissement, il constata qu'il y avait en effet un gymnase municipal à cinq minutes à pied de chez lui. Il trouva également le numéro de téléphone en annexe. Par habitude de journaliste, il téléphona pour prendre des renseignements. Le gymnase était ouvert tous les jours de neuf heures à vingt et une heures, et il en coûtait seulement deux cents yens de l'heure.

Kazuo était d'ores et déjà résolu à se remettre à la natation.

Bon, je vais aller acheter un maillot de bain, pensa-t-il. Enfin, plus personne ne dit «maillot de bain» aujourd'hui… C'est slip de natation. J'aurai aussi besoin d'un bonnet et de lunettes de plongée.

Kazuo ne tint bientôt plus en place. Il décida de trouver un prétexte pour s'éclipser du bureau. Dans l'édition, c'était facile : il suffisait de dire qu'on avait un rendez-vous à l'extérieur et personne ne vous soupçonnait.

Trente minutes plus tard, il était dans un grand magasin de Shinjuku.

L'été approchant, il y avait plein de jeunes gens au rayon vêtements de bain, bien qu'on fût en semaine. Les couleurs vives des tenues étaient éblouissantes.

Après maintes hésitations, il opta pour un slip plutôt que pour un short. Il en profita pour se procurer également un sac et une serviette de bain.

Il se sentait étrangement fier d'acheter des articles de sport. «Oui, c'est un de mes hobbys», avait-il envie de fanfaronner devant la vendeuse.

Tandis qu'il faisait ainsi ses emplettes, l'idée de retourner au travail lui parut bientôt fastidieuse.

Il regarda sa montre : il était quinze heures.

Il appela son bureau et annonça à la stagiaire qu'il se rendait à une conférence de presse et ne repasserait pas après. Il prit un train dans l'intention de rentrer chez lui. Mais non, ce serait trop compliqué d'expliquer à Naomi, aussi décida-t-il de se rendre directement au gymnase municipal. Il était excité comme un collégien qui court à la piscine pendant les vacances d'été.

Soudain, sa conscience se tourna vers son bas-ventre. Sa douleur sourde dans la région du foie avait en grande partie disparu. L'effet de la piqûre, peut-être. Kazuo révisa quelque peu son jugement sur l'excentrique docteur Irabu.

Arrivé au gymnase municipal, il acheta un ticket de piscine pour deux heures.

Les vestiaires étaient propres et équipés de douches et de séchoirs. Même s'il payait des impôts non négligeables, Kazuo avait rarement eu l'occasion de fréquenter des établissements publics. Franchement, j'aurais dû venir ici plus tôt, se dit-il en faisant claquer sa langue d'excitation.

Il traversa le couloir et pénétra dans la piscine couverte. L'odeur nostalgique du chlore lui chatouilla les narines. L'eau bleue s'étalait en abondance devant ses yeux. Sans doute parce qu'on était en semaine, il n'y avait presque personne. Ça me plaît ici… Il sentit son cœur s'alléger.

Consciencieusement, il fit des étirements au bord de la piscine.

Il mit un pied dans l'eau. Elle n'était pas du tout froide. De l'eau tiède juste comme il faut.

Il s'immergea jusqu'à la poitrine. C'était très agréable. Il s'enfonça légèrement. C'était encore plus agréable.

Se propulsant avec les pieds de la paroi de la piscine, il se mit à nager le crawl. Il exécutait les mouvements lentement, afin de s'échauffer.

Ses bras effectuaient de grands moulinets, repoussant l'eau avec douceur, comme pour la ménager. Il battait aussi des jambes sans se presser. Il nagea ainsi vingt-cinq mètres.

Une vive émotion l'étreignit à la pensée qu'il savait encore nager.

Il vira et parcourut une autre longueur. Cette fois, afin de savourer pleinement la sensation de flotter, il bougea les bras et les jambes encore plus lentement.

Pendant qu'il nageait, un sourire s'épanouit spontanément sur son visage. Il se sentait terriblement bien dans l'eau. À mi-longueur, il se mit sur le dos et vit les lumières qui scintillaient au plafond.

Merde alors. Pourquoi il m'a fallu tant de temps pour m'apercevoir que c'était si plaisant ?

Le cœur de Kazuo était plein d'un bonheur qu'il n'avait plus goûté depuis plusieurs années.

2

– Hmm. C'est la natation, alors.

Irabu croisa avec difficulté ses jambes trop courtes et se pencha en avant comme pour aplatir le gras de son ventre.

– Oui, j'ai trouvé un endroit très peu fréquenté près de chez moi. J'y suis allé nager, et c'était vraiment revigorant.

Assis sur le bord du tabouret, Kazuo lui raconta ce qu'il avait fait à la piscine la veille. Il mourait d'envie d'en parler à quelqu'un. Hier soir, il avait longuement exposé les bienfaits de la natation à sa femme Naomi, qui avait fini par l'envoyer promener lorsqu'il avait entrepris de la suivre jusque dans son bain. Le plaisir d'avoir fait de l'exercice l'avait rendu euphorique. Et aujourd'hui, après une nuit de sommeil, il était toujours gonflé à bloc. Il avait déjà pris la décision de retourner à la piscine après le bureau.

– Et donc, vous dites que votre douleur au ventre s'est atténuée ?

– Oui, tout à fait. C'est toujours la pagaille à l'intérieur, mais je n'avais pas été aussi en forme depuis deux semaines.

– Il y a également l'effet de la piqûre, veuillez ne pas l'oublier, fit Irabu en fronçant le nez.

– Oui, bien sûr, s'empressa d'approuver Kazuo. La douleur s'est calmée juste après.

– La natation est ce qu'on appelle un exercice d'oxygénation. On ne fait pas mieux pour se maintenir en bonne forme physique.

Irabu porta à ses lèvres le café que l'infirmière avait servi. Ses lunettes se couvrirent de buée.

– C'est un exercice d'oxygénation ?

– Oui. Comme pour l'aérobic, il s'agit de faire de l'exercice tout en s'oxygénant. Dans l'haltérophilie, on bloque la respiration, n'est-ce pas ? On devient facilement constipé dans ce genre de sport. (Il essuyait ses lunettes avec un pan de sa blouse.) C'est pour ça que vous n'avez pas besoin de nager vite. Mieux vaut y aller lentement, en répétant les mêmes mouvements aussi longtemps que possible.

– D'après vous, il est donc souhaitable que je nage sur de longues distances ?

– Oui.

Les verres de ses lunettes étaient couverts de traînées grasses.

Kazuo eut quelques regrets en entendant ces paroles. Hier, même s'il n'avait pas oublié comment nager, il n'avait pu se cacher qu'il avait perdu de son endurance : il était hors d'haleine après avoir nagé deux cents mètres d'affilée. Il avait dû faire des pauses.

À partir d'aujourd'hui, il entendait relever le défi de nager sur de longues distances. À l'époque de ses études, il pouvait aisément nager mille ou deux mille mètres.

– Bon, on vous fait une piqûre ?

– Euh… Aujourd'hui aussi ?

– Oui. Ce médicament doit être injecté chaque jour, répondit Irabu, avant d'interpeller l'infirmière : Hé, ma petite Mayumi !

Résigné, Kazuo obtempéra et changea de siège. Quand il posa le bras sur le support à injections, la même infirmière que la veille se tint devant lui. Il se souvint : ses cuisses blanches.

Elle se pencha, une seringue à la main. Pour une raison qui échappait à Kazuo, aujourd'hui aussi Irabu s'était approché tout à côté et la regardait opérer attentivement. Les yeux de Kazuo se baissèrent instinctivement. Cette fois encore l'infirmière laissait voir ses cuisses blanches à travers la fente de sa blouse.

Une vive douleur lui parcourut le bras gauche. Il ferma les yeux. À cet instant, il lui sembla qu'Irabu lâchait un petit gémissement.

Une fois au bureau, Kazuo ne parvint guère à se concentrer sur son travail.

La natation occupait son esprit.

Aujourd'hui, il voulait nager cinq cents mètres d'affilée.

Il expédia la réunion avec les pigistes sans s'éterniser en bavardages et, sous prétexte d'aller rechercher de la documentation, il prit le chemin d'une grande librairie du quartier. Il voulait un manuel de natation. S'il était si vite à bout de souffle, c'était bien sûr parce qu'il avait perdu de sa condition physique, mais il se demandait si ce n'était pas surtout dû à sa façon de nager.

Il y avait plusieurs ouvrages au rayon des livres spécialisés. Cependant, les schémas et la mise en pages étaient assez confus et aucun ne le tenta. L'idée lui traversant soudain l'esprit, il se dirigea vers le rayon des magazines. Il pensait chercher dans d'anciens numéros de *Tarzan*, le magazine pour hommes, mais, par hasard, il se trouva que le dernier numéro, exposé bien en évidence sur une table, était un spécial natation. Il eut l'impression d'être béni des dieux.

En le parcourant, il constata non seulement que les illustrations étaient faciles à comprendre, mais qu'on y avait même adjoint un catalogue d'accessoires de natation.

Zut, si j'avais su, je n'aurais pas déjà acheté un maillot, pensa-t-il avec un pincement de regret. Il songea même à en acheter un deuxième.

Il entra dans un café des environs et feuilleta tranquillement le magazine. Les mouvements des bras et des jambes du crawl étaient expliqués sur une série de schémas.

Ah, je vois. Il faut allonger les bras dans le prolongement de la ligne centrale du corps.

Quoi ? « Quand les mains poussent l'eau, les bras doivent former un angle de quatre-vingt-dix degrés » ?

À trente-huit ans, il n'était pas encore trop tard pour apprendre.

Je n'étais donc qu'un débutant, se dit-il. Ses épaules s'affaissèrent légèrement.

Cependant, il n'était pas sérieusement découragé. Il lui suffirait de maîtriser ces techniques pour être capable de nager beaucoup mieux.

Sur sa chaise près de la vitrine, Kazuo se mit à imiter les moulinets des bras représentés sur les illustrations. Il allongea la main gauche en avant, ne la ramena pas vers l'arrière immédiatement, puis allongea la droite de manière à la poser sur la première.

Il leva soudain la tête. À une table un peu plus loin, un couple le regardait en se retenant de rire.

Il s'éclaircit la gorge et se sentit rougir.

Terminant son café glacé, il songea à son emploi du temps de la journée.

À seize heures, séance photos au studio d'Ebisu…

Il n'avait sans doute pas besoin d'y assister. Photographier des ustensiles de cuisine, après tout, c'était du travail à la chaîne.

De retour au bureau, il écrivit sur le tableau blanc : « Séance photos à Ebisu. Rentrerai directement chez moi après », puis, quand il fut dans la rue, il appela le photographe avec son téléphone portable.

– Faites comme d'habitude. Je compte sur vous, lui dit-il, avant de se dépêcher de gagner la gare.

Quand il monta dans le train pour rentrer chez lui, Kazuo avait le cœur joyeux.

En chemin, il regardait le paysage par la vitre quand il vit un panneau publicitaire pour la « Clinique générale Irabu » et, pour une raison qui lui échappait, il se prit à penser que c'était un endroit digne de confiance.

Une fois arrivé au gymnase municipal, il acheta de nouveau un ticket de deux heures et entra dans la piscine. Il lui suffit d'être enveloppé d'eau pour se détendre.

Ce jour-là, il réussit à nager cinq cents mètres sans s'arrêter.

Après s'être entraîné en vérifiant sa posture dans le numéro de *Tarzan*, il était parvenu à atteindre son objectif dès la première tentative.

Lorsqu'il était sorti de la piscine, il était si essoufflé qu'il ne tenait pas debout et s'allongea sur un banc.

Il éprouvait une sensation d'accomplissement indicible. Demain, je ferai mille mètres, pensa-t-il.

Mais non, pourquoi être aussi pressé ? Il se contenterait d'améliorer sa distance de cent mètres chaque jour.

Kazuo était impatient d'être au lendemain. Tout en reprenant son souffle, il se sentit d'une humeur joyeuse comme il ne l'avait plus été depuis il n'aurait su dire combien d'années.

– Ah bon ! Ça fait une semaine que vous tenez le rythme ?

Ce jour-là aussi, Irabu écoutait Kazuo en croisant tant bien que mal ses jambes trop courtes.

– Oui, c'est un tel plaisir, vous n'imaginez pas. Tous les matins, ça fait maintenant partie de mon programme quotidien.

Ces temps-ci, Kazuo n'avait plus que la natation à la bouche.

Il fréquentait chaque jour et la piscine et la clinique. La Clinique générale Irabu était fermée aux consultations le dimanche, mais la piscine ouvrait, précisément, tous les jours de la semaine. Comme il ne pouvait pas quitter constamment son travail avant l'heure, il avait décidé que la piscine était sa priorité de la matinée. L'emploi du temps qu'il s'était fixé était le suivant : il nageait pendant une heure à partir de neuf heures, puis passait directement à la clinique avant de se rendre au bureau vers midi.

Tout récemment, il avait enfin réussi à nager deux mille mètres d'affilée. Il avait retrouvé toutes ses sensations d'autrefois.

– Moi aussi, je ne fais pas assez de sport en ce moment, murmura Irabu en se caressant le menton. Et puis ces imbéciles de la médecine générale qui m'ont conseillé de faire au moins un petit régime…

Quand on voit ton double menton, c'est pas difficile à comprendre, pensa Kazuo, sarcastique.

– Cette piscine, où est-elle ?

– Au sous-sol du gymnase municipal près de chez moi. C'est plus propre que les clubs de sport à la noix et, surtout, il n'y a pas grand monde.

– Hmm…

– Vous pourriez y aller. D'ici, ce n'est pas à plus de deux arrêts de train.

– Mouais, grogna Irabu en se pinçant la peau du cou. Le problème, c'est que je ne sais pas respirer sous l'eau.

– Ne vous inquiétez pas pour ça. Vous apprendrez très vite. Et puis, vous n'êtes pas obligé de nager le crawl, vous pouvez faire de la brasse.

– On n'a pas froid ?

– Non, l'eau est chauffée. Elle est maintenue à trente degrés, c'est presque trop chaud.

– Mais je ne sais pas plonger non plus.

– Les plongeons sont interdits. Ce n'est pas un entraînement de club de natation, vous savez, on peut passer un bon moment comme on veut.

– À vous écouter, monsieur Ômori, c'est vrai que ça a l'air amusant.

– C'est très amusant, croyez-moi, confirma Kazuo sur un ton propre à faire des envieux.

Sans doute tenté, Irabu alla même jusqu'à le consulter sur ce qui était le mieux entre le slip et le short. Toi, en slip ?! pensa Kazuo, mais évidemment il le garda pour lui et se contenta de répondre que les deux lui iraient très bien.

Après quoi vint le moment habituel de la piqûre. Se faire piquer tous les jours n'était certes pas une partie de plaisir, mais, au fond de lui, ce désagrément était compensé par la vision des cuisses de l'infirmière.

Il détournait les yeux à l'instant où l'aiguille s'enfonçait dans sa peau. Il voyait alors Irabu, qui se tenait à côté, se pencher sur lui.

Aujourd'hui, il l'entendit déglutir. Quel drôle de type, pensa-t-il, sans s'en soucier outre mesure. Une fois qu'on s'y était accoutumé, même un bovin ne manquait pas de charme.

Néanmoins, quelle ne fut pas sa surprise, le lendemain matin, quand il vit qu'Irabu l'attendait devant le gymnase.

– Eh oui, me voici ! fit ce dernier dans un glousse-ment en lui tendant brusquement la main.

On aurait dit une jeune secrétaire ayant poursuivi son amoureux jusque dans un pays étranger. Une Porsche caca d'oie était garée à proximité.

– Hier, après, je suis allé dans un grand magasin pour acheter un maillot. J'ai choisi un short.

Irabu sortit d'un sac le short en question pour le montrer à Kazuo, qui n'avait rien demandé.

– Ah…

– Il y en avait aussi avec des motifs à fleurs.

Le short était jaune fluo. Kazuo se trouva à court de commentaires.

– … Euh, docteur, et votre travail ?

– Non, aucun problème. J'ai pris ma matinée. Il n'y a jamais personne de toute façon…, dit Irabu d'un air indifférent. Bon, on y va ?

Ils se changèrent dans les vestiaires et entrèrent dans la piscine.

Kazuo se mit à nager le premier. Irabu, tel qu'il le connaissait, n'en ferait qu'à sa tête.

Il fendait l'eau avec de lentes rotations des bras. Il battait deux fois des pieds à chaque rotation. C'était le truc qu'il avait saisi au cours de cette semaine. Les battements de pied n'avaient pas tant un rôle de propulsion que celui, complémentaire, de maintenir les fesses à flot. De cette façon, on nageait plus facilement sur de longues distances.

Il suffisait de jeter un coup d'œil à l'horloge au bout du couloir pour savoir approximativement en combien de temps on avait nagé telle distance. Kazuo parcourait cinq cents mètres en douze minutes. Cela signifiait qu'il pouvait nager deux mille mètres en quarante-huit minutes. Or, cela tombait bien, car cette piscine appliquait la règle selon laquelle le maître nageur, d'un signal, vous imposait de faire une pause toutes les cinquante minutes. S'il nageait donc de neuf heures précises jusqu'au coup de sifflet, il pouvait d'emblée accomplir les deux mille mètres qu'il s'était fixés comme objectif.

Il prenait sa respiration de chaque côté alternativement. Respirer une fois par rotation était précipité, mais il avait du mal à le faire une fois toutes les deux rotations, et c'était grâce au *Tarzan* qu'il avait réussi. Comme c'était quelque chose qu'il n'avait jamais fait à l'époque de ses études, le soir du jour où il y parvint correctement, il se sentit si fier de lui qu'il importuna sa femme dans son travail pendant une demi-heure.

À présent, il nageait mille mètres sans ressentir de fatigue. Seuls les mille premiers mètres étaient douloureux, mais une fois cette distance franchie, cela devenait facile. Peut-être le rythme auquel il absorbait l'oxygène se stabilisait-il ? Sa femme était épatée qu'il réussisse à nager deux mille mètres, mais, selon la formule de Kazuo, quand on pouvait nager mille mètres, alors deux mille mètres n'étaient pas le double mais les mille mètres d'à côté. Si on lui en donnait le temps, il réussirait peut-être à nager cinq mille mètres d'affilée.

Mille cinq cents mètres. Il allait à une allure de plus en plus vive. C'était vers cette distance qu'une étrange sensation d'ivresse l'envahissait progressivement. Était-ce la joie de se rapprocher des deux mille mètres, ou bien quelque chose d'autre, de plus que cela ? Il pouvait affirmer sans exagération qu'il nageait ces mille premiers mètres si ennuyeux et monotones uniquement pour le plaisir d'éprouver cette sensation.

Le sifflet du maître nageur retentit à l'intérieur de la piscine.

Kazuo s'arrêta de nager et marcha sans se presser vers le bord. Bien qu'il fût encore tôt, il y avait déjà un peu de monde et la plupart des gens tournaient vers lui un regard empreint de respect. Il était le seul à s'adonner uniquement à la nage. Dommage qu'il n'y ait pas de femmes plus jeunes, se dit-il flatteusement. Le matin, on ne voit que des femmes d'un certain âge, voire âgées. Je viendrai en fin de journée quand le boulot me le permettra. À cette heure-là, il y aura des jeunes secrétaires qui rentrent du travail.

– Monsieur Ômori, vous êtes impressionnant ! lui lança Irabu au moment où il sortit de la piscine.

Lui-même avait nagé en faisant des pauses. Kazuo lui avait jeté un coup d'œil de temps en temps et, en effet, il s'était contenté de nager la brasse, comme si le crawl avait été hors de sa portée.

– C'est une question d'habitude. Moi aussi, la première fois, j'étais essoufflé au bout de deux cents mètres, répondit Kazuo tout en s'essuyant avec sa serviette.

Puis il se massa doucement les bras et les jambes.

31

– Ouah, c'est vachement bien… Dites, il faut que vous m'appreniez !

– Oui, bien sûr, acquiesça Kazuo dans l'intention de lui faire plaisir.

– Alors on va prolonger, d'accord ?

– Quoi, maintenant ? fit Kazuo, qui laissa tomber sa serviette.

– Oui, dit Irabu avec un grand sourire insouciant.

Cet homme n'avait-il donc aucune retenue ? Et d'abord, que faisait-il de son travail ?

– Euh… Vous devez me recevoir en consultation après, vous vous souvenez ?

– Oui, je sais. Mais on s'en fiche, on n'est pas à une heure près.

Kazuo finit par céder, et ils prirent un ticket de prolongation pour continuer de nager. Enfin, pour être exact, Kazuo fut cantonné au rôle d'entraîneur et se consacra entièrement à Irabu pendant une heure.

– Docteur, l'air, il faut l'inspirer par la bouche et l'expirer par le nez.

Il eut beau le lui répéter cent fois, Irabu ne cessait d'avaler de l'eau par le nez et d'avoir les larmes aux yeux.

– Docteur, vous avez une bonne flottabilité naturelle, alors inutile de battre des pieds si fort.

C'était une allusion voilée à son embonpoint, pourtant Irabu avait l'air plutôt content de lui, comme si la flottabilité était un don qu'il avait reçu du ciel.

– Docteur, vous avez un gros cou, alors inutile de forcer pour le tourner.

Vers la fin, il lui parla en termes plus durs. Ce fut le seul moment où son visage exprima de l'agacement.

Puis, leurs deux heures de natation terminées, ils se rendirent ensemble à la clinique dans la Porsche d'Irabu.

Dans la voiture, ce dernier, le visage en feu, lui parla avec enthousiasme de la natation. Il semblait lui aussi ivre du plaisir que procurait le sport.

Irabu prenait apparemment le même chemin que lui. Kazuo eut l'impression d'être légitimé dans son propre engouement.

Son travail allait l'accaparer davantage dorénavant, mais la natation était bien la seule chose qu'il n'avait pas l'intention de rayer de son agenda. Elle occupait déjà une place aussi importante dans sa vie que les trois repas quotidiens.

– Écoute, chéri, si tu es fatigué, pourquoi tu ne te reposes pas ? demanda Naomi d'un air maussade en voyant que son mari gardait le lit pendant le week-end.

– Ça va aller. Je me ferai masser au retour.

Il y avait plus de deux semaines qu'il s'était mis à la natation et, à l'évidence, il commençait à ressentir les effets de la fatigue. Il avait l'impression d'avoir un poids mort sur les épaules et sur le dos. Même des pansements magnétiques ne pourraient plus rien y faire.

– Tu n'as pas besoin de nager absolument tous les jours.

– Ça a un sens de nager tous les jours. Tu sais pourquoi les marathoniens n'arrêtent jamais de s'entraîner ? Parce que s'ils s'arrêtent trois jours, il leur en faut trois autres pour retrouver leur condition de départ.

– Mais tu ne veux pas faire de compétition.

– Je suis en forme quand je nage.

C'était un fait. Hormis sa colique chronique, ses troubles intestinaux s'étaient passablement dissipés. La nuit, il s'endormait facilement. Fatigue et forme physique ne s'excluaient pas forcément.

– Et puis, si je suis de plus en plus fatigué, c'est parce que ma posture n'est pas encore parfaite. En l'améliorant encore un peu…

– Dis, tu connais l'ivresse du coureur ? l'interrompit Naomi. Quand on court longtemps, le cerveau sécrète de l'endorphine et on se sent euphorique.

– Oui, je connais.

Il en avait entendu parler. C'était ce qu'on appelait une « drogue naturelle ».

– Tu ne crois pas que c'est ça, ton addiction à la natation ?

– « Addiction », tu y vas un peu fort, non ? répliquat-il, légèrement vexé.

– Vu de l'extérieur, ça y ressemble, je t'assure. Si c'est pour ta santé, tu pourrais nager seulement un jour sur deux, non ? Et puis c'est normal de se reposer quand on est fatigué.

– L'idéal, c'est de faire du sport une fois par jour, jusqu'au moment où on est à bout de souffle.

– Un idéal, c'est juste un idéal. En prison, il paraît qu'on ne fait du sport qu'une fois par semaine.

– Et alors ?

Qu'est-ce que c'était que cette comparaison ?

– Pour l'être humain, mieux vaut un mode de vie plus modéré. Quand tu étais célibataire, ça ne te dérangeait pas de boire du lait après la date de péremption.

– Ça, c'est de l'histoire ancienne. Quand j'étais jeune, mon estomac et mes intestins étaient sous protection divine. Mais en vieillissant, eh bien, Dieu…

À cet instant, le téléphone sonna dans le salon. Sa femme sortit de la chambre. Elle revint peu après en disant :

– C'est un ami à toi.

– Qui ?

– Aucune idée. Il a demandé : «Mon copain Kazuo, il est là ?» On aurait dit un gamin de huit ans.

Collant à son oreille le combiné sans fil qu'elle lui tendait, il entendit la voix d'Irabu. Il lui demandait s'il avait du temps libre aujourd'hui, ce à quoi Kazuo répondit oui malgré lui.

– Hé, Ômori, si on allait à la piscine du parc Toshima ?

Il n'en crut pas ses oreilles : deux hommes adultes à la piscine d'un parc d'attractions ?

– Il y a une piscine à parcours là-bas, alors on pourra nager plus facilement. C'est vrai, ce qui compte dans les exercices d'oxygénation, ce n'est pas la distance ou le nombre, c'est la durée. Donc je me dis que ce sera plus efficace. Et puis, on pourra faire des pauses quand on veut.

– Euh…, fit Kazuo, ne sachant trop que répondre. Une piscine à parcours ?

Depuis qu'il y avait goûté, Irabu ne pouvait plus se passer de la natation. Le pli était pris depuis plusieurs jours : chaque matin, il nageait avec Kazuo à la piscine municipale, puis les deux hommes se rendaient ensemble à la clinique.

– Oui. Il paraît qu'elle fait dans les quatre cents mètres de circonférence.

– On ne va pas être dérangés par les enfants ? Je veux dire, le parc Toshima un dimanche…

– Ça ira, ça ira. J'ai écouté la météo, et il devrait pleuvioter dans l'après-midi. La saison des pluies n'est pas encore terminée et il fait un peu frais, alors je ne pense pas qu'il y ait beaucoup de monde, dit gaiement Irabu. Je viens vous prendre à la gare. Dans une demi-heure, d'accord ?

– Euh…

Le docteur avait déjà raccroché. Le combiné toujours à la main, Kazuo fronça les sourcils.

– C'est super, tu t'es fait un copain ! (Ayant apparemment deviné qui était à l'autre bout du fil, Naomi esquissait un sourire.) Le parc Toshima, c'est ça ? Je suis sûre que vous allez passer un dimanche épatant !

Voulant au moins éviter de s'y retrouver seul avec lui, entre hommes, Kazuo insista pour que Naomi les accompagne.

– C'est non, et tu le sais très bien, déclina-t-elle froidement.

Il se rendit à la gare à contrecœur et Irabu arriva dans sa Porsche caca d'oie. Il portait des lunettes de soleil Gucci.

Tout en regardant par la vitre les nuages bas qui obstruaient entièrement le ciel, Kazuo pria pour ne pas tomber sur quelqu'un qu'il connaissait.

Mais sa crainte se révéla sans fondement. La pluie se mit à tomber pour de bon en début d'après-midi et il n'y avait quasiment personne dans la grande piscine.

– C'est comme si on l'avait réservée pour nous tout seuls, s'amusa Irabu tout en nageant la brasse.

Kazuo fit mine de ne pas l'avoir entendu et s'appliqua uniquement à nager.

Il était certes commode de ne pas avoir à virer, mais, comme au gymnase municipal, il y avait des temps de pause imposés et l'on ne pouvait donc pas nager aussi longtemps qu'on le souhaitait.

Alors, qu'est-ce qu'on est venus faire ici ? se demanda Kazuo, découragé.

Sous la pluie qui martelait la surface de l'eau, il continuait en silence à exécuter ses mouvements de crawl.

Finalement, la fatigue avait bien été un phénomène transitoire. En gardant à l'esprit que ce n'était pas la distance mais la durée qui comptait, sa posture dans l'eau devenait de plus en plus confortable et Kazuo pouvait à présent nager en ayant presque la sensation de marcher.

Son rendement au travail s'était lui aussi amélioré. Comme il avait décidé de nager chaque matin à partir de neuf heures, il voulait éviter de faire des heures supplémentaires jusque tard dans la nuit. À cette fin, il supprimait les réunions inutiles et traitait par courriel ou par fax tout ce qui pouvait l'être sans contact direct.

Il s'abstenait aussi de prendre part aux conversations oiseuses dans la rédaction. Il considérait comme des imbéciles ses collègues qui traînassaient sans raison au bureau. Quant à ceux qui, au prétexte de la bonne entente, allaient boire un verre ensemble tous les soirs, ils étaient pour lui des cœlacanthes pitoyables. Du temps libre, on pouvait en trouver autant qu'on voulait.

Bientôt, l'envie le prit d'aller faire aussi quelques longueurs au retour du bureau.

Quand, sa journée de travail terminée, il se préparait à rentrer chez lui, il ressentait comme une démangeaison dans le dos.

Non, ce n'est pas raisonnable, se dit-il. Si Naomi l'apprenait, elle piquerait une colère et lui reprocherait d'être accro. En son for intérieur, lui-même avait un peu honte.

Mais ses tiraillements s'évanouirent quand il s'en ouvrit à Irabu.

– Moi, je nage déjà aussi le soir, lui dit imperturbablement ce dernier. C'est mon corps qui le réclame. Je n'y peux rien.

Il lui expliqua que, selon la thérapie développée par un pionnier de la psychiatrie, un certain Morita, « laisser faire » aux gens tout ce qu'ils voulaient était ce qu'il y avait de mieux.

En tout cas, Irabu avait apparemment trouvé une autre piscine à proximité de la clinique, où il allait nager le soir.

– Parce que c'est gênant de fréquenter la même piscine deux fois par jour.

Kazuo n'aurait jamais cru entendre une telle phrase dans sa bouche, mais, de fait, cela l'encouragea.

Il déplia un plan du centre de Tôkyô et chercha une piscine près de son bureau.

Par chance, il y avait, assez proche pour qu'il s'y rende à pied, une piscine scolaire qui était ouverte au public entre dix-neuf et vingt et une heures. Par conséquent, même dans les moments où il serait débordé, il pourrait s'éclipser pour aller nager en prétextant qu'il sortait dîner.

Il y avait toujours à proximité une piscine où il pouvait nager quand il en avait envie. Sa poitrine se gonfla à cette seule pensée.

Et, naturellement, l'occasion ne tarda pas à se présenter.

Ce jour-là, la séance photos au studio s'achevant plus tôt que prévu, il fut libre avant dix-neuf heures. Et si je rentrais de bonne heure à la maison, pour une fois ? pensa-t-il, mais il sentit jaillir en lui l'envie d'aller nager de nuit. La météo n'y était peut-être pas étrangère : on était en pleine saison des pluies, et pourtant il ne pleuvait pas. Par une soirée aussi estivale, les terrasses des cafés devaient faire le plein.

Kazuo enfonça promptement sa carte dans la pointeuse et fourra dans son sac le maillot et la serviette qu'il avait mis à sécher dans la kitchenette.

Je veux juste voir à quoi l'endroit ressemble, se dit-il en guise de justification. Je me contenterai de faire trempette…

Arrivant là-bas, il découvrit un bâtiment si beau et si élégant qu'il eut du mal à croire qu'il s'agissait du gymnase d'un collège. Il acheta un billet sans hésitation.

Située en centre-ville, la piscine était encore moins fréquentée que celle près de chez lui. Et, pour son bonheur, la majorité des quelques baigneurs étaient de jeunes secrétaires sortant du travail.

Je ne parlerai de cet eldorado à personne au boulot, pensa-t-il en souriant pour lui-même.

Les jeunes secrétaires marchaient dans l'eau le long du bord. À côté d'elles, seul dans son couloir, Kazuo fendait l'eau avec souplesse. Il ne s'arrêtait pas, multipliant les virages en culbute.

Il avait l'impression d'être un véritable athlète. Il lui semblait que tous les regards étaient braqués sur lui.

Il ne ressentait aucune fatigue. Son corps lui paraissait même plus léger que lorsqu'il avait nagé ce matin.

Quand il eut franchi les mille mètres, il n'entendit plus les bruits environnants.

Non, cette expression n'est pas exacte. Il n'entendait plus que le paisible murmure de l'eau, et les voix ou les autres bruits ne parvenaient plus à ses oreilles. Cela se passait toujours ainsi, mais c'était encore plus marqué ce soir.

Quand il dépassa les mille cinq cents mètres, il commença à se sentir de mieux en mieux. Quelque chose s'insinuait dans son cerveau comme l'encre imbibe le papier. Une sensation de toute-puissance l'envahissait. Était-ce l'endorphine dont lui avait parlé sa femme ? Peu importait. De toute façon, c'était beaucoup plus sain que de picoler.

Puis le sifflet du maître nageur retentit. Ce son, plus strident que les autres, lui vrilla les tympans.

Kazuo avait finalement nagé deux mille mètres ce soir aussi.

Tandis qu'il faisait ses étirements sur le bord de la piscine, une des jeunes secrétaires lui lança un regard plein de respect. Il ne se dit pas qu'il avait rêvé. Elle l'avait incontestablement regardé avec beaucoup de chaleur dans les yeux.

Alors, qu'est-ce que tu en penses ? Ça te change de ton patron, pas vrai ? murmura-t-il intérieurement.

Il ressentait environ un pour cent de culpabilité. En fin de compte, j'ai nagé deux fois dans la même journée, se disait-il.

Mais les quatre-vingt-dix-neuf pour cent restants étaient pure satisfaction.

Dans le train du retour, les salariés et les ivrognes aux visages fatigués lui apparurent comme des sous-hommes qui ne vivaient que par la force de l'habitude.

Un soir, il était vautré dans le canapé en train d'étudier le numéro spécial natation de *Tarzan*, quand Naomi arriva avec deux tasses de thé.

– Dis, je peux te poser une question ?

– Oui, quoi ?

Kazuo se redressa et plongea une rondelle de citron dans sa tasse.

– Physiquement, comment tu te sens ?

– Bien.

Il prit seulement une demi-cuillerée de sucre.

– Dans ce cas, pourquoi tu vas tous les jours à la clinique ?

– Ça… Je vais mieux, c'est certain, mais j'ai encore la colique, et puis je me sens un peu ballonné.

– Donc ça veut dire que tu n'es pas en forme, lui rétorqua-t-elle en avançant les lèvres.

– Ce n'est pas ça. Je suis en voie de guérison. C'est juste que mon système nerveux est en train de s'adapter.

– Mouais…

Naomi but une gorgée de thé d'un air peu convaincu.

La télé était restée allumée, et on entendait des *talento* pousser des cris perçants. Ils se chamaillaient à propos d'un sujet aussi insignifiant que de savoir ce qu'ils avaient envie de manger.

Ayant terminé son thé, Kazuo s'allongea de nouveau dans le canapé.

– Dis, lui demanda Naomi d'une petite voix, tu vas continuer la natation jusqu'à quand ?

– Toujours.

– Tu feras des pauses de temps en temps ?

– Je te l'ai déjà dit, non ? Si on s'arrête, c'est plus dur quand on reprend.

– Et alors, quelle importance ? Tu n'as absolument pas besoin de nager deux mille mètres tous les jours.

– J'ai envie de nager.

– Tu vas te sentir coupable si tu arrêtes ?

– Mais non, ça n'a rien à voir !

Ayant perçu un soupçon d'acrimonie dans la question de sa femme, il lui avait répondu avec un peu d'agacement.

– Tu sais, j'ai lu quelque chose dans un livre…, reprit-elle en s'asseyant au fond du canapé et en levant les bras au-dessus de sa tête. Quand quelqu'un pratique

41

tous les jours le jogging, la natation ou bien l'aérobic, à un moment ça devient sa raison de vivre. (Elle parlait les yeux fixés au plafond.) Par conséquent, il a besoin de sport pour conserver son équilibre psychique. Et si, à cause d'un accident, il ne peut plus pratiquer, il éprouve une sensation de perte, comme si une personne de sa famille était morte.

Quelle exagération, pensa Kazuo. Il n'avait même pas envie de la contredire.

– Il y a un homme qui courait deux fois par jour depuis longtemps et, à un moment, il a été contraint d'arrêter parce qu'il s'est blessé au genou. Eh bien, figure-toi qu'il a fait une dépression et qu'il s'est suicidé.

– Écoute…

– Je ne crois pas que tu ferais ça, toi.

– Bien sûr que non.

– Pourtant, en ce moment, j'ai l'impression que tu en as les symptômes. Tu dis que c'est mieux que de picoler, mais moi, je pense qu'il n'y a pas de différence. Dans le sens où c'est toujours une dépendance à quelque chose.

– Une dépendance ? Là, tu exagères, tu ne crois pas ?

– Non, parce que c'est la vérité.

Exaspéré, il changea de côté et lui tourna le dos.

– Tu n'es pas en bonne santé depuis plusieurs semaines, et moi, je sais pourquoi.

Il ne répondit pas. Il faisait semblant de lire un magazine.

– Je pense que c'est quelque chose qui s'est accumulé au fil des années.

Sa position dans le canapé n'était pas confortable mais, par entêtement, il se força à la conserver.

– Depuis que tu as la trentaine, on dirait que tu es devenu imbu de toi-même. Les hommes sont tous comme ça, sans doute. Dès qu'on cesse de vous traiter comme des jeunes, vous prenez tout à coup tellement d'assurance… Quand tu me parles de ton travail, c'est toujours pour dire «Untel qui est à tel poste est un imbécile» ou bien «Le responsable de telle chose est un incapable». Quand tu n'avais pas encore trente ans, tu étais différent, mais depuis que tu as des gens sous tes ordres, tu es devenu trop sévère. Avec cet air de dire «Qui le fera si ce n'est pas moi qui m'en charge?»… Satô, ton subordonné qu'on a invité une fois à la maison, il a fait une erreur un jour et tout ce que tu as trouvé à dire, c'est «Ce type n'a aucun avenir», tu te souviens? Tu as dit que ça ne servait à rien de le réprimander. Mais les relations humaines, ça ne se passe pas comme ça, et puis on est censés s'entraider dans le travail…

– Tais-toi! lança-t-il avec hargne.

Elle l'avait piqué au vif.

Un silence s'installa entre eux pendant quelques instants.

– C'est vrai, quoi…, fit Naomi en poussant un soupir. Tu as trente-huit ans, et tu es tellement intolérant.

Perdant son sang-froid, Kazuo se tourna et lui jeta son magazine au visage. Celui-ci heurta le mur. Naomi blêmit et se leva.

– Eh! C'est dangereux! s'écria-t-elle, furieuse.

– Ta gueule, je te dis!

– Ah, tu m'as dit «Ta gueule»…

– Oui, et alors? fit Kazuo, haussant lui aussi la voix.

– Avant notre mariage, tu avais promis de ne jamais me parler sur ce ton. Je déteste les hommes qui parlent mal à leur femme.

– Déteste-moi, ça m'est égal ! rugit-il, le menton en avant.

Il reçut en pleine figure le coussin que Naomi lui lança. Il voulut protester, mais une boîte de mouchoirs en papier vola dans les airs. Il la prit aussi dans la figure.

– Ça fait mal !

Les yeux larmoyants, il vit qu'elle avait une pendule dans les mains.

C'est alors qu'il se souvint. Sa femme était une terreur quand on la mettait en colère. Dans sa fureur, elle avait tendance à jeter tout ce qui lui tombait sous la main.

Il s'enfuit du salon en toute hâte pour aller se réfugier dans la salle de bains, qu'il verrouilla.

Naomi le poursuivit. Elle tapa sur la porte coulissante pendant un moment.

– Très bien, puisque c'est comme ça, tu n'as qu'à rester là-dedans. De toute façon, tu n'entreras pas dans la chambre cette nuit, dit-elle d'une voix glaciale, avant d'ajouter : Estime-toi heureux, tu as de l'eau. Tu vas pouvoir nager jusqu'à la fin de tes jours !

Et, impitoyable, elle coupa la lumière.

Kazuo se laissa choir sur le tapis de la salle de bains. Dans ces conditions, elle n'allait pas lui préparer son petit déjeuner avant un bon moment. Il se sentit minable.

Malgré les récriminations de Naomi, Kazuo n'arrêta pas la natation.

Nager deux fois par jour était déjà en passe de devenir un rituel pour lui. En se débrouillant, il arrivait toujours à trouver le temps. Et puis nager deux fois était bon pour sa santé.

Un autre désir germa alors en lui.

Il avait envie de nager au moins une fois pendant très longtemps.

Au Japon, les piscines étaient placées sous l'autorité du ministère de la Santé et du Travail ou bien du ministère de l'Éducation et des Sciences, lesquels avaient décidé de faire observer des pauses aux usagers. Dans la plupart des piscines, cette pause était fixée à dix minutes toutes les heures, ce qui signifiait que l'on ne pouvait pas nager plus de cinquante minutes d'affilée. Étant donné que c'était le cas même au parc Toshima, toutes les piscines du pays se conformaient certainement à cette règle.

Kazuo était aussi allé voir comment cela se passait dans des piscines privées, mais toutes accordaient une place prioritaire aux écoles. On ne pouvait y nager comme on l'entendait dans guère plus de deux couloirs, qui en outre étaient bondés. Il serait impossible de nager au même rythme sur une longue durée, en avait-il conclu.

Une fois, il avait demandé au maître nageur de l'autoriser, à titre exceptionnel, à nager pendant la pause, mais celui-ci, impénétrable, lui avait répondu : «Désolé, c'est le règlement.»

Pestant contre ce fichu pays où l'on voulait tout réglementer, Kazuo avait eu envie d'aller nager dans la mer.

Pour lui, plus que le rythme, la distance de deux mille mètres était la porte d'entrée vers le bonheur. Jusqu'à mille mètres, c'était monotone et il n'y prenait aucun plaisir. Une fois dépassée cette distance, la souffrance disparaissait et, à partir d'environ mille cinq cents mètres, on commençait à éprouver de l'exaltation. Mais c'était au moment où cela montait lentement que le maître nageur, d'un coup de sifflet, vous obligeait à vous interrompre.

Quel plaisir l'aurait attendu si on lui avait permis de nager sans interruption durant deux, voire trois heures… Quand il y pensait, Kazuo ne pouvait s'empêcher d'éprouver de la rancune à l'égard de ce coup de sifflet.

Irabu semblait lui aussi être dans le même état d'esprit.

– Oui oui. Les pauses, on devrait les laisser à la responsabilité de chacun.

Il nageait également deux fois par jour, et ne s'en serait passé pour rien au monde. Il avait même découvert une troisième piscine et se rendait apparemment dans chacune d'elles en alternant.

– Cinquante minutes, c'est pile le moment où le cerveau commence à sécréter l'endorphine, dit-il en se caressant le visage.

– Oui, l'endorphine, ma femme aussi m'en a parlé, fit Kazuo.

– Vous savez, le cerveau humain est doté d'un mécanisme pour échapper à la douleur en cas de besoin. C'est ça, l'endorphine, comme qui dirait « la clémence de Dieu ». Personnellement, je n'en ai pas encore fait l'expérience, mais mettons par exemple que quelqu'un vous étrangle à mort. À ce moment-là, ça fait mal au début, mais quand on arrive à l'instant où on va mourir, la morphine est censée intervenir pour vous soulager.

– D'accord…

– Par conséquent, mourir dans la douleur, ça n'existe pas.

– Ah bon ?

Ça, c'est un médecin, pensa Kazuo avec admiration.

– Du moins, c'est ce que je crois.

Kazuo faillit tomber de son tabouret.

– Pourtant, j'aimerais bien essayer, reprit Irabu. Nager beaucoup plus longtemps, quelque chose comme cinq heures. Pour être inondé d'endorphine.

– Ça ne serait pas mauvais pour le corps?

– Pas du tout.

Cela encouragea Kazuo. «Tu vois!» eut-il envie de dire à Naomi.

– Ça vous dirait d'aller à la mer? suggéra-t-il.

– Ça ne vous fait pas peur quand vous n'avez pas pied?

– Bah, si, c'est vrai.

– La piscine, c'est vachement mieux. Il n'y a pas de vagues, et pas de requins non plus.

Irabu avait raison. Kazuo n'aurait pas aimé tomber sur un requin, ni sur des méduses, d'ailleurs.

– Ce qu'il faudrait, c'est trouver une piscine où on nous laisserait nager autant qu'on veut. (Kazuo croisa les bras et poussa un soupir.) Docteur, parmi vos collè-gues médecins, vous ne voyez personne qui aurait une piscine de vingt-cinq mètres dans son jardin?

– Non, mais j'ai un ami qui possède un élevage d'anguilles.

Kazuo s'imagina en train de nager au milieu des anguilles et fit une grimace.

Irabu dit alors quelque chose d'étrange:

– La nuit, par contre, on pourrait nager autant qu'on veut.

Kazuo se demanda où il voulait en venir.

– Et puis il n'y aurait pas de maître nageur.

– Hein! (Kazuo n'en croyait pas ses oreilles.) De quoi parlez-vous?…

– Eh bien, de s'y introduire en cachette, pendant la nuit, dit Irabu sans sourciller.

– Ah non, ça, certainement pas…

– Au gymnase municipal, ils n'ont sûrement pas de gardien de nuit.

– Oui, ça m'étonnerait.

– Et puis, il n'y a rien de valeur là-bas, alors ils ne doivent pas avoir de contrat avec une société de sécurité.

– Certes, mais… (Kazuo le dévisagea.) Docteur, vous allez le faire ?

– Je m'interroge.

– Laissez tomber, je vous le conseille…

– Si vous venez avec moi, monsieur Ômori, on pourrait passer à l'action dès ce soir.

– Non, moi je…, fit aussitôt Kazuo en secouant la tête. Si on se fait attraper, on sera accusés d'effraction.

– On ne va pas se faire attraper, allons ! Même si on doit briser la vitre des toilettes pour y pénétrer, les employés, en voyant que les bureaux n'ont pas été mis sens dessus dessous, se diront simplement que ce sont des garnements qui ont fait le coup.

– Hmm, grogna Kazuo.

C'était plausible, assurément.

– Alors, monsieur Ômori, ça vous tente ? On pourrait s'y introduire à minuit et nager sans s'arrêter jusqu'à cinq heures du matin.

– Oui, mais…

Il n'en avait tout bonnement pas le courage. Et puis il lui semblait que ce serait franchir la ligne jaune.

– Dans ce cas, réfléchissez-y. Moi, je suis partant quand vous voulez.

– Hmm…

Ensuite, ce jour-là encore, Kazuo eut droit à sa piqûre. L'infirmière, exhibant ses cuisses, lui appliqua du désinfectant sur le bras droit.

Lorsque l'aiguille s'approcha de sa peau, Irabu se pencha aussi au-dessus de lui comme il le faisait à chaque fois.

Sans raison particulière, et alors qu'il avait l'habitude de détourner les yeux, ce jour-là Kazuo lui jeta un bref coup d'œil.

Irabu avait le visage cramoisi. Ses yeux étincelaient et il avalait sa salive.

Qu'est-ce qui lui prend?... Kazuo songea – mieux vaut tard que jamais – que c'était vraiment un drôle de type.

Tout en se frottant doucement le bras une fois la piqûre terminée, il se raisonna : il n'accepterait pas, tout du moins, de commettre une effraction.

Même si l'idée de nager aussi longtemps qu'il le voulait sans être dérangé était une proposition extrêmement tentante.

4

Le jour du bouclage du magazine, la santé de Kazuo recommença à se détraquer. Tout à coup, pendant qu'il travaillait, sa poitrine se mettait à palpiter ou bien il avait mal au bas-ventre. Cette fois, il se passait aussi quelque chose de bizarre avec ses bras. Cela le démangeait étrangement à partir des coudes, et ils tremblaient légèrement au repos.

Il connaissait la cause de ces troubles. Quand le bouclage arrivait, il lui était impossible de disposer de son temps. Il avait dû passer deux jours de suite au bureau sans rentrer chez lui et il n'avait pas nagé entre-temps.

Il ne reste plus que cette nuit à tenir, se raisonna Kazuo. D'une manière ou d'une autre, le magazine serait bouclé demain matin, ensuite il serait libéré du travail pour quelque temps.

D'abord, il rentrerait chez lui pour dormir toute la journée. Puis, ayant ainsi repris des forces, il irait à la piscine. Et là, il nagerait tout son soûl. Deux fois deux mille mètres. C'était frustrant de ne pas pouvoir les faire d'une traite, mais il ne pouvait pas trop en demander. Un autre jour, il trouverait une piscine déserte, où on ne lui imposerait pas de temps de pause. Tôkyô étant une grande ville, il lui suffirait certainement de chercher un peu pour en trouver une.

Sinon, au besoin, il traverserait la Manche à la nage. Le moment venu, il ferait passer le projet « Un membre de notre rédaction relève le défi de traverser la Manche à la nage ! » de manière à se faire financer par son entreprise. Il le ferait passer coûte que coûte, peu importait que ce soit dans un magazine pour femmes au foyer ou dans un magazine de puériculture. Sa boîte lui devait bien ça.

Kazuo contracta le ventre pour supporter la douleur. Par chance, personne ne s'était aperçu de rien autour de lui. Chaque fois, il essuyait avec un mouchoir la sueur grasse qui suintait sur son front. Il étouffait la vague angoisse inexplicable qui montait en lui.

– Excusez-moi, monsieur Ômori.

Satô, un de ses subordonnés, se tenait à côté de lui.

– Quoi ? répondit-il comme si de rien n'était.

Satô avait une expression crispée.

– En fait, les cartes du guide des boutiques d'occasion ne sont pas prêtes.

– Non, c'est pas vrai ?

– Je suis désolé, fit Satô, tête baissée. On voulait les adjoindre au moment du bouclage, mais le cartographe n'a pas reçu la commande.

– Qu'est-ce qui s'est passé ? demanda Kazuo en se renfrognant.

– J'étais certain d'avoir passé une commande globale à la fabrication, mais apparemment eux ont cru que c'était nous qui le faisions.

– Non mais, pour qui tu te prends ? Tu avais l'intention de tout confier au cartographe, c'est ça ?

– Je suis désolé.

Kazuo regarda sa montre : il était dix-neuf heures passées. Il se prit la tête entre les mains. Comme c'était lui le responsable, il devait s'occuper des dernières vérifications. Tout serait-il prêt pour demain matin ?

– Pour le moment, demande-leur de composer la partie texte.

– Ça, c'est arrangé. Je leur ai dit de faire l'impossible et ils devraient avoir terminé dans la nuit. Le problème, c'est les illustrations. J'ai demandé à droite et à gauche, mais personne…

– Il n'y a plus personne ?

– C'est ça, fit Satô d'un air abattu. Monsieur Ômori, on pourrait peut-être demander à votre femme ?

– Je vais te casser la gueule, petit con ! On ne se repose pas comme ça sur la femme d'un autre.

– Je suis désolé.

– Il y en a combien ? Je veux dire, de cartes à dessiner.

– Soixante-quinze.

Kazuo eut envie de pleurer. Comme s'il n'avait pas déjà un tas d'épreuves à relire.

– Va me chercher un Rotring et du papier à dessin au service design. C'est moi qui vais les dessiner. Au point où on en est, on s'en fiche que les lignes soient à angle droit, pas vrai ?

– Tout à fait.

– Toi, je me passe de tes commentaires ! rétorqua-t-il, s'emportant malgré lui.

Ensuite, ayant envoyé Satô chez le compositeur, il prit une règle et le Rotring.

Maîtrisant tant bien que mal le tremblement de sa main, il traça les cartes l'une après l'autre. Comme il ne les reproduisait évidemment pas grandeur nature, il devait en outre s'acquitter de la tâche de calculer les proportions.

Dans l'intervalle, la colique l'assaillit à plusieurs reprises. Il interrompait chaque fois son travail pour se précipiter aux toilettes.

Satô revint de chez le compositeur et se mit à faire les lettrages sur les cartes dessinées par Kazuo. Ils touchaient au but lorsqu'il découvrit des coquilles.

– Putain, corrige-moi ça sur-le-champ ! hurla-t-il à Satô, qui ne cessait de se confondre en excuses.

N'ayant pas d'autre solution, Kazuo récupéra les films du numéro précédent et se mit à chercher les mêmes caractères.

Il n'avait pas vu le temps passer quand le jour se leva.

Les autres équipes avaient donné leur bon à tirer et étaient parties attendre le premier train. Kazuo avait demandé à la rédactrice en chef de jeter un œil sur ses pages sans cartes, puis avait déclaré qu'il prendrait la responsabilité du bon à tirer et s'était débarrassé d'elle. Il avait aussi renvoyé Satô chez lui. Il pensait que le travail avancerait beaucoup plus vite s'il s'en chargeait seul.

Il était neuf heures du matin lorsqu'il boucla les pages dont il était responsable. Les feuilles sous le bras, il fonça en taxi chez l'imprimeur. Ce doit être ça, finir sur les rotules, se dit-il. Son ventre gargouillait comme s'il avait été un être vivant indépendant de lui. Il eut la nausée et vomit dans les toilettes de l'imprimerie. Comme il avait l'estomac vide, il ne rendit que du suc gastrique acide.

Dans le train qui le ramenait chez lui, Kazuo luttait contre la vague angoisse qui montait du fond de sa gorge. Il aurait hurlé s'il était resté immobile, aussi n'arrêtait-il pas de déambuler d'un bout à l'autre du train.

Il descendit deux arrêts avant chez lui et se dirigea vers la Clinique générale Irabu. Il avait décidé de s'y rendre plusieurs heures auparavant. Seul Irabu était capable de le comprendre, avait-il pensé.

– Tiens, monsieur Ômori. Ça faisait longtemps.

Irabu le salua avec son insouciance habituelle.

Il y avait seulement trois jours qu'il ne l'avait pas vu, pourtant Kazuo eut l'impression que cela faisait trois ans. Il était si content qu'il eut envie de le serrer dans ses bras. Lamentablement, ses yeux se remplirent de larmes.

– Qu'est-ce qui vous arrive ? Le rhume des foins ?

Bah oui, c'est déjà l'été…, pensa Kazuo. Mais il lui était simplement reconnaissant d'être là.

– En fait, docteur…

Dans un torrent de paroles, Kazuo lui raconta tout : qu'il avait été coincé au bureau durant les trois derniers jours, qu'il n'avait pas pu nager pendant tout ce temps et comment Satô, son imbécile de subordonné, lui en avait fait voir des vertes et des pas mûres. Les mots sortaient de sa bouche indépendamment de sa volonté. Ils coulaient à flots.

Il se plaignit également que sa santé allait de mal en pis. Il se tint le ventre, déclarant que ses intestins étaient comme une classe indisciplinée, et lâcha un rot pour le lui montrer.

– Ne vous inquiétez pas. Vous allez guérir en moins de deux, le rassura Irabu comme si ce n'était rien.

– Vous êtes sûr ?

Il songea réellement à le serrer dans ses bras.

– Oui. Parce que tout ça, voyez-vous, ce sont des symptômes d'abstinence typiques.

– Des symptômes d'abstinence ?

– Oui. Et c'est parce que vous n'avez pas nagé. Vous et moi, monsieur Ômori, notre corps ne peut plus rester en bonne santé si nous ne nageons pas. Par conséquent, tout reviendra à la normale si vous allez à la piscine ce soir.

– … Mais tout ça, ce n'est pas mauvais signe ?

– Pas du tout, déclara Irabu, imperturbable.

– Non, vous dites «pas du tout» mais…

– Considérez-vous comme chanceux de ne pas être alcoolique. L'alcool, ça bousille les intestins. La natation, par contre, ça affermit le corps, ça améliore la circulation du sang, et ça n'a aucune mauvaise contrepartie.

– Hmm…

– Les hommes ont toutes sortes de dépendances : la dépendance au travail, au bénévolat, ou même aux légumes bio, mais on peut dire que la natation est la moins nocive de toutes.

– Oui, mais… autant que possible, je voudrais éviter d'être dépendant à quoi que ce soit…

– Je vous dis de ne pas vous inquiéter. Vous vous en lasserez bientôt. (Il souriait nonchalamment.) Les syndromes psychosomatiques sont pour ainsi dire des commandements divins, alors on ne peut pas lutter contre. Le mieux, c'est de ne rien faire.

– Je vais m'en lasser, vous croyez ?

– Oui oui, vous allez vous en lasser. Ah, ah, ah !

Kazuo n'était pas convaincu, pourtant, de fait, il se sentait réconforté. Irabu est peut-être un bon psychiatre, commençait-il à penser. Tout du moins, il savait comment apaiser son esprit.

– À propos…, fit Irabu en baissant la voix. Je me disais qu'on pourrait s'introduire dans la piscine cette nuit. Qu'en pensez-vous, monsieur Ômori ? À minuit, devant le gymnase municipal.

– Vous allez vraiment le faire ?

– Bien sûr. Moi aussi, j'ai envie de nager cinq heures sans interruption.

– Oui, mais moi, je…

Kazuo ne savait que répondre.

– Je me doutais que vous diriez ça. Monsieur Ômori, vous êtes quelqu'un de très raisonnable.

Kazuo eut l'impression qu'il se moquait de sa pusillanimité.

– Dans ce cas, très bien, je le ferai tout seul.

Il ne manque pas de cran, pensa Kazuo.

– Seulement, il y a juste une chose pour laquelle j'aurais besoin de votre aide, monsieur Ômori. (Irabu se pencha en avant. Kazuo courba lui aussi le dos et tendit l'oreille.) À l'arrière du gymnase municipal, il y a la fenêtre des toilettes. Au départ, j'ai pensé qu'il me suffirait de briser la vitre pour entrer, mais je voudrais autant que possible éviter les dégâts matériels, vous comprenez ?

– Bien sûr.

– Ce soir, vous allez à la piscine, n'est-ce pas ? À ce moment-là, est-ce que vous pourriez ôter le verrou de la fenêtre avec un tournevis ?

– Le verrou de la fenêtre ?

– Oui. C'est un crochet pivotant qui doit facilement s'enlever avec un tournevis. Vous l'enlevez et vous l'emportez.

– Hmm…

– Ils vérifient sans doute les serrures au moment de la fermeture, mais si le verrou est cassé, je pense qu'ils le laisseront en l'état. Il n'y a pas de quoi paniquer et appeler un réparateur. C'est juste un gymnase, après tout.

– Oui, c'est vrai.

– Donc, je compte sur vous.

– D'accord.

Kazuo fut lui-même stupéfait de la spontanéité avec laquelle il avait accepté. Même si c'était un délit mineur, il n'avait opposé presque aucune résistance au fait de jouer un rôle actif dans une effraction. Au contraire, il éprouvait même du respect à l'égard d'Irabu.

Cette nuit, cet homme allait nager jusqu'à satiété sans être dérangé par personne.

L'endorphine allait sans doute inonder son cerveau.

Irabu allait pénétrer dans un monde de bonheur dont lui-même n'avait foulé que le seuil.

– Bon, on vous fait la piqûre ?

Obéissant aux paroles d'Irabu, Kazuo changea de place.

– Ah, docteur, dit-il. Je crois que je ne vais pas réussir à dormir.

Il avait l'impression d'être trop épuisé physiquement pour trouver le sommeil.

– Dans ce cas, je vais vous donner des tranquillisants. Prenez-les maintenant. (Irabu lui passa deux comprimés qu'il avala.) Ils feront effet quand vous arriverez chez vous.

Kazuo posa son bras sur le support à injections et se relâcha entièrement.

Tout en regardant l'infirmière lui appliquer du désinfectant sur le bras, il se demanda ce qu'il allait devenir.

Recouvrerait-il un jour sa santé d'avant? Il laissa échapper plusieurs soupirs.

L'infirmière se pencha sur lui en exhibant ses cuisses et lui enfonça la seringue dans le bras.

Comme la fois précédente, Kazuo regardait d'un œil distrait.

Irabu se voûta pour approcher le visage. Son front était tout rouge, ses joues se crispaient légèrement. On voyait clairement qu'il était en état d'excitation.

Ah, c'est donc ça?

Kazuo avait enfin compris: Irabu était un fétichiste des piqûres.

Il avait un orgasme à l'instant où l'aiguille s'enfonçait dans la peau.

Néanmoins, Kazuo n'avait pas l'impression d'avoir été abusé. Prends donc ton pied comme ça te chante, pensait-il avec indifférence.

Trouvant soudain ridicule de se sentir gêné, il braqua les yeux sur les cuisses de l'infirmière. Un petit autocollant avec «Watch it» écrit dessus se trouvait au niveau de son aine. Kazuo leva la tête. Pour la première fois, elle souriait de plaisir. Une exhibitionniste? Décidément, les deux faisaient la paire dans ce service de psychiatrie…

Sans doute sous l'effet des tranquillisants, il avait déjà l'esprit embrumé dans le train qui le ramenait chez lui.

Arrivant avant midi, Kazuo étala lui-même un futon dans la pièce à tatamis et se laissa tomber dessus.

Depuis leur scène de ménage, Naomi et lui faisaient chambre à part.

C'était très agréable de se sentir sombrer en se balançant lentement dans le noir.

Quand Kazuo reprit connaissance, la pièce était plongée dans l'obscurité. Il plissa les yeux et regarda le plafond. Il ne savait pas bien où il se trouvait, ni quelle heure il était.

Il essaya de faire travailler ses méninges. Ah oui, il était rentré à la maison après avoir terminé le bouclage.

Il se frotta le visage dans les mains et demeura ainsi pendant un moment. Sa notion du temps était embrouillée. Il savait qu'il avait dormi et venait de se réveiller, mais il ignorait complètement combien d'heures s'étaient écoulées.

Il avait seulement la sensation d'avoir été plongé dans un profond sommeil. Il se demanda depuis quand il n'avait pas aussi bien dormi.

Il courba la tête et regarda la fenêtre. Aucune trace de lumière ne filtrait à travers les rideaux.

On n'entendait pas un bruit non plus. Ni télévision ni bruits de cuisine.

Toujours sous le futon, il se coucha sur le ventre et chercha sa montre. Il la trouva tout de suite près de l'oreiller, la prit et regarda le cadran.

Les aiguilles indiquaient onze heures trente. Onze heures trente du soir, évidemment.

Il sursauta. La piscine était fermée depuis longtemps.

Pris de panique, il sauta sur ses pieds. Il n'avait pas tenu la promesse qu'il avait faite à Irabu.

Qu'est-ce que c'est que cette histoire ! J'aurais donc dormi douze heures d'affilée ?

Il s'accroupit sur le futon et poussa un profond soupir.

Quel idiot ! Il s'en voulait de ne pas avoir réglé son réveil. Mais comment aurait-il pu imaginer qu'il dormirait autant ?

Il avait trahi Irabu. Ce dernier devait s'impatienter devant cette fenêtre des toilettes qui refusait de s'ouvrir. Il était peut-être furieux contre lui.

Mais non... Kazuo essaya de donner un coup de fouet à son esprit encore embrumé. Lorsqu'il lui avait proposé de venir, Irabu avait parlé d'un rendez-vous à minuit. C'était donc probablement à cette heure-là qu'il voulait s'introduire dans la piscine.

Dans ce cas, il n'était pas encore trop tard. S'il se rendait au gymnase municipal maintenant, il pourrait arrêter Irabu.

Il lui suffirait alors de s'excuser de n'avoir pas tenu parole aujourd'hui. Et de lui promettre qu'il enlèverait le crochet de la fenêtre demain.

Kazuo se leva et passa son pantalon. Il enfila son polo et mit sa montre à son poignet.

Puis il prit son sac de sport. C'était son sac habituel, avec toutes ses affaires de natation fourrées dedans.

L'espace d'un instant, il ne comprit pas ce qu'il était en train de faire.

Pourquoi je prends mon sac ? Il sortit néanmoins de chez lui en le gardant à la main.

Il courut à travers le quartier résidentiel plongé dans la nuit.

L'étrange sensation de grouillement dans son ventre s'était apaisée. Son corps lui paraissait extrêmement léger. Il ne pouvait pas croire qu'il avait été si mal en point seulement douze heures plus tôt.

Dans ces conditions, je vais pouvoir nager n'importe quelle distance, pensa-t-il.

Hein ?… Il s'arrêta. Il était stupéfait d'avoir envisagé une telle chose ne fût-ce qu'une seconde.

Non, je ne vais tout de même pas…

Quoi qu'il en soit, il devait se dépêcher. Il se remit à courir. Avant tout, il devait trouver Irabu.

Lorsqu'il arriva au gymnase municipal, il ne le vit nulle part. Une lumière blafarde éclairait silencieusement les environs de l'entrée du bâtiment.

Était-il déjà reparti ? Les épaules de Kazuo s'affaissèrent.

À cet instant, il entendit le ronflement guttural d'un pot d'échappement. Il identifia immédiatement le son caractéristique du moteur. Et, en effet, une Porsche caca d'oie, imposante comme une grenouille géante, apparut devant le gymnase municipal.

– Tiens, monsieur Ômori ! Vous êtes là ? dit Irabu en passant son visage hilare par la vitre. Je suis bien content !

Il souriait avec insouciance.

– Non, en fait…

Kazuo accourut et lui expliqua la situation. Il baissa docilement la tête.

– Quoi, c'est tout ? fit Irabu avec magnanimité. On n'y peut rien ! Ce sont les tranquillisants, ils ont trop d'effet sur les gens qui n'y sont pas habitués.

Quelle indulgence, pensa Kazuo. Cet homme-là, je pourrais le suivre n'importe où.

– Bien, je suis désolé, mais on va la briser, cette vitre ?

– Hein ?

– La boîte à outils de la voiture, il doit y avoir une clé à molette dedans.

– Euh… On ne revient pas plutôt une autre fois…

– Vous alors, vous ne changerez donc jamais. Pourtant, monsieur Ômori, je vois que vous avez apporté vos affaires.

Irabu montrait du doigt son sac de sport.

– Ah ça, non…

Kazuo était bien embarrassé pour répondre.

– Allez, allez ! Pas de temps à perdre, on s'y met tout de suite.

Irabu ouvrit le coffre de la Porsche, en sortit une clé à molette et se rendit derrière le gymnase. Kazuo, comme envoûté, lui emboîta le pas.

Est-ce que je peux faire ça ? Est-ce que je vais commettre une effraction ? soliloquait-il, l'esprit toujours engourdi.

Pourtant, d'un autre côté, il sentait comme des piqûres d'aiguille au fond de sa gorge. À quelques pas, il y avait une piscine déserte. Une piscine déserte où il pourrait nager librement, sans être dérangé par personne, jusqu'au matin.

Que lui arriverait-il s'il nageait pendant cinq heures d'affilée ? Il pourrait savourer jusqu'à l'ivresse cette sensation de bonheur suprême dont il n'avait eu qu'un avant-goût…

Se dressant devant la fenêtre des toilettes, Irabu brandit aussitôt la clé et brisa la vitre. Un fracas aigu se répercuta dans les ténèbres. Cet homme ne connaissait pas le doute. Il avait fait un trou bien propre, exactement de la taille d'un CD.

Irabu passa un bras par ce trou, enleva le crochet et ouvrit la fenêtre.

– Zut ! J'ai oublié l'escabeau dans la voiture. Bah, tant pis, dit-il sans un soupçon de tension dans la voix. Bon, je suis désolé de vous demander ça, monsieur

Ômori, mais vous voulez bien me servir de marche-pied ?

Kazuo lui obéit aveuglément. Il posa les genoux à terre, se mit à quatre pattes et attendit qu'Irabu lui monte sur le dos.

Ce dernier grimpa sur lui. Il était lourd. Se sentant oppressé comme si un éléphant le piétinait, Kazuo fit une grimace.

– Ah ! Cette fenêtre est plus petite que je pensais.

Irabu essayait d'entrer tête la première. Une vive douleur parcourut le dos de Kazuo. Irabu avait fait un bond.

Kazuo roula par terre. Des paillettes d'argent dansaient devant ses yeux. La douleur ne passant pas, il resta là recroquevillé sur lui-même. Il poussa un gémissement. Hein ? Mais non, ce n'était pas sa voix.

Il sursauta et leva la tête.

Il vit de grosses fesses. Elles étaient encastrées dans le châssis de la fenêtre.

– Oh… Ah…, gémissait Irabu, tout en agitant les jambes.

Kazuo se releva et lui demanda :

– Docteur, ça va ?

– Poussez-moi un peu.

– Oui, d'accord.

Kazuo le poussa de toutes ses forces. Mais cela n'eut aucun effet. Le châssis de la fenêtre s'enfonçait déjà dans le gras de ses fesses.

Il essaya alors de le tirer. Là non plus, aucun résultat. Il réfléchit à la manière de s'y prendre et décida finalement que le tirer était la meilleure option. Même s'il réussissait à le pousser entièrement à l'intérieur, le faire ressortir lui coûterait autant d'efforts. Ça suffit pour cette nuit, se dit-il. Le mieux, c'est de réessayer une autre fois.

– Hi, hi, hi…

Irabu riait.

Quel cran il avait, de rire dans une situation critique comme celle-ci. Kazuo se mit en position et le tira par les jambes en y mettant tout son poids.

– Hi, hi, hi…

Il riait encore.

Mais non, ce n'était pas ça. Kazuo s'arrêta et tendit l'oreille.

– Bouuh… Hic, hic…

Irabu sanglotait. Il était en larmes.

Allons bon, qu'est-ce qu'il avait maintenant ? Où était donc passé l'homme si fougueux et intrépide de tout à l'heure ?

– Docteur, que se passe-t-il ?

– Maman va me gronder.

Maman ? !… Kazuo resta sans voix. Comme si c'était le moment de se soucier de ça ! Au matin, la police allait l'arrêter. Et Kazuo serait lui aussi appréhendé comme complice. Qu'adviendrait-il alors de son travail ? De son couple ? Naomi retournerait chez ses parents, c'était certain !

Calant ses talons contre le mur, Kazuo tendit cette fois les bras pour saisir la ceinture du pantalon d'Irabu par des interstices de la fenêtre.

Il prit une profonde inspiration, puis tira de toutes ses forces des mains et des jambes.

L'instant d'après, la boucle céda. Tout ce qu'il avait réussi à faire, c'était casser la ceinture.

Kazuo resta là, immobile, les mains sur les hanches. Il soupira plusieurs fois.

– Monsieur Ômori, fit Irabu d'une voix très faible. Je ne veux pas que vous me laissiez tout seul.

– Je ne vais pas partir. Ça se passera mal pour moi aussi si on vous arrête.

Il ne l'appelait plus « docteur ». Quelques instants plus tôt, il aurait pourtant suivi cet homme n'importe où.

– Après, on ira briser la vitre de l'entrée, d'accord ?

– Qu'est-ce que vous racontez !

Kazuo s'arrachait les cheveux.

Il était hors de question qu'ils s'enfoncent davantage. Kazuo appuya les mains contre le mur et secoua la tête. Dès le départ, cette idée avait été une grosse erreur. En admettant que, cette nuit, il ait pu nager pendant cinq heures dans une piscine déserte, cette expérience unique n'aurait certainement pas suffi à combler son désir. Il aurait voulu recommencer une deuxième fois. Son addiction était de la même nature que celle d'un drogué. Elle ne faisait que s'aggraver. Une chose aussi évidente, pourquoi n'en prenait-il conscience que maintenant ?

À ce moment-là, une sirène retentit au loin. C'était la sirène d'une voiture de police.

Son dos se figea et son corps fut pris de tremblements. Quelqu'un les avait-il dénoncés ?

La sirène se faisait de plus en plus forte. Son cœur battait la chamade.

Les mots « mon travail », « mes voisins », « ma femme » tournaient en boucle dans sa tête.

Il était cuit. On allait parler de lui dans les journaux. « Le drôle de bonhomme qui a essayé de pénétrer par effraction dans une piscine au milieu de la nuit. » Une histoire aussi risible, les médias ne la laisseraient sûrement pas passer.

Oui, c'était bien une histoire risible.

Il avait envie de prendre la fuite, mais ses jambes refusaient de bouger. Irabu, quant à lui, se débattait comme un forcené.

La voiture de police passa dans la rue juste devant, sans s'arrêter.

Hein ? Il tendit l'oreille en direction de la sirène. Aucun doute possible, la voiture de police s'éloignait.

Le corps de Kazuo se relâcha instantanément et il se laissa choir par terre.

Ouf ! Quelle frousse… Il souffla un grand coup et passa la main dans ses cheveux. Vraiment, pourquoi est-ce que je me comporte aussi stupidement ?

Il s'aperçut soudain que les paumes de ses mains étaient toutes moites. Il se releva lentement.

– Monsieur Ômori !

– Chut, taisez-vous !

Kazuo lui tapa sèchement sur les fesses.

Son cœur palpitait encore. Il fit pivoter ses épaules d'avant en arrière de manière à évacuer ce qui lui restait de tension.

Bon, Irabu n'avait pas d'os coincés. C'était sa graisse, le problème. En s'y prenant de la même façon qu'on retire une bague d'un doigt, ça marcherait certainement.

Se fiant à la lumière de la lune, Kazuo regarda attentivement autour de lui. Il marcha dans les environs. Il cherchait de l'eau. Puisqu'il se trouvait dans un gymnase, il devait au moins y avoir un endroit où se laver les pieds.

Il ne mit pas longtemps à en trouver un. Coup de chance, il y avait aussi un tuyau d'arrosage enroulé. Sur une étagère grossière était même posée de la poudre à récurer. Elle servait probablement à astiquer les parties en béton. C'était parfait. Pour lui, les fesses d'Irabu n'étaient pas différentes de l'arrière-train d'une vache ou d'un éléphant.

Il ouvrit le robinet. Le tuyau d'arrosage ondula comme un serpent. Il en saisit l'extrémité et retourna à l'endroit où se trouvait Irabu.

– Monsieur Ômori, qu'est-ce que vous allez faire ?

– Tenez bon, je vais vous sortir de là.

Il aspergea d'eau les fesses d'Irabu puis les saupoudra de poudre à récurer. Il l'étala à la main. Cela moussa aussitôt.

– Hé, hé, c'est froid !

– Ça va aller, taisez-vous.

Kazuo coupa l'eau et s'essuya les mains sur son pantalon.

Tout en reprenant son souffle, il contempla un moment les fesses d'Irabu.

J'ai ouvert les yeux maintenant. Je m'en tire bien. Je ne sais pas si mes soucis de santé vont ou non s'arranger. Mais je m'en tire, au moins d'un point de vue psychologique.

Kazuo saisit Irabu par les chevilles.

À la une… à la deux… Il tira de toutes ses forces.

– Ouille, ça fait maaal ! braillait Irabu.

– La ferme ! le rabroua Kazuo.

Cela marchait. Petit à petit son corps commençait à se dégager. Les pieds de Kazuo étaient cramponnés au sol comme pour un concours de tir à la corde. Ses dents grincèrent.

La résistance céda tout à coup et Kazuo vola en arrière. Battant des jambes comme dans une danse cosaque, il bascula dans un fourré.

Les quatre fers en l'air, ses yeux errèrent au hasard et il vit le croissant de lune dans le ciel nocturne. Avec tendresse et douceur, l'astre éclairait ce bas monde.

– Aïe, j'ai mal…

C'était la voix d'Irabu. Kazuo dressa la tête. Le docteur gisait sous la fenêtre. On aurait dit une otarie.

Kazuo se releva et s'approcha de lui. Irabu haletait.

– Docteur, ça va ?

– Non, ça va pas ! J'ai cassé mes lunettes.

– Si ce n'est que ça…

– Et puis je saigne du nez.

Kazuo vit qu'il avait du sang sous le nez.

– Je vais vous laver ça avec de l'eau.

Il lui donna un mouchoir, puis rouvrit le robinet et l'aspergea de nouveau avec le tuyau d'arrosage. Il en profita pour nettoyer le châssis de la fenêtre couvert de mousse détergente. Ils avaient eu tort de briser la vitre, alors il voulait au moins remettre les choses en ordre.

– Finalement, on aurait mieux fait d'aller à la mer, dit Irabu.

– Pourquoi vous n'en construisez pas une dans la cour derrière la clinique, une piscine de vingt-cinq mètres ? Un seul couloir ferait l'affaire.

– Ah oui. Je pourrais aussi faire ça, c'est vrai.

Ils restèrent là un moment. Ils s'assirent par terre, les jambes allongées devant eux.

Irabu ayant des cigarettes, Kazuo lui en prit une et la porta à ses lèvres. Il y avait dix ans qu'il avait arrêté de fumer, mais il lui semblait que cette nuit il pouvait se le permettre.

La cigarette se révéla être en chocolat. Irabu enleva le papier de la sienne et la dévora goulûment.

Kazuo sentit toutes ses forces l'abandonner. Son esprit, en même temps, se dénoua.

De retour à l'appartement, il vit en ouvrant la porte d'entrée qu'il y avait de la lumière dans le salon, au fond.

Naomi ne dormait pas et lisait un livre.

– Bonsoir, lui dit-elle d'une voix douce.

– Quoi, tu es réveillée ?

Kazuo se rendit directement dans la cuisine et prit une bière dans le réfrigérateur.

– Tu en veux une ?

– Oui, pourquoi pas.

Il posa la canette de Naomi sur la table et s'assit sur le canapé en face.

– Où tu étais parti ? lui demanda-t-elle en soulevant la languette.

– À la piscine.

– Non !

Elle écarquilla un peu les yeux.

– C'est vrai. Mais c'était fermé.

– … Tu te sens bien ?

– Ça va.

Malgré lui, Kazuo eut un sourire amer.

– Qu'est-ce qui se passe ?

– Comment ?

Il réfléchit un peu. Il se cala dans le canapé et lâcha un soupir.

– En fait…, commença-t-il, et il éclata de rire.

Il était absolument incapable de contenir le fou rire qui montait en lui.

– Quoi ! Raconte-moi ! C'était si amusant que ça ?

Contaminée par sa bonne humeur, Naomi souriait aussi.

Considérant qu'on ne devait pas avoir de secrets l'un pour l'autre dans un couple, Kazuo lui raconta tous les événements de la journée.

Il lui assura également qu'il allait bien maintenant. Et pendant qu'il y était, il lui présenta ses excuses pour leur dispute de l'autre jour.

– Ce médecin, non seulement il a un complexe d'Œdipe, mais il est fétichiste des piqûres ! s'étrangla Naomi, les épaules secouées de rire. Mais il t'a guéri, alors au vu du résultat, c'est quand même un bon médecin, non ?

– C'est vrai, tu as raison.

Kazuo pouffa encore de rire.

– Tu sais, murmura Naomi, pour être franche, je n'étais pas tranquille.

– À cause de quoi ?

– De toi ! Je me demandais si tu ne devenais pas fou, et ça me faisait assez peur.

– Ah… Pardon.

– J'ai vérifié le livret de caisse d'épargne, et on pouvait se débrouiller pendant six mois environ. Au cas où, si on t'avait viré de ton boulot…

– Tu étais si inquiète que ça ?

– Mais oui. Comme toi, je ne pouvais plus dormir.

– … Je suis vraiment désolé.

Kazuo baissa de nouveau la tête.

Naomi s'enfonça dans le canapé. Un sourire paisible flottait sur ses lèvres. Elle semblait avoir retrouvé toute sa bonne humeur.

– La prochaine fois, tu m'emmènes avec toi à la piscine, d'accord ?

– Oui, d'accord.

– Mais je n'irai pas tous les jours.

– Non, bien sûr.

C'était la première fois depuis bien longtemps qu'ils avaient une conversation de couple normale. Naomi prit une deuxième bière et, le visage rouge, sous l'effet de l'alcool sans doute, se mit à le bécoter.

Ah bon… À la réflexion, il y avait un autre moyen que la natation pour dépenser son énergie. Et puis c'était aussi un excellent exercice d'oxygénation… Ces pensées grivoises en tête, il sourit d'un air entendu et s'allongea sur Naomi.

Une agréable brise nocturne pénétrait par la fenêtre ouverte ; dehors, un chien aboyait au loin.

Au garde-à-vous

1

– Ah bon, les calmants n'ont rien fait?…

Le jeune médecin croisa les bras et émit un petit grognement songeur.

– Vous comprenez, nous n'avons jamais vu de cas de ce genre ici…

Puis son regard se fit lointain et il lâcha un bref soupir.

Un peu à l'écart, des infirmières tendaient l'oreille sans dissimuler leur curiosité. Il pouvait même sentir les regards qu'elles lançaient dans sa direction. Elles lorgnaient l'entrejambe du malheureux patient.

Tetsuya Taguchi se mit à broyer du noir et couvrit avec les pans de sa chemise son membre en érection. Mais celui-ci était trop vigoureux pour se laisser dissimuler entièrement.

– Si je me réfère à la littérature médicale, ce serait ce qu'on appelle un syndrome d'érection permanente, ou priapisme. Un syndrome dont quelques dizaines de cas seulement ont été signalés depuis la guerre.

À ces mots du médecin, les épaules de Tetsuya s'affaissèrent. La gravité de son état le déprimait.

– Il n'existe pas de traitement à proprement parler, mais ça ne semble pas non plus être un mal incurable. Les archives disent que le cas le plus long a duré cent quatre-vingts jours.

– Cent quatre-vingts jours ? répéta involontairement Tetsuya.

Il eut un léger vertige et faillit glisser de son tabouret.

– Mais bon, pour l'instant, vous n'avez pas subi de préjudice réel, s'efforça de le réconforter le médecin.

– Ça fait mal, vous savez, de ne jamais débander, se plaignit douloureusement Tetsuya.

– Faites en sorte de ne pas comprimer votre sexe. Choisissez des caleçons, et portez des pantalons aussi amples que possible.

– Si je fais ça, je vais attirer l'attention. Je dois aller au bureau tous les jours.

– Eh bien, n'enlevez pas votre veste, par exemple.

– C'est l'été, les gens vont trouver ça bizarre.

– Écoutez, monsieur Taguchi, que voulez-vous que je vous dise…

Le médecin dressa les sourcils. En voyant son visage embarrassé, Tetsuya se sentit encore plus désespéré.

Deux jours auparavant, tôt le matin, il avait fait un rêve érotique. Dans ce rêve, il s'était réconcilié avec Sayoko, sa femme dont il était séparé, et faisait l'amour avec elle. Il avait ressenti un violent désir pour elle quand celle-ci avait reconnu ses torts et lui avait demandé pardon en pleurant. En regardant son visage rougi, il avait de nouveau songé qu'elle était vraiment une belle femme. La scène de sexe avec elle avait été si réelle qu'il n'aurait jamais imaginé qu'il puisse s'agir d'un rêve. Il avait même senti la chaleur de son corps sur sa peau.

Ramené à la réalité par le réveille-matin, il avait aussitôt sombré dans la haine de soi. Il avait encore rêvé d'elle. Que de vains regrets cela sous-entendait, pour une femme dont il était séparé depuis trois ans… Il porta la main à son entrejambe et fut surpris de constater que sa verge était dressée comme une jeune tige de bambou. On aurait dit la glorieuse érection d'un adolescent.

L'accident s'était produit à ce moment-là, lorsqu'il était sorti du lit pour aller aux toilettes. Un désordre indescriptible régnait dans la pièce et son pied glissa sur un magazine abandonné par terre. Dans un réflexe, il se retint à la bibliothèque, provoquant la chute du dictionnaire qui était posé là en équilibre précaire. Tetsuya s'affala sur le sol, et l'épais et lourd volume fit mouche en plein sur son entrejambe.

Une douleur si vive l'envahit qu'il faillit tourner de l'œil et resta un moment recroquevillé sur lui-même. Il versa quelques larmes, mais celles-ci étaient sans doute en bonne partie d'apitoiement sur soi. Tel était le lamentable quotidien d'un homme de trente-cinq ans – une chance que personne n'en ait été témoin !

Après être allé aux toilettes, il mordit dans le pain grillé de son petit déjeuner. Sentant quelque chose d'anormal dans la partie centrale de son corps, il baissa les yeux et s'aperçut que son membre était toujours dressé. Il fronça les sourcils. Ses fantasmes lascifs s'en étaient allés depuis longtemps. Que se passait-il ?

Il bandait encore dans le train qui le conduisait à son travail. La bosse de son entrejambe était visible de tous. Il boutonna sa veste et la dissimula derrière son porte-documents. Par crainte d'être pris pour un satyre, il veilla à ne pas se trouver à proximité d'une passagère.

Une fois au bureau, il eut beau se mettre au travail, sa verge ne baissa pas la garde. Évidemment, c'était une première pour lui. Et cela commençait à l'inquiéter sérieusement.

Tetsuya se rendit aux toilettes, s'enferma dans une cabine et essaya de se masturber. Repassant son rêve matinal dans son esprit, il éjacula au bout de trois minutes. Il regarda longuement son phallus. Il ne débandait toujours pas. Et en plus, maintenant, il lui faisait mal. C'était comme un élancement provenant des profondeurs des tissus spongieux.

Que lui arrivait-il? L'esprit troublé, il eut beau tenter désespérément de réfléchir, il ne parvenait pas à comprendre.

Quand l'après-midi arriva, la peur l'envahit. Non seulement il était incapable de se concentrer sur son travail, mais il avait l'esprit ailleurs lorsqu'on lui adressait la parole. Baissant sans cesse les yeux sur son entrejambe, il avait chaque fois des idées noires. Incontestablement, cette situation était anormale. Je vais donc bander comme ça tout le temps? se demandait-il, ce qui le rendait fébrile. Il informa son directeur qu'il ne se sentait pas bien et quitta le bureau avant l'heure. Il devait être très pâle, car son supérieur se montra préoccupé par sa santé.

À peine de retour dans son appartement, il s'aspergea d'eau dans la salle de bains. Il plongea une serviette dans l'eau froide et l'appliqua sur sa verge. Mais celle-ci restait toujours au garde-à-vous. Le découragement lui comprima la poitrine. Il en perdit l'appétit.

Ça sera sans doute passé demain matin… Il l'espérait tellement qu'il ne ferma pas l'œil de la nuit. Pourtant, son état demeura inchangé. L'angoisse me ronge la tête, mais ma queue est en pleine forme, pensa-t-il.

Sans la moindre hésitation, il décida d'aller frapper à la porte d'un spécialiste. Et c'est ainsi que, la veille, il s'était rendu au service d'urologie de la Clinique générale Irabu, située sur le chemin de son travail.

Au départ, le jeune médecin qui l'avait examiné avait été persuadé que son état était dû à une absorption massive de Viagra, et n'avait pas voulu en démordre. Malgré les dénégations de Tetsuya, il avait avancé des hypothèses extravagantes, par exemple que quelqu'un en avait mélangé dans un verre après l'avoir réduit en poudre. Ça ne tenait pas debout. Ces derniers temps, en effet, les dîners de Tetsuya se résumaient à des plats préparés de supérette qu'il avalait avec du thé en petite bouteille.

Quand il réalisa que cela n'avait rien à voir avec l'effet d'un médicament, le médecin se renfrogna et sortit un Polaroid.

– Pas d'inquiétude, je ne prends pas votre visage, se contenta-t-il de dire, avant de se mettre à photographier l'entrejambe de Tetsuya sans lui demander son consentement.

Puis il lui fit une piqûre de calmants comme traitement provisoire.

– Étant donné que le sang afflue continuellement, ça risque de provoquer des troubles du système nerveux…, marmonnait le médecin pour lui-même. D'une certaine manière, c'est le contraire de l'impuissance. Dans ce cas, ce ne serait pas un problème fonctionnel, et donc la probabilité d'une cause psychique se renforce…

– Excusez-moi… Je peux remonter mon pantalon ? demanda Tetsuya.

– Ah, je vous en prie, répondit distraitement le médecin, qui fit courir son stylo sur le dossier médical.

– Je n'arrive pas à dormir la nuit.

– Eh oui, bien sûr…

– Et je n'ai plus d'appétit.

– Je comprends. Ça doit être pénible aussi sur le plan psychologique.

Arrivé à cette conclusion, le médecin leva un instant les yeux en l'air. Il se gratta la tête avec son stylo puis se tourna de nouveau vers Tetsuya.

– Que diriez-vous de passer à notre service de psychiatrie ?

C'était une question à laquelle Tetsuya ne pouvait répondre immédiatement.

– Il est situé au sous-sol, ajouta le médecin, pointant un doigt vers le bas. Je pense qu'il ne serait pas mauvais d'avoir un autre point de vue sur votre cas. Et puis, en psychiatrie, on prescrit d'une manière différente. Oui, ce serait bien. Faisons ça.

Le médecin ne le regardait plus dans les yeux. Tetsuya avait l'impression qu'il prenait la décision à sa place. Cherchait-il à refiler à quelqu'un d'autre un patient embarrassant ? Tetsuya poussa un soupir. Mais bon, pourquoi pas. Dans son état actuel, il se serait raccroché à un brin de paille. Il serait même allé voir un exorciste si on lui en avait recommandé un.

Sortant du service d'urologie, Tetsuya descendit à grand-peine l'escalier de la clinique jusqu'au sous-sol. Là, l'atmosphère changeait radicalement : il flottait une odeur de coulisses de théâtre. Des cartons étaient entassés dans le couloir et – simple impression peut-être – l'éclairage lui sembla sombre. Il trouva la plaque « Service de psychiatrie » et frappa à la porte, non sans inquiétude.

De l'intérieur, une voix perçante lança un « Entrez, entrez donc ! » tout à fait déplacé dans un tel lieu. Tetsuya ouvrit doucement la porte et entra. Le médecin, un homme obèse et au teint pâle, qui paraissait âgé d'une petite quarantaine d'années, était assis là, souriant.

– J'ai regardé votre dossier. Priapisme. Alors comme ça, on est toujours sur le pied de guerre !

Tetsuya découvrit ses gencives dans un sourire. Le médecin l'y invitant d'un geste de la main, il s'assit sur un tabouret.

– Ce genre de problème, il ne faut pas le prendre trop au sérieux. Je veux dire, du point de vue d'une personne qui souffre de dysfonctionnement érectile, vous êtes un sacré veinard ! Moi-même, je bande plutôt mou ces derniers temps. Ah, ah, ah !

Tetsuya scruta le visage du médecin. Cette familiarité si abrupte le déconcertait. Ne s'étant jamais rendu dans un service de psychiatrie auparavant, il se dit que mettre les patients à l'aise de cette façon faisait sans doute partie du traitement.

– L'impuissance, en définitive, a pour cause le manque de confiance en soi, alors vous, monsieur Taguchi, au contraire, vous en avez sûrement à revendre. « Allez, les filles, chacune son tour ! Je vais vous faire rugir de plaisir ! » C'est ça que vous leur dites, hein ? Ah, ah, ah, ah !

Tetsuya ne trouva rien à lui répondre. Il regarda le badge sur sa poitrine et lut « Ichirô Irabu, docteur en médecine ». Un parent du patron de la clinique sans doute…

– Bien, pour commencer, montrez-moi ça.

Docilement, Tetsuya baissa son pantalon et son caleçon. Une jeune infirmière étrangement sexy se tenait juste à côté et regardait sans la moindre gêne. Leurs yeux eurent beau se croiser, son expression resta inchangée.

– Eh bien, dites-moi ! s'exclama Irabu.

Il se pencha en avant et donna une pichenette avec le majeur sur le phallus de Tetsuya, qui eut un mouvement de recul.

– Vous ne faites pas d'anémie ?

Tetsuya ne comprit pas où il voulait en venir.

– Parce que, vu que le sang est concentré ici, je me demandais si vous en aviez encore qui circule dans la tête.

– Non, pour ça, je ne crois pas que…

– C'est une blague ! s'écria Irabu, qui éclata de rire avec insouciance.

Le malaise enflait dans la poitrine de Tetsuya. Il était mort d'inquiétude, et pourtant cet homme avait tout l'air de se moquer de lui.

– Et donc, ces pensées cochonnes, vous les avez depuis quand ? demanda Irabu.

– Pardon ?

– Votre esprit, il est envahi par des pensées plutôt cochonnes, non ?

De quoi il parlait, ce type ?

– C'est très courant, vous savez. Des gens qui sont persuadés, vingt-quatre heures sur vingt-quatre, que quelqu'un les poursuit, ou bien qui ne peuvent pas sortir de chez eux parce que, pour une raison ou une autre, ils s'imaginent que leur maison va prendre feu. Tout ça, ce sont des syndromes obsessionnels. Et vous, monsieur Taguchi, quelque part dans votre tête, c'est une jolie femme qui n'arrête pas de vous harceler. Hé, hé, hé…

– Vous vous trompez, dit Tetsuya en haussant le ton.

Un instant, pourtant, le visage de Sayoko apparut devant ses yeux.

– Bon, je comprends que vous soyez gêné…

– Vous vous trompez, je vous dis.

Tetsuya était furieux.

– Vous en êtes sûr ?

– Oui. Et puis d'abord, même si on a des pensées cochonnes, ce n'est pas normal de bander en permanence.

– C'est vrai, vous avez tout à fait raison.

Irabu considérait le dossier médical d'un air insatisfait. Après un bref silence, il prit une expression grave. Il se leva de son fauteuil et demanda à Tetsuya d'en faire autant. Celui-ci obtempéra avec méfiance.

– Monsieur Taguchi, je suis désolé.

De quoi s'excusait-il ? À cet instant, le genou d'Irabu s'enfonça dans l'entrejambe de Tetsuya, qui comprit alors qu'il venait de recevoir un coup dans les parties. La douleur fut si vive que sa vue se troubla et qu'il s'effondra par terre. Il avait l'impression qu'on lui donnait de petits coups de marteau de l'intérieur de sa boîte crânienne.

– Qu… qu'est-ce que… ? balbutia-t-il, incapable d'articuler un mot.

– Alors ? Ça ramollit ? J'ai juste essayé de vous faire subir un choc, déclara Irabu, impassible.

– Qu… quoi !

La fureur monta en lui. Mais son corps ne lui obéissait pas. Il se couvrit de sueur de la tête aux pieds.

– Puisque c'est un choc externe qui vous a mis dans cet état, je me disais qu'un choc similaire pourrait vous guérir.

En effet, ça se tient…, pensa Tetsuya malgré lui. Mais, s'il était prêt à le lui concéder, c'était certainement parce que, pris entre la rage et la douleur, il était très affaibli.

Il se releva tant bien que mal et se rassit sur le tabouret. Il ôta les mains de son entrejambe et se pencha dessus avec Irabu.

Sa verge était toujours en érection.

– C'est raté, on dirait…, commenta Irabu avec indifférence.

– Me faire ça par surprise, vous êtes ignoble ! protesta de nouveau Tetsuya, les joues en feu.

– Je ne pouvais pas vous prévenir, dit Irabu, qui n'éprouvait apparemment aucune culpabilité. Et puis, la thérapie par le choc, qu'il soit externe ou interne, est une méthode qui a fait ses preuves.

– Tout de même…

– C'est comme taper sur une télé quand l'image est brouillée. On décoince par hasard ce qui gêne, et ça suffit souvent pour que ça revienne à la normale.

Merde alors. Était-ce convaincant… ou alors pas du tout ?

– Monsieur Taguchi, il y a sans doute quelque chose de coincé en vous.

– C'est quoi ?

– Un souci. Une inquiétude. Un tourment.

En entendant ces mots, Tetsuya vit de nouveau le visage de Sayoko. Non, ce n'était pas possible.

– Vous détournez l'argent de votre entreprise, par exemple.

– Hein ?

– Ou alors vous êtes en cavale.

Tetsuya regarda Irabu en face. Il avait des bajoues.

– Vous ne voyez pas ?

– Et comment je verrais ?

– Le corps humain est une chose encore plus mystérieuse que le cosmos. Et le fait de ne pas réfléchir sérieusement fait aussi partie de ses ressources.

Tetsuya songea à partir. Ce médecin était complètement cinglé.

– En attendant, on vous fait une piqûre ? dit Irabu.

– Non merci, refusa poliment Tetsuya. On m'en a déjà fait une en urologie et ça n'a pas eu d'effet.

Son regard était calme.

– Hé ! Ma petite Mayumi ! l'ignora néanmoins Irabu, qui ordonna à l'infirmière de préparer une injection, avant d'ajouter : Allons, ne dites pas ça. C'est très important de prendre un traitement à intervalles réguliers.

Les yeux de Tetsuya se dirigèrent vers la « petite Mayumi ». La blouse blanche de celle-ci étant largement ouverte au niveau de la poitrine, il eut, quand elle se pencha, une vue plongeante sur son généreux décolleté.

Après tout, pourquoi ne pas essayer ? Le médecin du service d'urologie lui avait dit qu'on prescrivait d'une manière différente en psychiatrie.

Quand il posa le bras sur le support à injections, il aperçut jusqu'aux demi-bonnets du soutien-gorge de l'infirmière. Son entrejambe se mit à lui faire mal. Au moment où l'aiguille s'enfonça, Irabu approcha le visage tout près, les narines frémissantes.

Qu'est-ce que c'est que ces gugusses… L'expérience était si étrange qu'il en perdait un peu le sens de la réalité.

– Revenez nous voir tous les jours à la clinique pendant quelque temps.

Le ventre d'Irabu ondula pendant qu'il parlait.

Pour une raison qui lui échappait, Tetsuya avait perdu toute envie de résister. Il acquiesça en silence. Bah, d'accord. De toute façon, il pouvait tout aussi bien aller dans n'importe quelle clinique, le priapisme était une maladie si bizarre qu'on le traiterait partout comme un phénomène de foire.

Tetsuya arriva en retard à son bureau et se mit aussitôt au travail. Employé dans une société commerciale de taille moyenne, il était chargé actuellement de la stratégie des ventes pour une entreprise alimentaire. En tant que cadre, il se voyait confier des responsabilités. Face à son ordinateur, il commença à taper les données d'une enquête de consommateurs. Mais il n'arrivait absolument pas à se concentrer. Son entrejambe l'obsédait.

Tout à coup, les mots d'Irabu lui revinrent à l'esprit. « Monsieur Taguchi, il y a sans doute quelque chose de coincé en vous… » Bien qu'il ne voulût pas songer à elle, ses pensées se tournèrent vers Sayoko. Sa femme, qui l'avait trompé avec un collègue de bureau. Qui était partie après lui avoir dit « Pardonne-moi » en baissant la tête avec docilité. Et qui, aujourd'hui, était remariée avec cet homme.

Il expira profondément de manière à chasser ces pensées fugaces. N'importe qui, interrogé de cette manière, avait forcément une ou deux idées qui lui venaient à l'esprit. Dans le monde d'aujourd'hui, les soucis n'épargnaient personne.

Il alluma une cigarette. Regarda distraitement la fumée.

À l'évidence, c'était le rêve avec Sayoko qui était à l'origine de ce qui lui arrivait. En y réfléchissant, il devait admettre qu'elle n'avait jamais quitté son esprit ces trois dernières années. La nuit, dans son lit, il était fréquemment tourmenté par l'idée qu'elle était en train de faire l'amour, en ce moment même, avec son nouveau mari. Il avait toujours pris soin d'éviter d'aller voir le coin où elle vivait.

Certes, il lui en voulait, mais le dégoût de lui-même était encore plus fort. Tetsuya l'avait raccompagnée à la porte et lui avait simplement dit « Salut » en gardant pour lui tout ce qu'il avait sur le cœur. Il tenait tellement à sauver la face.

Son entrejambe lui fit de nouveau mal. Il grimaça malgré lui.

– Ça ne va pas, monsieur Taguchi ? s'enquit Midori, de la section des affaires générales, dont le bureau faisait face au sien.

– Non, ça va, répondit-il, feignant le calme.

– Vous n'ôtez pas votre veste ? Vous ne l'avez même pas déboutonnée…

– Non, j'ai un peu froid.

– C'est bizarre. Vous me faites penser aux femmes qui ont une mauvaise circulation et souffrent toujours du froid.

Elle sourit en montrant ses dents blanches.

Une mauvaise circulation ? Mais oui. Et s'il achetait un plaid pour ses jambes ? Tetsuya se pencha en avant afin d'endurer la douleur.

Quoi qu'il en soit, il devait au moins continuer à dissimuler la bosse de son pantalon. Si les gens autour de lui s'en apercevaient, il était fini.

Le niveau de son angoisse monta dans sa poitrine. Il soupirait constamment.

2

Tetsuya retourna le lendemain au service de psychiatrie de la Clinique générale Irabu. Au réveil, lorsqu'il avait vu son membre en érection, une angoisse insoutenable l'avait assailli. Ne pouvant régler seul le problème, il avait ressenti le besoin d'en parler à quelqu'un, qui que ce fût.

Cette fois, on lui administra une piqûre dès son arrivée. Il contempla consciencieusement le décolleté de l'infirmière qu'Irabu appelait Mayumi. Elle portait un soutien-gorge transparent. Apparemment, cette infirmière aimait beaucoup s'exhiber.

– Vous n'avez pas un hobby qui vous permet de vous dépenser ? demanda Irabu quand Tetsuya fut assis en face de lui.

– Non, pas spécialement.

– L'important, c'est d'améliorer votre circulation sanguine, et pour ça le sport vous ferait du bien.

– C'est impossible, j'ai mal…

Tetsuya porta la main à son entrejambe. En fait, depuis qu'il souffrait d'érection permanente, il avait même du mal à marcher. Il suffisait qu'il monte un peu rapidement l'escalier de la gare pour ressentir une vive douleur.

Quand il l'expliqua à Irabu, celui-ci, tout en sirotant son café, lui dit :

– Votre corps refuse probablement de laisser circuler votre sang. Un circuit s'est créé qui fait que le sang se concentre dans votre sexe et oublie comment circuler ailleurs. C'est comme un disque rayé, ce sont les mêmes sillons qui sont parcourus indéfiniment.

L'explication était plausible.

– Et alors, qu'est-ce que je dois faire ?

– Un choc, c'est ce qu'il y a de mieux…

– Non merci ! refusa-t-il immédiatement.

– Un choc psychologique peut aussi faire l'affaire. (Irabu se rinçait la bouche avec son café. Tetsuya se demanda ce qu'il allait faire, mais il l'avala d'un trait.) Par exemple, il faudrait que vous viviez une expérience qui vous la fasse ramollir.

– Oui ?

Tetsuya se pencha en avant.

– Vous pourriez emboutir la Mercedes d'un yakuza et prendre la fuite. Ça, je pense que ça vous refroidirait pas mal.

Tetsuya s'affaissa sur son siège. Il songea à changer de clinique.

– Un saut à l'élastique, ça pourrait être très bien aussi.

Tetsuya avait du mal à le croire. Il était sûr que cela ne ferait qu'accroître sa douleur.

– Les montagnes russes de Disneyland, ça vous dirait ? J'irai avec vous, si vous voulez.

Tetsuya ne prit pas la peine de répondre et poussa un soupir.

– On en profiterait pour aller voir l'Electrical Parade.

Il y avait quelque chose d'affligeant dans le fait de devoir aller dans un parc d'attractions avec un homme de cet âge.

À cet instant, le téléphone sonna sur le bureau. Irabu s'excusa et décrocha le combiné.

– Ah non ! Encore toi ! explosa-t-il tout à coup.

On percevait, à peine audible, une voix féminine à l'autre bout du fil. Le visage d'Irabu vira instantanément au rouge.

– Qui va te donner de l'argent, sale putain ! se mit-il à hurler, des veines saillant à ses tempes. Quoi ! Trente millions de yens de dédommagement ? Tu te fous de ma gueule ! Dis-moi ce qui justifie cette somme, dis-le-moi !

Tetsuya l'observait, frappé de stupeur.

– Au bout de trois mois de mariage, tu oses me réclamer une somme pareille ! Dix millions par mois, c'est ça ? C'est tout juste si tu m'as laissé te baiser, et tu as le culot de me demander ça ! Même une nana canon dans un salon de massage haut de gamme, elle ne gagne pas autant ! Comment ? Je suis une tache dans ta vie ? C'est plutôt à moi de dire ça ! Tu sais quoi ? Maman est furieuse contre moi, elle dit que j'ai sali la réputation de la famille Irabu !

Irabu s'était levé. Sa voix retentissait dans toute la pièce.

– Dès le départ, tu es venue vers moi uniquement pour toucher le gros lot, reconnais-le ! Non, c'est moi qui vais te traîner devant les tribunaux ! Je prendrai autant d'avocats qu'il faudra, les meilleurs, et tu vas te retrouver à poil !

Irabu vociféra ainsi pendant cinq minutes avant de raccrocher sèchement.

– Quelle conne ! lança-t-il, le visage cramoisi.

Puis, comme s'il appuyait sur un interrupteur, sa voix redevint immédiatement caressante :

– Monsieur Taguchi, laissez-moi vous expliquer.

Tetsuya manqua tomber de son tabouret. C'était quoi, ce changement de ton si brutal ? !

– La femme avec qui j'ai été marié très peu de temps est une garce et elle me réclame des dommages et intérêts.

Il posa les mains sur les genoux de Tetsuya, qui eut un mouvement de recul.

– Ma maman me disait : « Mon petit Ichirô, il serait temps que tu songes à te marier », alors je suis allé à une soirée de rencontres pour des médecins qui veulent faire connaissance avec des secrétaires des meilleures entreprises ou des employées de bonne maison. Et là, j'ai été abordé par une femme.

Quoi, une femme qui aborde quelqu'un comme toi, ça existe ? pensa Tetsuya. Ces mots faillirent sortir de sa bouche.

– Elle était emballée, alors on s'est mariés très vite. Mais dès qu'on a emménagé ensemble, elle a commencé à se plaindre qu'on n'avait pas les mêmes goûts, pas les mêmes valeurs, et par-dessus le marché ça se passait mal avec ma maman. Donc, au bout de trois mois, elle est retournée chez ses parents. Quel égoïsme, vous ne trouvez pas ?

– Euh, oui…, acquiesça Tetsuya, à défaut de trouver mieux.

– Là, j'ai pensé que tout n'était peut-être pas perdu, mais voilà tout à coup qu'elle prend un avocat, demande le divorce et me réclame des dommages et intérêts. Et trente millions de yens, en plus !

– C'est horrible, ce qui vous arrive.

– Oui, horrible. Et tout ça parce que je lui ai fait porter une tenue de gouvernante.

– Pardon ?

– Un déguisement. Tout le monde fait ça, non ?

– Eh bien, je ne crois pas que…

– Et puis elle me chicanait pour des broutilles. Par exemple, elle voulait que j'arrête de mettre de la mayonnaise sur mon riz.

– De la mayonnaise avec le riz ?…

– Croyez-moi, je suis tombé dans les griffes d'une harpie, fit Irabu, qui pinça les lèvres comme pour bouder. Monsieur Taguchi, vous êtes célibataire ?

– Euh, oui…

– Vous avez bien raison. Il ne faut pas se marier.

Cela dit, Irabu gratta son gros cou. Quand leurs regards se croisèrent, il lui montra ses gencives dans un grand sourire.

Les yeux de Tetsuya tombèrent par hasard sur l'inscription « Docteur en médecine » sur son badge. De nos jours, on donne des doctorats à n'importe qui dans ce pays, murmura-t-il à part lui.

Irabu était le plus grand excentrique de tous les excentriques qu'il ait jamais eu l'occasion de rencontrer. Cet homme-là n'avait certainement aucun souci. Il allait là où ses désirs l'entraînaient, en criant, en riant. Il avait l'insouciance d'un enfant de cinq ans.

Pourtant, il y avait aussi quelque chose d'enviable chez lui. Au moins, contrairement à Tetsuya, il ne se tracassait pas sans cesse.

Lui aussi, sa femme l'avait quitté. Ils traversaient tous deux la même épreuve. Mais pourquoi, alors, le résultat était-il si différent ?

Tetsuya s'arrêta dans un grand magasin pour acheter un plaid avant de se rendre à son travail. Les femmes au bureau le regardèrent avec curiosité quand il l'étendit sur ses genoux.

– Je l'ai reçu en cadeau dans un magasin. Ce serait dommage de ne pas l'utiliser, prétexta-t-il en riant, mais il se trouva si peu crédible que son front se crispa.

Il eut beau se mettre au travail, il ne pouvait s'empêcher de penser à Irabu. Face à son ordinateur, il revivait les événements de la matinée.

« Sale putain ! »… C'était ce qu'Irabu avait hurlé au téléphone. Des mots que lui-même aurait été bien incapable de prononcer. Il réprimait toujours ses sentiments, les gardait scellés au plus profond de lui-même.

Lorsqu'il avait appris que Sayoko le trompait, ce qu'il avait ressenti en tout premier, c'était de l'ahurissement. Il avait désespérément essayé de comprendre comment une telle chose avait pu arriver.

« Je suis désolée, j'aime un autre homme. » Quand elle le lui avait finalement avoué, la colère avait bouilli en lui. Pourtant, à ce moment-là, un autre sentiment avait commencé à s'y mêler.

Il ne voulait pas se rendre encore plus malheureux qu'il ne l'était déjà. Son amour-propre ne lui permettait pas de se laisser étiqueter comme étant un «cocu». Bien sûr, il était un peu en colère. «Je ne veux plus jamais te voir, va-t'en immédiatement», avait-il voulu lui dire. Mais il n'avait pas laissé éclater ses émotions. Il tenait farouchement à préserver la face. «On ne s'entendait plus», avait-il menti à son entourage.

En vérité, il aurait voulu les frapper tous les deux. Les couvrir d'injures. Et, comme Irabu, la traiter de «Sale putain!», les veines saillant à ses tempes.

Sans doute était-il trop soucieux des apparences. Il avait peur de se laisser aller.

Le téléphone sonna. Il décrocha. C'était une employée du service commercial.

– Vous avez les résultats de l'enquête de consommateurs pour les Aliments Suzuki?

– Comment, ce n'était pas pour la semaine prochaine?

– Quoi! Mais non, c'est pour aujourd'hui. J'avais l'intention de les leur donner maintenant.

– Non, vous vous trompez. C'est pour la semaine prochaine.

– Ça, ce n'est pas possible, lui rétorqua-t-elle sèchement. Dans ces conditions, monsieur Taguchi, vous voulez bien leur téléphoner à ma place pour les prévenir que ce ne sera pas aujourd'hui mais la semaine prochaine?

– Hein, moi?

– Je compte sur vous, merci.

Elle raccrocha avant qu'il ait le temps de répondre.

Alors là, c'est trop fort ! vitupéra-t-il intérieurement. Une fille plus jeune que moi, pourquoi je devrais la laisser me parler sur ce ton ? Si ç'avait été un homme, je lui aurais passé un savon.

À cet instant, il sentit une douleur à son entrejambe. Malgré lui, il se pencha en avant.

Il n'est pas encore trop tard. Si je la rappelais pour l'engueuler ? C'est elle qui s'est trompée, alors c'est à elle de régler le problème.

Non… Se ravisant, il suspendit le mouvement de sa main qui se tendait vers le téléphone. Ils auraient encore à travailler ensemble à l'avenir et il voulait éviter de les mettre dans une situation gênante. Et puis, avec les femmes, les suites étaient trop compliquées à gérer. On se faisait une ennemie, et ensuite on les avait toutes sur le dos.

Tetsuya renonça à l'appeler et téléphona au client. Le responsable accepta ses excuses, mais lui se trouva pitoyable de courber l'échine.

La douleur se fit plus vive. Sa verge poussait de plus belle contre son pantalon. Voulant aller aux toilettes, il se leva de son siège sans réfléchir. Le plaid glissa sur le sol. Au même instant, comme par un fait exprès, Midori sur le siège en face releva la tête. Ses yeux étaient braqués sur son entrejambe. Elle a vu ! pensa Tetsuya.

Pris de panique, il quitta les lieux. Comme cela lui faisait mal de se tenir droit, il marcha en se courbant au niveau des reins. Il sentit des regards dans son dos. Son visage se couvrit de sueur.

Le voyant avancer à grands pas dans le couloir, des employées s'écartèrent pour le laisser passer. Son visage avait certainement une expression peu banale.

Il entra dans une cabine et baissa son pantalon. Sa verge était rouge, gorgée de sang, et se dressait presque à en toucher son nombril. La douleur s'intensifiait rapidement. Il serra les dents pour la supporter.

Tetsuya souffrait d'un mal extravagant. Une maladie pareille, il ne pouvait pas s'en ouvrir à un ami. Tant qu'il ne débanderait pas, il serait incapable d'entretenir des rapports sociaux convenables.

Le médecin lui avait dit que ce n'était pas une maladie incurable. Mais il n'avait encore aucune garantie que cela s'arrangerait. Qu'allait-il advenir de lui ? « Au secours ! » avait-il envie de crier.

Puis, tandis qu'il contemplait son phallus sillonné de veines bleues, une idée lui traversa l'esprit.

Sa verge était en colère. Comme si elle était furieuse que son propriétaire ne le soit pas lui-même…

Si le sang se déversait dans sa verge, c'était peut-être parce qu'il ne le laissait pas monter naturellement jusqu'à sa tête ? Si sa queue se dressait à la place, c'était peut-être parce qu'il ne sortait pas de ses gonds, les veines saillant à ses tempes ? Cette pensée se déployait à toute allure dans sa tête.

Il n'avait rien pu dire à Sayoko. Il n'avait même pas haussé la voix contre celle qui l'avait trompé.

Et c'était la même chose qui venait de se produire. Il s'était laissé marcher sur les pieds par une collègue, une petite bêcheuse plus jeune que lui. Il n'était pourtant pas une mauviette. S'il avait eu affaire à un homme, il lui aurait dit ses quatre vérités. Face aux femmes, il se mettait trop facilement dans la peau du gentleman doux et raisonnable.

Il devait peut-être vider son sac devant Sayoko ? La traiter de « sale putain », et en profiter pour lui donner une bonne gifle ? Par une de leurs relations communes, il connaissait son adresse. Il savait aussi qu'elle travaillait toujours dans la même entreprise.

Assis sur les toilettes, il poussa un grand soupir. Il essuya la sueur de son front avec un mouchoir.

Tout de même, n'était-il pas trop tard ? Trois ans avaient passé.

On se demanderait ce qui lui prenait. Peut-être la police interviendrait-elle si cela tournait mal. Et il serait la risée de son entourage quand on l'apprendrait.

Il s'adossa au réservoir des toilettes et ferma les yeux.

Non, cette voix de la raison, là était précisément son problème. C'était parce qu'il réprimait trop ses émotions que sa verge se retrouvait dans cet état.

Pour une raison ou pour une autre, il en avait acquis la certitude : son priapisme était dû au fait qu'il ne laissait pas éclater ses émotions.

Sa décision était prise. Il irait dire ses quatre vérités à Sayoko. Il la couvrirait d'injures et l'obligerait à lui demander pardon.

Il en avait le droit. Lui n'avait commis aucune faute.

Lorsqu'il se leva, une vive douleur lui parcourut la verge. Il voulut s'accroupir et se cogna le front contre le mur.

Des paillettes d'argent dansèrent devant ses yeux. Il prit la résolution d'obtenir coûte que coûte des excuses de sa part.

À la fin de la journée, il quitta son bureau à l'heure pile, sans faire une minute supplémentaire.

Le quartier où vivait Sayoko, sur une ligne de chemin de fer privée, était un endroit à la mode dont on parlait fréquemment dans les magazines féminins.

En sortant de la gare, il fut frappé par le nombre de jeunes femmes. Il n'y avait aucune femme au foyer parmi elles. Toutes étaient élégamment vêtues et semblaient profiter de leur temps libre après le travail.

Un ami commun lui avait appris que Sayoko avait acheté un appartement dans un immeuble neuf à côté d'un parc. Au poste de police de la gare, Tetsuya demanda à voir un plan pour vérifier où ce parc était situé. S'il y avait à proximité un immeuble flambant neuf, ce serait celui de Sayoko.

Il le trouva sans problème après cinq minutes de marche. C'était une coquette résidence aux murs gris. La lumière raffinée de lampes à incandescence éclairait nombre de fenêtres. Même de l'extérieur, on pouvait facilement imaginer que les résidents de l'immeuble vivaient dans le confort. Si tous les deux travaillaient, ils étaient certainement à l'aise sur le plan financier.

Tetsuya, pour sa part, était en location dans un immeuble délabré. Il aurait pu devenir propriétaire de son appartement, mais il n'en avait pas eu envie. Dans son état actuel, faire des plans d'avenir ne l'intéressait pas.

Il vérifia le numéro de l'appartement dans l'entrée. Deux noms étaient inscrits sur la plaque. Sayoko ne s'appelait plus Taguchi. Elle avait pris le nom de famille de son nouveau mari.

Tetsuya sentit son cœur se serrer de chagrin.

Il jeta un coup d'œil dans la boîte aux lettres et vit quelques courriers publicitaires. Elle n'était sans doute pas encore rentrée. Il pénétra dans le parc en face et s'assit sur un banc d'où il voyait la résidence.

Il attendrait des heures s'il le fallait. Il scrutait les passants.

Quand Sayoko apparaîtrait, il se posterait devant elle. « Salut, ça faisait longtemps. Il y a une petite chose que j'ai oublié de faire », lui dirait-il froidement, avant de la gifler. Sayoko serait surprise, évidemment. Elle en resterait sans voix. Et c'est là qu'il lui balancerait : « Sale putain ! »

Il fuma cigarette sur cigarette. Il acheta un jus de fruits à un distributeur pour désaltérer sa gorge sèche.

Mais une gifle, c'est peut-être aller trop loin…, songea-t-il tout à coup. Ça devenait de la violence, et si la police intervenait, cela aurait des répercussions à son travail.

Et s'il lui crachait plutôt au visage ? De cette manière, elle n'aurait pas de préjudice physique, et l'offense resterait tout aussi efficace.

Il ferma légèrement les yeux et prit une profonde inspiration.

Non, les mots pouvaient sans doute suffire. Sayoko se sentait coupable. Elle serait certainement décontenancée rien qu'en le voyant. À la place, il allait plutôt élargir le vocabulaire de ses insultes. Ingrate ! Salope ! Mauvaise cuisinière ! Je ne te l'ai jamais dit jusqu'à aujourd'hui, mais ta soupe de miso, elle était trop salée !

Il regarda l'heure à sa montre : il était vingt heures passées.

À cet instant, il entendit des bruits de pas. Il tourna les yeux dans leur direction. De l'autre côté de la rue, il vit un visage de femme éclairé par les réverbères.

Il reconnut immédiatement Sayoko. Mais il y avait un homme à côté d'elle.

Ah oui, c'est vrai. Elle et son nouveau mari travaillaient dans la même entreprise. En fonction de leur emploi du temps, ils rentraient ensemble à la maison. Pourquoi n'y avait-il pas pensé ?

Tetsuya quitta son banc pour aller se cacher derrière un arbre. Il avait fait cela instantanément. Malgré son cœur qui palpitait, il se sentait de plus en plus détaché. Il épia discrètement leurs visages.

Sayoko passa devant lui. Elle se trouvait à plus de dix mètres, pourtant il sentit jusqu'à la douceur de sa joue.

Elle était devenue très belle. Beaucoup plus belle qu'il y a trois ans. Elle avait le profil d'une femme comblée de bonheur. Elle bavardait avec son mari, elle riait…

Ils formaient un beau couple. Tetsuya le voyait pour la première fois, mais l'homme lui semblait très gentil.

Ils se tenaient par la main.

En voyant leurs doigts enchevêtrés, Tetsuya retrouva ses esprits.

Bon sang, qu'est-ce que j'allais faire ? Il faut vraiment être con pour venir passer un savon à son ex-femme trois ans après ! Je suis devenu complètement cinglé ou quoi !

Le couple disparut dans la résidence.

Tetsuya était accablé à la fois par ce qu'il avait vu et par sa propre stupidité.

3

Passer à la Clinique générale Irabu faisait maintenant partie de son emploi du temps quotidien. Il avait certes l'espoir que la piqûre qu'on lui administrait chaque jour ferait bientôt effet, mais il aspirait davantage à soigner sa solitude. Irabu était la seule personne à qui il pouvait se confier.

Au bureau, il avait fait croire qu'il suivait un traitement par rayons infrarouges pour des douleurs aux reins. Il pensait que son habitude de marcher courbé et son plaid bizarre abusaient au moins un peu ses collègues.

Le soir où il avait aperçu Sayoko, il avait ensuite brûlé dans la cuisine les photos d'elle qu'il conservait dans le fond d'un tiroir. Il les avait gardées jusqu'à ce jour au prétexte que lui-même figurait dessus, mais cette fois il s'en était débarrassé sans tergiverser.

Pourtant, cela ne l'aida pas à se sentir mieux. Au contraire, il allait de mal en pis. À présent qu'il savait à quoi l'homme ressemblait, ses fantasmes étaient devenus concrets.

– Allez, monsieur Taguchi, venez avec moi à Disneyland !

De bonne humeur comme toujours, Irabu ne soupçonnait rien des tourments de Tetsuya.

– Les montagnes russes de la Big Thunder Mountain, je crois que ça serait une bonne thérapie par le choc pour vous.

C'est parce que vous avez envie d'y aller, c'est tout ! faillit lui crier au visage Tetsuya, mais il se retint. D'un autre côté, il n'était pas sans lui envier son côté extravagant. Cet homme se moquait complètement de ce que les gens pensaient de lui. À coup sûr, il dormait comme un bébé la nuit.

– Dans ce cas, pourquoi pas Hydropolis au parc Toshima ?

– Dans mon état actuel, vous voulez que je me mette en maillot de bain, c'est ça ?

– Ah oui, pardon. On vous prendrait pour un satyre !

C'était tellement ridicule que Tetsuya n'avait même pas envie de lui répondre.

– Au fait, monsieur Taguchi, j'ai un service à vous demander, dit Irabu en se grattant la tête.

Des pellicules tombèrent sur le sol.

– Je vous ai raconté que j'étais en pleine conciliation de divorce. Monsieur Taguchi, je voudrais que vous draguiez ma femme et que vous l'emmeniez à l'hôtel.

Tetsuya fronça les sourcils.

– Rassurez-vous, rassurez-vous. C'est une garce. Et puis, si vous l'abordez en disant que vous êtes médecin, elle vous suivra comme un petit chien. (Cette fois, il se fourrait un doigt dans le nez.) Voyez-vous, pour arriver à un compromis à l'amiable, moi aussi j'ai besoin de conditions favorables. Je vous suivrai discrètement à votre rendez-vous pour prendre des photos.

– C'est une blague, hein ? fit Tetsuya en avançant le menton.

– Non non, fit Irabu en s'essuyant le doigt sur sa blouse blanche. Ce genre de choses, c'est vraiment pas facile de le demander à quelqu'un.

Pourtant, tu es bien en train de le demander, non ? Et à un patient, en plus ! Irabu sortit des photos de la femme en question et les lui montra. Elle était assez belle pour participer à un concours de miss. Un canon comme ça, tu devrais être reconnaissant d'avoir pu passer ne serait-ce que quelques mois avec elle, faillit-il lui dire.

– Allez, monsieur Taguchi, s'il vous plaît.

Tetsuya secoua la tête.

– Non, je regrette.

– On a besoin de stimuli dans la vie. Se contenter du métro, boulot, dodo, ça n'a pas de sens. D'ordinaire, en théorie, un malade a besoin de repos complet, mais dans votre cas, monsieur Taguchi, je crois que c'est l'inverse qu'il vous faut. J'ai lu dans un livre que les stimuli ou les changements sont efficaces pour le priapisme.

N'importe quoi. Qui pouvait croire ça ?

– Bien sûr, je vous dédommagerai. Cent mille pour les frais. Et si ça marche, trois cent mille supplémentaires. En plus, je vous fais cadeau de mes honoraires.

Il était vraiment médecin, cet homme ?

Après un échange plutôt vif, Tetsuya réussit tant bien que mal à lui faire admettre son refus. Si Irabu était à ma place, pensa-t-il, il ne laisserait certainement pas Sayoko s'en tirer à si bon compte. Il tendrait un guet-apens à son mari en pleine nuit.

La scène de la veille au soir était imprimée sur sa rétine. Il n'avait plus seulement du mal à dormir, à présent il désespérait de trouver le sommeil.

– Puisque vous ne me laissez pas le choix, je vais sans doute aller au parc d'Ueno pour recruter un Ira-nien.

Tetsuya ne cessait d'envier le cran d'Irabu.

Comme toujours, quand il arriva au bureau, Tetsuya dissimula son bas-ventre sous son plaid. Il regarda machinalement devant lui et vit Midori faire un clin d'œil à une collègue.

S'apercevant qu'il les regardait, les deux femmes détournèrent aussitôt les yeux.

Son visage s'empourpra en un instant. À l'évidence, une rumeur courait à son sujet. Oui, pas de doute. Ces derniers temps, non seulement il faisait en sorte de quit-ter son siège le moins souvent possible, mais lorsqu'il devait se lever, c'était toujours précautionneusement, après avoir enfilé et boutonné sa veste. En outre, il ne déjeunait jamais avec personne. Il sortait secrètement acheter un sandwich quand tout le monde avait déjà quitté le bureau.

Avaient-ils découvert qu'il était en érection perma-nente ? Ses doigts pianotèrent sur le clavier en tremblant légèrement. Si tel était le cas, il aurait tellement honte qu'il ne pourrait plus venir travailler ici.

Valait-il mieux qu'il fasse son *coming out* ? Non, c'était stupide. En faisant cela, il se couvrirait de honte jusqu'à la fin de ses jours. Dans une entreprise, ce genre d'histoire devenait facilement légendaire.

Le directeur l'appela à son bureau. Tetsuya s'y rendit avec le plaid enroulé autour de la taille.

– C'est quoi, ça ? Vous êtes allé en vacances en Écosse ?

– Ah… non… euh…, bredouilla Tetsuya, s'avisant soudain de sa tenue étrange.

– Bah, peu importe. Demain et après-demain, vous avez du travail urgent à faire ?

– Non, pas spécialement.

– Dans ce cas, l'excursion à l'auberge thermale d'Izu où on a invité nos clients détaillants, c'est précipité, je sais, mais je veux que vous y alliez. Quelqu'un s'est désisté. Je vous demande de le remplacer.

– Une auberge thermale ?

Tetsuya fut pris de vertige.

– C'est important, je ne peux pas confier cette mission à un jeune. Chez nous, le chef de service y participe. J'ai besoin d'un vétéran comme vous.

– Euh… je suis désolé. J'ai un mal de dos atroce…

Il posa les mains sur ses reins et lui montra une grimace.

– Eh bien, vous avez de la chance ! Dans cette auberge, il paraît justement que les eaux sont excellentes pour le mal de reins. Vous allez prendre un bon bain et me conclure des négo juteuses avec les directeurs des achats des grands magasins !

Le noir se fit devant ses yeux. Que se passerait-il s'il se retrouvait dans une auberge thermale en état d'érection permanente ? Rien que d'y penser, il faillit s'évanouir. En plus, ils partaient le lendemain matin. Il n'avait aucun moyen de se défiler.

Il alla dans une salle de réunion vide pour téléphoner à Irabu. Il n'avait pas hésité une seconde. Il lui expliqua la situation.

– Vous pourriez attraper un rhume, lui dit Irabu d'une voix détendue. Je vous ferai un certificat médical, si vous voulez.

– Non merci. Mes patrons vont me dire que ce n'est pas à moi de décider et je vais me faire mal voir.

– Bon, la colique alors ? Ou bien la grippe aviaire ?

– Si j'avais la grippe aviaire, on parlerait de moi dans les journaux ! Vous ne voyez aucun moyen d'atténuer les symptômes ? Un médicament qui me ferait débander à moitié, par exemple.

– Non, je ne vois pas. (Tetsuya entendit un bâillement à l'autre bout du fil.) Vous ne pouvez pas refuser, tout simplement ? Leur dire que vous n'avez pas envie d'y aller ?

– Écoutez, dans une entreprise, il ne suffit pas de dire « Je n'ai pas envie d'y aller » !

– Oh là là ! Vous êtes dans le pétrin, dites-moi.

Tetsuya raccrocha. Il avait été stupide de demander conseil à quelqu'un comme Irabu.

Son entrejambe recommença à le faire souffrir. Pourquoi devait-il subir une telle épreuve ? Il aurait nettement préféré devenir impuissant.

Finalement, le lendemain matin arriva sans qu'il ait trouvé de solution pour se tirer de ce mauvais pas. Bien entendu, il n'avait pas fermé l'œil de la nuit. Dans la soirée, il avait même envisagé de disparaître sans laisser d'adresse. Il était persuadé que la plupart des affaires de disparition qui se produisaient régulièrement dans tout le pays avaient pour cause des histoires aussi absurdes.

Malgré la douleur, il décida de mettre un slip. Dessous, il enfila un suspensoir de natation. Après avoir hésité un peu à l'instant de ranger son matériel – dressé en l'air ou couché sur le côté ? –, il opta finalement pour la première solution. On aurait dit un bébé kangourou sortant la tête de la poche de sa mère, mais il n'y pouvait rien. Il ne voulait pas lui faire prendre une position forcée, ne serait-ce qu'un peu.

Un luxueux autocar de tourisme les conduisit à Izu. Une fois arrivé, le premier obstacle à franchir, c'était le golf. Devant son chef de service, Tetsuya fut incapable de prétexter qu'il avait mal aux reins. «Notre Taguchi joue plutôt bien au golf», avait annoncé celui-ci au moment des présentations. Sur quoi leurs invités – des hommes entre deux âges et au teint hâlé – avaient répondu : «Dans ce cas, vous allez nous donner une leçon» en riant et en lui tapant familièrement sur l'épaule.

Premier trou. Tetsuya frappa le coup de départ en serrant les dents. Il avait dû taper trop fort car la balle vola dans la forêt. Il ressentit une vive douleur juste après le swing.

Son deuxième coup atterrit dans un bunker. Son corps se mit à exsuder une sueur grasse quand, le dos voûté, il traversa le green au petit trot. Le simple fait de bouger lui donnait des élancements dans la verge.

Deuxième, puis troisième trou. Les clients de l'équipe de Tetsuya commencèrent à montrer des signes de perplexité. Les putts étaient les seuls coups qu'il pouvait jouer correctement. Il ne cessait de courir à droite et à gauche en répétant «Je suis désolé». Il était si affolé qu'il était incapable de tenir une conversation.

– Prenez votre temps, monsieur Taguchi, rien ne presse.

– Non, je veux en finir aussi vite que possible, répondit-il sèchement alors qu'on s'inquiétait pour lui.

Cela le fit paniquer de plus belle. Un froid régnait dans le groupe.

Dans le pavillon de repos, il fut rejoint par le groupe du chef de service, qui lui fit une remarque sur sa tenue :

– Hé, Taguchi, ce n'est pas correct. Rentrez votre polo.

Le bas du polo de Tetsuya pendait par-dessus son pantalon. Il était obligé de le porter ainsi, sous peine d'exposer aux yeux de tous la bosse de son entrejambe.

– C'est la mode.

– La mode ? Écoutez, dans le golf, l'étiquette est très importante.

– Non, moi, c'est comme ça que je fais.

Le visage du chef de service se durcit. Tetsuya se dirigea vers le trou suivant en prenant soin de ne pas croiser son regard. Impossible pour lui de tenir compte des remarques de son supérieur. Se sauver d'ici était la seule chose qu'il avait en tête.

Le score final fut terrible. Les clients avec qui Tetsuya avait fait le parcours lui parlaient de moins en moins et, même dans le clubhouse, se tinrent à bonne distance de lui. À l'évidence, sa manière de s'occuper d'eux n'était pas à la hauteur.

Le chef de service s'approcha de lui et lui glissa à l'oreille :

– Hé, Taguchi. Qu'est-ce que vous fabriquez ? Vous boudez les clients ?

– Euh, je suis crevé…

– Ne vous foutez pas de ma gueule. (Il lui jeta un regard furibond.) Vous avez intérêt à vous rattraper à l'auberge. Dans le bain, versez-leur au moins de l'eau dans le dos.

– Mais je suis un peu enrhumé…

– Je ne veux pas le savoir. Si vous ne rattrapez pas le coup, vous ne vous en tirerez pas comme ça quand on sera rentrés.

Tetsuya eut envie de prendre ses jambes à son cou. Que se passerait-il s'il s'enfuyait maintenant ? À coup sûr, même s'il n'était pas renvoyé, il serait sévèrement sanctionné. Mais peu importait. Ça valait mille fois mieux que d'être vu la queue dressée dans le bain.

Pourquoi n'avait-il pas dit non hier ? Il aurait dû refuser catégoriquement, quitte à se faire mal voir par le directeur. De caractère, il avait tendance à se laisser entraîner, et c'était donc lui seul qui s'était mis dans cette galère.

Et c'est aussi cet aspect de son caractère qui l'empêcha de se sauver et le fit retourner à l'auberge. Chacun prit le chemin de sa chambre pour enfiler un léger kimono de coton, avant de se rendre au grand bain.

Tetsuya laissa les clients avec qui il partageait sa chambre le devancer, puis, une fois seul, essaya discrètement le kimono. Impossible. Ça se voyait trop. Il renonça au kimono et décida de mettre un jean qu'il avait apporté. Puis, tirant de toutes ses forces, il déchira une manche du kimono. Même si c'était peu crédible, il pensait invoquer ce prétexte.

Ensuite, le problème, c'était le bain. Il ne pouvait absolument pas se baigner. Il était hors de question qu'il se mette nu en public. Mais comment faire ?

Le téléphone sonna. Il décrocha et tomba sur le chef de service.

– Qu'est-ce que vous fabriquez ? Grouillez-vous. Il n'y a que vous qui laissez vos clients à l'abandon. Yoshida et Yamamoto sont en train de laver le dos de ceux dont ils ont la responsabilité. Vous voulez me couvrir de honte, c'est ça?

– J'arrive tout de suite, répondit Tetsuya d'une voix tremblante.

C'est le pire moment de ma vie, pensa-t-il. Même quand, enfant, il avait fait pipi au lit en colonie de vacances, il ne s'était pas senti aussi embarrassé. Il avait pleuré, et puis c'était tout.

Il se traîna en titubant dans le couloir. Un endroit mis à part, il était exsangue.

Il s'arrêta devant l'ascenseur. Jetant un coup d'œil sur le côté, il remarqua un bouton rouge. La sonnette d'alarme.

Son cœur se mit à battre plus vite. J'appuie? En le faisant, il pourrait se tirer tant bien que mal de cette situation critique…

Ses doigts s'allongèrent comme s'ils étaient mus par quelqu'un d'autre. Quand il reprit ses esprits, il avait arraché le plastique de protection et appuyait sur la sonnette.

Une sirène stridente retentit à l'intérieur du bâtiment. Tetsuya quitta les lieux comme un projectile et dévala l'escalier. Il avait oublié la douleur à son entrejambe.

– Au feu! criait-il à tue-tête.

Il eut l'impression de comprendre l'état d'esprit des malfaiteurs. Ces gens-là commettaient de grands crimes pour couvrir de petits mensonges.

L'excursion tourna au désastre. Pris de panique en entendant la sirène, les clients se précipitèrent dehors en tenue d'Adam, exposant leur nudité vieillissante aux regards des passants et des badauds. On avait apparemment bien entendu les «Au feu!» lancés par Tetsuya.

En effet, les gens de l'auberge avaient immédiatement appelé les pompiers et un grand nombre de véhicules de premier secours et à échelle étaient arrivés sur place de toute urgence.

Le personnel de l'auberge se prosterna devant les pompiers et les clients pour se confondre en excuses. On ne rechercha pas le coupable. La direction de l'auberge, devinant que c'était l'acte d'un client, ne voulait sans doute pas envenimer l'affaire.

Tetsuya s'était mêlé à la foule et regardait l'agitation avec un air innocent. Il avait compris autre chose sur la psychologie des criminels. Un homme, pour dissimuler ses crimes, était capable de feindre n'importe quoi.

Quand le tumulte s'apaisa, tout le monde retourna au bain, mais, vu la tournure qu'avaient prise les événements, le chef de service avait oublié Tetsuya et ne lui adressa pas la parole. Celui-ci fuma des cigarettes dans sa chambre.

Le banquet, qui avait commencé avec une heure de retard, se déroula couci-couça. Il s'anima dans une certaine mesure quand on servit de l'alcool, tandis que les voix affectées des hôtesses en kimono résonnaient dans toute la salle.

Tetsuya allait et venait pour remplir les verres des clients dont il avait la responsabilité. Il prenait soin de ne pas croiser le regard du chef de service. Sa note d'évaluation allait certainement en pâtir, mais il s'en moquait à présent. Comparé aux tourments de son entrejambe, tout lui paraissait dérisoire.

Il se demanda où emmener ses clients après le banquet, mais ceux-ci lui firent savoir sèchement qu'ils se passeraient de ses services. Il les pria néanmoins, en baissant la tête, de lui faire parvenir la facture.

Tetsuya alla dormir avant tout le monde. Quand il se coucha et regarda son entrejambe, son sexe sortait la tête de son slip et le dévisageait.

– On revient de loin, tous les deux, se surprit-il à lui dire.

Au pire, j'irai au Maroc[1]... Ç'avait beau être une plaisanterie, toujours est-il que cette pensée lui traversa l'esprit.

4

Tetsuya ne supportait plus son lieu de travail.

Sans doute en partie parce qu'il évitait les relations sociales, ses collègues commençaient à le considérer avec suspicion. Quelqu'un qui était entré à la même époque que lui dans l'entreprise lui exprima son inquiétude :

– Ça jase. Les gens disent que tu as changé.

Les employées comme Midori le battaient froid et ne bavardaient même plus de la pluie et du beau temps avec lui.

Les journées de Tetsuya se déroulaient entre résignation et exaspération. Le soir, n'allumant même pas la télévision, il contemplait son phallus au lit et en venait même à penser : « Et alors, quelle importance ? » Il avait décidé de l'accepter comme son destin et de vivre avec.

Malgré cela, quand le matin arrivait, il sombrait dans la déprime. Il avait seulement trente-cinq ans. Il voulait tomber amoureux, se marier, avoir des enfants... À son âge, ce genre de projets n'avait rien d'étrange. Mais il

1. Jeu de mots intraduisible sur *morokko* qui, outre le Maroc, peut aussi signifier « toutes les filles ».

avait cette maladie bizarre et il en souffrait. La solitude le plongeait dans de tels tourments qu'il en aurait hurlé de désespoir.

La veille, une vieille amie lui avait téléphoné dans la soirée. Elle l'appelait sans raison particulière, juste pour avoir des nouvelles.

– Tetsuya, tu ne vas pas te remarier ?

– Être seul, c'est moins de soucis, fanfaronna-t-il. Et puis le mariage, j'ai déjà donné.

– Sayoko va très bien, tu sais.

– Ah oui ? fit-il, feignant l'indifférence.

– Elle m'a dit qu'elle était enceinte. De trois mois seulement.

– Hmm.

– Mais ça te gêne peut-être que je parle de ça ?

– Non, pas du tout.

– Je vais la voir bientôt, tu veux que je lui transmette un message ?

– Pas spécialement.

En vrai, j'en ai un. Sale putain ! pensa Tetsuya, mais bien sûr il raccrocha en le gardant pour lui.

Des nouvelles d'elle, précisément au moment où j'essaie de l'oublier ! Et en plus, elle est enceinte. Quand elle était avec moi, elle disait toujours qu'elle aimait encore trop son travail pour faire un enfant.

De son côté, il n'avait pas une seule bonne nouvelle.

Plus il trouvait pénible de se rendre au travail, moins il pouvait se passer de ses rendez-vous quotidiens à la clinique. Irabu en venait à lui manquer les jours où celle-ci était fermée aux consultations. Irabu était certes un original, mais son originalité était précisément une consolation pour lui. Peut-être les imbéciles et les excentriques avaient-ils un effet curatif. Il en venait à penser qu'en cas de nécessité il était probablement préférable de renoncer à son bon sens.

Ce jour-là, en descendant l'escalier de la clinique, il entendit les voix d'un homme et d'une femme en train de se quereller. Elles provenaient du cabinet de consultation du service de psychiatrie.

Arrivé à la porte, il reconnut la voix d'Irabu. Les deux protagonistes s'injuriaient. Il hésita à entrer. Irabu était peut-être en train de se disputer avec une patiente.

C'était tout à fait possible. Après tout, il s'agissait de l'homme qui lui avait brusquement donné un coup de genou dans un endroit sensible. Tetsuya entendit un fracas de verre brisé. Il posa aussitôt la main sur la poignée de la porte. Je dois faire quelque chose, pensa-t-il.

Ouvrant la porte, il découvrit Irabu et une jeune femme qui se lançaient des objets à la figure. Quelque chose vola vers lui, qu'il évita instinctivement. Se retournant, il vit une seringue s'écraser contre le mur.

– Pouffiasse ! rugit Irabu. Je vais t'attaquer pour escroquerie au mariage !

– Qu'est-ce que tu racontes, espèce de pervers ! ? C'est moi qui vais t'attaquer, pour torture psychologique sur ta femme !

Tetsuya regarda la femme. Si ça se trouvait, c'était elle qu'Irabu avait épousée et qui lui réclamait un dédommagement. Tous deux étaient rouges de colère.

Dans un premier temps, il intervint :

– Docteur, arrêtez de vous disputer. Calmez-vous, s'il vous plaît.

– Monsieur Taguchi, écartez-vous !

– Vous êtes qui, vous ? Occupez-vous de ce qui vous regarde !

Irabu, qui était un colosse, le repoussa. Tetsuya perdit l'équilibre et, après avoir également reçu une bourrade de la femme, tomba lourdement sur les fesses.

– Je suis au courant de tous tes mensonges. J'ai engagé un détective privé pour enquêter sur toi. Ce baratin comme quoi tu avais travaillé dans une banque avant de devenir employée de maison. En vérité, tu bossais dans un bar à filles à Kinshi-chô. Avant ça, tu étais masseuse exotique dans un salon de Kameido, je me trompe ? Et encore avant, il paraît que tu t'éclatais bien dans une bande de filles de Koïwa. Je t'ai percée à jour. Quel toupet tu as eu de te présenter à une soirée de médecins !

Pendant qu'Irabu parlait, les lèvres de la femme frémissaient. Tetsuya l'examina de plus près : avec son épaisse couche de maquillage sur la figure, elle avait en effet l'allure d'une fille qui gagnait sa vie dans le monde de la nuit. Elle n'avait rien à voir avec la photo qu'Irabu lui avait montrée l'autre jour.

– Ta gueule ! Toi, de ton côté, tu me disais : « Je t'offrirai plein de vêtements. » Et qu'est-ce que tu m'as acheté ? Un uniforme de gouvernante et une tenue de gymnastique pour écolière, que des trucs ridicules ! Et tu voulais que je mette ça le soir ? Non mais, tu te fous de ma gueule ! Et le pompon, c'est que tu es aux ordres de ta mère ! « Mon petit Ichirô, il ne faut pas que tu aies froid au ventre, alors n'oublie pas de mettre ta ceinture abdominale. » Un homme de ton âge, déguisé en Mickey Mouse ! C'est pas complètement ridicule, ça ! Un pédophile doublé d'un petit garçon à sa maman, voilà ce que tu es !

Cette fois, Irabu grinça des dents. Ses bajoues oscillèrent lourdement.

Toujours assis par terre, Tetsuya observait bouche bée la tournure que prenait l'altercation.

Il n'y en avait pas un pour rattraper l'autre. Il n'avait envie de prendre parti pour aucun des deux.

– Qu'est-ce que tu racontes, sale garce !? Il me l'a dit, l'Iranien : «C'était facile, missié.»

– D'abord, pourquoi t'avais besoin d'embaucher un Iranien ? Espèce de poule mouillée ! Si tu veux te mesurer à moi, fais-le toi-même !

Tetsuya était stupéfait. Irabu avait vraiment embauché un Iranien au parc d'Ueno ?

– Tes nichons, ils sont siliconés, non ? Je suis médecin, tu croyais pouvoir me duper ?!

– Puisque tu es médecin, commence par faire quelque chose pour ton pénis !

– Quoi ! Tu ronfles comme une toupie ! À cause d'une rhinoplastie ratée, je suis sûr !

– Quelqu'un qui pue sous les bras comme toi, tu ferais mieux de la fermer ! Le déodorant, c'est pas fait pour les chiens !

Ils en vinrent finalement aux mains. Ils se tiraient les cheveux.

– S'il vous plaît, arrêtez, pas de violence ! intervint de nouveau Tetsuya.

– Salope ! Pétasse ! Fous le camp d'ici !

– Gros lard ! Petite bite ! File-moi mon pognon !

– Calmez-vous. Je suis sûr que vous pouvez trouver un terrain d'entente.

Tetsuya jeta un coup d'œil sur le côté. L'infirmière qu'il voyait à chacune de ses visites était assise sur une chaise, un magazine ouvert sur les genoux.

– Mademoiselle. S'il vous plaît, aidez-moi à les arrêter.

Elle tourna la tête d'un air las.

– Pour quoi faire ? Laissez-les donc se débrouiller entre eux.

Elle décroisa et recroisa les jambes, exhibant ses cuisses.

– Mais…

Ils se griffaient le visage. Et celui de Tetsuya aussi.

Il sentait leur souffle saccadé sur son visage. Des postillons volaient.

– Je vous en prie, calmez-vous, tous les deux.

Il reçut un coup de pied et se prit un coude dans le ventre.

Il ne savait pas pourquoi mais il sentait peu la douleur. Au beau milieu de cette dispute, il réfléchissait à autre chose.

Ces deux-là étaient des gens libérés. Libérés de la raison. Libérés du regard des autres et du simple bon sens…

Ils vivaient libres de toute entrave. Comme des animaux. Mais l'homme est un animal…

Moi, à leur place, je ne montrerais pas aussi ouvertement mes sentiments, pensait-il. Je suis incapable de me mettre en colère.

C'est pourquoi, à la place, mon sexe est en colère. Il fait exploser mes sentiments.

Il était de nouveau arrivé à la réflexion qu'il s'était déjà faite. Il était malade parce qu'il avait fui le carnage. Pour vivre, un être humain avait besoin de faire l'expérience du carnage.

En cet instant, alors qu'il n'était qu'un spectateur de ce qui se passait, il se sentait réellement vivre.

Le corps à corps entre Irabu et la femme dura cinq bonnes minutes.

– Je vais répandre sur Internet que le fils du patron de cette clinique est un pervers ! lança celle-ci en quittant la pièce.

111

Ce à quoi, sans se démonter, Irabu lui rétorqua :

– C'est moi qui vais balancer tes états de service sur Internet !

Il retrouva son calme après que Tetsuya lui eut barbouillé de mercurochrome le visage et les bras.

– Elle est horrible, hein, cette femme. Il paraît qu'elle travaillait dans un bar où les serveuses sont en petite culotte. Elle s'est fait passer pour une employée de maison et m'a abordé uniquement pour toucher le gros lot.

Bah oui, mon gars, qu'est-ce que tu crois ? Qui d'autre pourrait bien vouloir de toi…, pensa Tetsuya, mais évidemment il ne l'exprima pas à voix haute.

– Monsieur Taguchi, le mariage n'est pas une chose à prendre à la légère, croyez-moi.

– En fait, moi aussi, j'ai été marié. Mais j'ai divorcé il y a trois ans.

– Ah oui, c'est vrai ?

– Ma femme m'a trompé. Et, je vous la fais vite, elle m'a quitté.

– Ça, c'est énervant. Elle vous a pris combien en dédommagement ?

– Rien, pas un sou, fit Tetsuya en secouant doucement la tête. Peut-être que j'ai voulu sauver les apparences. Mais, en réalité, j'ai des regrets. Pas à cause de l'argent, mais j'ai toujours en moi le désir de m'en prendre à elle, de lui crier « Sale putain ! ».

– Votre ex-femme, où est-elle aujourd'hui ?

– Elle vit à Tôkyô. Pas très loin de chez moi.

– Vous voulez qu'on aille la voir ? Je vous accompagne.

Tetsuya regarda Irabu. Il avait l'air paisible, comme toujours.

– Non, à cette heure-ci, elle travaille.

112

– Eh bien, allons à son travail. Moi aussi, j'ai quelque chose à lui dire.

– Ce ne serait pas raisonnable. Un autre jour, éventuellement…

– Non non. Il faut faire les choses quand elles vous viennent à l'esprit. Les gens qui remettent les choses à plus tard ne font jamais rien en fin de compte.

Tetsuya eut l'impression qu'il parlait de lui.

– Mais, docteur, pourquoi vous…

– Comme vous êtes intervenu entre nous, je n'ai vraiment pas eu mon compte d'engueulade. (Tetsuya faillit tomber de sa chaise.) Et puis, là, je vois toutes les femmes comme des ennemies.

Irabu se leva.

– Allez, on y va !

– Mais, docteur, vos autres consultations ?

– Ma petite Mayumi, annule tous mes rendez-vous.

– Il n'y en a pas ! lança l'infirmière sans lever les yeux de son magazine.

Irabu prit Tetsuya par le bras et ils sortirent de la clinique. Il se laissa faire, certainement parce que, quelque part dans son cœur, c'était ce qu'il souhaitait. Avec trois ans de retard, il avait envie de jouer la scène du carnage. Il voulait expulser tout ce qui s'était accumulé en lui.

Advienne que pourra, se disait-il aussi. Ma vie ne ressemble à rien de toute façon.

La Porsche d'Irabu était garée sur le parking à l'arrière de la clinique. Le vrombissement du moteur retentit aux alentours.

Là, on va toucher le fond, pensa Tetsuya tout en serrant les poings dans le siège passager.

Arrivés à l'entreprise de Sayoko, les deux hommes marchèrent en ligne droite vers la réception.

– Laissez-moi l'appeler. Le titre de docteur est bien commode dans toutes sortes d'occasions. Je vais l'effrayer en lui disant qu'il y a une épidémie de dysenterie dans son voisinage.

«Bien, maître», eut envie de répondre Tetsuya.

Il attendit dans l'entrée avec Irabu. Son cœur, évidemment, se mit à battre plus vite. Il y avait trois ans qu'il ne lui avait pas fait face. Pourtant, Sayoko allait être plus ébranlée que lui. La surprise serait telle qu'elle ne pourrait sûrement pas prononcer un mot. Elle allait blêmir.

Sayoko apparut peu après. À l'instant où elle aperçut Tetsuya, elle redressa la tête brusquement et s'immobilisa. Au bout de quelques secondes, elle se dirigea vers eux. Un sourire paisible flottait sur ses lèvres.

– Je m'en doutais plus ou moins. On m'a annoncé quelqu'un d'une clinique, mais je ne voyais pas qui ça pouvait être.

Bon, je vais lui balancer. Je m'en fous que ce soit devant tout le monde. Lui parler ici, au boulot, ça lui fera encore plus de mal.

– L'autre jour, tu es venu jusque devant chez moi, Tetsuya, non?

– Euh…, fit celui-ci, incapable de trouver quoi dire.

– Je t'ai reconnu tout de suite. J'ai fait semblant de rien parce que mon mari était là, mais tu étais dans le parc, n'est-ce pas, et tu nous regardais.

Elle l'avait donc aperçu? Il se sentit rougir.

– Qu'est-ce que tu voulais? Tu n'as pas osé à cause de mon mari, c'est ça?

– Eh bien, c'est que…, s'embrouilla Tetsuya.

– Moi aussi, ça me préoccupait… Tiens, d'ailleurs, Yumi t'a téléphoné l'autre jour, non ? C'est moi qui le lui ai demandé. Je me suis dit que tu pourrais le lui dire, s'il se passait quelque chose.

Tetsuya se mit à transpirer. Il était incapable de la regarder dans les yeux.

– En fait, j'avais un espoir. J'espérais entendre que tu allais te remarier. Je pensais que c'était pour ça que tu étais venu me voir. (Sayoko parlait d'une voix douce.) C'est tellement horrible ce que je t'ai fait subir, Tet-chan, ça me fait encore souffrir aujourd'hui. Je me dis tout le temps que c'est terriblement injuste que je sois la seule à être heureuse. Bien sûr, je sais que tu ne me pardonneras jamais, mais si tu te remariais, d'une certaine façon, ça m'aiderait un peu à me sentir mieux vis-à-vis de toi…

C'est Tetsuya qui blêmit. Il était certainement livide.

– Alors, qu'est-ce que tu veux me dire ?

– Monsieur Taguchi, allez-y, lui glissa Irabu à l'oreille. Sale putain ! Sale putain !

– Pardon, qui êtes-vous ? Un ami de Tet-chan ?

– Non, euh, pas exactement…, fit Tetsuya, qui transpirait de plus en plus.

– Allez, paf ! Vous lui en collez une ! le poussa Irabu.

– Non, rien de spécial. On m'a dit que tu allais avoir un enfant. Alors je voulais au moins te féliciter.

– Ah bon ? Mais ça, c'est Yumi qui t'en a parlé, non ?

– Bon, au revoir. Je ne viendrai plus t'embêter.

Il tourna les talons et prit Irabu par le bras.

– Quoi, monsieur Taguchi ? Vous n'allez rien lui dire ? s'étonna Irabu, les yeux écarquillés.

L'entraînant avec lui, Tetsuya quitta les lieux sans demander son reste.

Il avait envie de pleurer. Personne au monde n'est plus malheureux que moi, pensa-t-il.

Mourir était peut-être ce qu'il avait de mieux à faire. Au moins, cela guérirait aussi son entrejambe.

Il ne pouvait même plus pousser un soupir. Il avait envie de creuser un trou pour s'y cacher jusqu'à la fin de sa vie.

Il prit une semaine de congé et s'enferma chez lui.

Il arrêta de se rendre tous les jours à la clinique. Il se faisait livrer ses repas et ne quittait plus son lit.

Son sexe était toujours en érection. Cela faisait combien de jours ? Il n'avait même pas envie de compter.

Il ne lisait pas de livres, ne regardait pas la télévision. Il se contentait de fixer distraitement le plafond.

Le troisième jour, il reçut un coup de fil de la Clinique générale Irabu. Seulement, il ne venait pas d'Irabu. C'était le jeune urologue qui l'appelait.

– Monsieur Taguchi, ça fait longtemps. Votre priapisme, qu'en est-il ?

Cela lui changea un peu les idées que quelqu'un se soucie encore de lui.

– Ce n'est toujours pas guéri, répondit-il.

– Ah, tant mieux. Euh, pardon. Ce que je dis est bizarre… Voyez-vous, je suis un interne du CHU mis à la disposition de la Clinique générale Irabu. Et quand j'ai montré votre dossier et les photos que j'ai prises à mon directeur de thèse, il m'a dit qu'il souhaitait absolument vous examiner. Alors je me demandais si vous accepteriez de venir au CHU.

Tetsuya accepta la proposition. Sans se bercer d'illusions, il ne voulait pas se priver d'une chance.

Lorsqu'il arriva dans le bâtiment de brique vieillot du CHU, le jeune médecin et son professeur s'étaient déplacés pour l'accueillir. Ce dernier, avec ses cheveux grisonnants, lui sembla un homme simple et droit. Qui sait ? se dit-il, se prenant à y croire un peu plus.

Conduit dans une salle de recherches, il s'allongea sur une table de consultation. Il baissa son caleçon.

– Ah oui, aucune erreur possible, il s'agit d'un priapisme. Quarante ans que je pratique la médecine, mais c'est le premier cas que je vois.

Le professeur parlait à son jeune collègue, qui installait une caméra.

– Vous avez mal ? demanda-t-il à Tetsuya.

– Assez quand je la comprime. C'est pour ça que je ne peux pas porter de slip.

– Vous pouvez avoir des relations sexuelles ?

– Eh bien, je n'en ai pas eu l'occasion depuis que je suis dans cet état. Mais je peux me masturber.

Tetsuya répondait poliment à chacune des questions du professeur.

À ce moment-là, la porte de la salle s'ouvrit et un groupe de ce qui semblait être des étudiants en médecine en blouse blanche entra. Il y avait plusieurs femmes parmi eux.

– Oh, vous êtes tous venus ? Vous avez ici un cas de priapisme. C'est une affection que vous ne verrez peut-être qu'une seule fois dans votre vie, alors regardez bien.

Hein ? Tetsuya redressa la tête. Les étudiants, un dossier médical en main, prenaient des notes avec un air docile. L'un d'entre eux prenait même des photos.

– Professeur, puis-je la mesurer ? demanda un étudiant.

– Oui, bien sûr. Je vous en prie.

On mesura la longueur et le diamètre de son phallus avec un mètre ruban. C'est quoi, ça ? pensa Tetsuya, abasourdi.

117

Les étudiants l'examinèrent tant et plus, puis on laissa Tetsuya descendre de la table de consultation. Tout le monde sortit de la salle.

– Merci beaucoup de vous être donné la peine de venir, dit le professeur en lui tendant une enveloppe. Voici pour votre taxi.

Tetsuya ne comprenait pas.

– Euh, ce n'était pas une consultation ?

– Mais si, c'était une consultation…

– Vous n'allez pas me guérir, alors ?

– On pourrait, bien sûr, envisager une opération chirurgicale…, dit le professeur en se caressant le menton. Ce serait différent s'il s'agissait d'une maladie mortelle, mais étant donné que les symptômes de cette sorte sont peu fréquents et que vous ne subissez pas de préjudice réel, aucun médecin n'acceptera de prendre le risque de vous opérer.

– Dans ce cas, pourquoi je suis venu aujourd'hui ?

– Je voulais montrer votre cas aux étudiants, pour leur instruction personnelle, répondit gaiement le jeune médecin. Ne vous inquiétez pas, monsieur Taguchi. Vous allez guérir très vite.

Tetsuya sentit le sang de son corps tout entier lui monter à la tête. Ses tempes se crispèrent.

– Vous vous foutez de ma gueule ? ! s'écria-t-il d'une voix tremblante, pris d'un accès de rage. Vous montrez en spectacle la maladie des gens !

Les deux médecins reculèrent.

– C'est pas parce que je suis un patient que ça vous donne le droit de me mépriser !

Il hurlait, et ses propres cris l'excitaient encore davantage.

Il saisit un tabouret à portée de main.

– S'il vous plaît, monsieur Taguchi. Calmez-vous.

– Ta gueule ! Tous autant que vous êtes, vous n'arrêtez pas de tourner les gens en ridicule ! Je crois qu'on
va être gentil avec moi, et je me plante complètement
à chaque fois !

Il leva le tabouret au-dessus de sa tête et le jeta
contre le mur.

– Qu'est-ce que vous faites ? !

Ensuite, il renversa la table de consultation. Elle
heurta une armoire et brisa la vitre. Des forceps et
autres instruments s'éparpillèrent dans un bruit métal-
lique suraigu.

– S'il vous plaît, arrêtez !

– La ferme ! Si vous ne voulez pas être blessés,
cassez-vous !

Tetsuya shoota au hasard dans le matériel médical,
l'envoyant valdinguer dans toute la pièce. Un pied à
sérum tomba par terre, un négatoscope vola en l'air.
Un ordinateur fracassa une vitre et finit sa chute dans
le patio.

– Hé ! Appelez la police ! hurlait le professeur.

– C'est ça, appelez donc ! Appelez aussi la brigade
antiémeute pendant que vous y êtes !

Son sang, bouillant, circulait à grande vitesse dans
tout son corps.

La police le garda deux nuits en détention. Il écopa
d'une peine avec sursis pour destruction de biens, puis
l'affaire se termina par un arrangement à l'amiable
avec le CHU.

Ce dernier accepta d'être dédommagé à hauteur
de la moitié de la valeur des équipements médicaux
détruits. Le professeur ayant reconnu qu'exhiber un
patient comme une attraction avait été une erreur, des
concessions mutuelles avaient été faites.

Tetsuya demanda à Irabu d'être son répondant au moment de sa libération. Ne voulant pas se confier à ses parents et pouvant encore moins en parler à son bureau, il avait fait appel à lui en désespoir de cause.

– Monsieur Taguchi, on dirait que vous n'y êtes pas allé de main morte.

Irabu était tel qu'en lui-même lorsqu'il vint le chercher. Dès qu'il l'aperçut, il sourit en montrant ses gencives. Si Irabu avait été une femme, Tetsuya lui aurait à coup sûr sauté dans les bras.

Quand il sortit du poste, il marcha à grandes enjambées, presque en sautillant.

Son membre avait ramolli !

La police l'avait emmené au commissariat et cela s'était produit lorsqu'il était entré dans la salle d'interrogatoire. Même si son excitation n'était pas calmée, il s'était soudain avisé que quelque chose était différent.

La sensation bizarre à son entrejambe avait disparu. Il glissa une main dans son pantalon et poussa un cri de joie. Un policier lui intima de se taire, mais Tetsuya ne put s'empêcher de continuer à sourire. Il était enfin débarrassé de son priapisme.

Il avait sans doute bien fait de laisser exploser ses sentiments. Sa supposition était certainement juste.

Quand il en parla à Irabu dans la voiture, celui-ci lui dit que c'était certainement de l'autosuggestion.

– Vous vous êtes persuadé que vous gueririez si vous faisiez ça, et quand vous l'avez fait, vous avez en effet guéri ! C'est la même chose que l'effet placebo. Le corps humain est une chose mystérieuse.

Pour Tetsuya, cela n'avait pas beaucoup d'importance. L'essentiel, c'était qu'il était guéri.

– Bon, puisque c'est réglé, on va pouvoir aller à Hydropolis, lui proposa Irabu.

Tetsuya n'en avait pas du tout envie.

– Docteur, je préférerais vous accompagner à une soirée de rencontre pour médecins. Je draguerai en me faisant passer pour un de vos confrères.

– Pas de problème ! Je vais vous faire imprimer des cartes de visite de la clinique.

Il regarda Irabu à côté de lui. Il eut une nouvelle fois envie de l'appeler « maître ».

Le vrombissement du moteur de la Porsche résonnait agréablement à ses tympans.

L'hôtesse

1

– Dis, Hiromi, peut-être que tu devrais aller voir un psy, suggéra timidement Atsuko.

Les deux jeunes femmes, des hôtesses qui appartenaient à la même agence, s'étaient arrêtées dans un café au retour d'une mission.

Hiromi Yasukawa leva la tête malgré elle.

– Hé, je ne dis pas que tu es cinglée ! Ce genre de trucs, ça arrive à n'importe qui, bredouilla aussitôt Atsuko en se forçant à sourire. C'est juste de la fatigue. On te donnera des médicaments, et après deux ou trois semaines de repos, je suis sûre que tu iras beaucoup mieux.

– Ce n'est pas si simple, répondit Hiromi en soupirant.

Elle poussa une tasse de thé sur le côté et posa la tête dans ses bras sur la table.

– Comme on dit, ça ne coûte rien d'essayer. Satô, tu sais, le comédien voix, quand il a fait une dépression nerveuse…

– Ce n'est pas pareil, dit-elle en appuyant sur chaque syllabe.

Atsuko souffla par le nez, alors Hiromi se tut pour de bon et porta à sa bouche la paille de sa citronnade.

Elle n'était pas très en forme depuis le mois dernier. Elle manquait d'énergie et dormait mal. Elle respirait aussi de plus en plus péniblement et avait parfois une douleur lancinante à la poitrine.

Elle en connaissait la cause : c'était parce que quelqu'un la suivait.

Elle s'en était aperçue un soir, en rentrant par le dernier train, un peu ivre après une fête de fin de mission qui avait traîné en longueur.

Elle n'avait pas pu demander le ticket de taxi qui lui était dû parce qu'elle s'était littéralement enfuie du restaurant pour échapper aux avances insistantes du représentant de l'agence, un homme pourtant marié et père de famille.

Ce vieux vicelard, oser me mettre la main aux fesses ! Elle vitupérait intérieurement contre lui, le bras suspendu une poignée de cuir, quand elle sentit un regard derrière elle.

Elle se retourna spontanément. Personne, a priori, ne la regardait.

J'ai dû rêver, se dit-elle en reprenant sa position initiale. Quelques secondes plus tard pourtant, elle sentit de nouveau un regard.

Cette fois, elle tourna discrètement la tête. Tout semblait normal dans le wagon. Rien que des salariés à l'air morne qui regardaient devant eux, chacun avec une expression impénétrable. Néanmoins, au bout d'un moment, elle sentit encore que des yeux se posaient sur elle.

Elle était habituée à ce qu'on la regarde. Elle avait été *race queen*. Son visage et sa silhouette faisaient se retourner n'importe quel homme sur son passage.

Mais, ce soir-là, c'étaient des regards d'un genre différent. Des regards insistants, libidineux.

Cela lui fit peur. Elle avait déjà été suivie à plusieurs reprises par des *otaku*. Les types qui mitraillent les hôtesses avec leur appareil photo sont persuadés que les sourires des filles ne s'adressent qu'à eux.

Elle descendit à sa gare et prit le chemin de son domicile au petit trot.

Elle se précipita à l'intérieur de son appartement. Puis, regardant discrètement par un interstice des rideaux, elle fut soulagée de ne voir personne dans la rue.

Pourtant, deux ou trois jours plus tard, elle sentit à nouveau un regard posé sur elle. Cette fois, c'était jour et nuit. Qu'elle fût chez elle ou ailleurs, à l'instant où elle mettait un pied dehors, cette présence surgissait de nulle part.

Elle prit peur et se confia à Atsuko. Celle-ci s'inquiéta comme s'il s'agissait d'elle-même et lui conseilla d'aller à la police. Hiromi se rendit donc au commissariat accompagnée de son amie.

Lorsque la policière en charge des harcèlements lui demanda le signalement de l'homme qui la suivait, elle répondit « Je ne sais pas ». Cet homme, en effet, ne se montrait jamais.

– À l'instant où je sors de chez moi, je sens son regard, expliqua-t-elle. Il est quelque part et il m'épie tout le temps.

Hiromi se lamenta ainsi pendant une demi-heure, au terme de quoi la policière et Atsuko prirent un air embarrassé.

– Revenez quand vous saurez à quoi il ressemble, lui dit la policière avant de disparaître au fond du commissariat, tandis qu'Atsuko, de son côté, était plongée dans ses pensées.

Le noir se fit devant les yeux de Hiromi quand elle comprit que les deux femmes ne la croyaient pas.

Par la suite, néanmoins, elle tint Atsuko au courant de ce qui lui arrivait à plusieurs reprises. Cette dernière, tout en hochant la tête, ne semblait pas la croire et, au contraire, commença à se préoccuper de sa santé.

Atsuko songeait visiblement qu'elle était devenue folle. Et tu te dis mon amie! pensa Hiromi, furieuse.

Se sentant de plus en plus seule et découragée, elle n'eut bientôt plus d'appétit.

Elle perdit trois kilos. Évidemment, même si c'était efficace comme régime, elle n'arrivait pas à s'en réjouir.

– Pour le moment, tu devrais te faire prescrire des tranquillisants, non? lui dit Atsuko. Comme ça, tu pourrais au moins dormir.

Hiromi ne répondit pas.

– Tu dois d'abord penser à aller mieux.

Cela, elle le savait. Seulement, se rendre dans un service de psychiatrie, c'était reconnaître que quelque chose ne tournait pas rond chez elle, et elle n'en avait pas envie.

Elle dit au revoir à Atsuko et prit un train. Là encore, elle sentit que quelqu'un la regardait.

Espèce de pervers! Je suis sûre que tu es une petite mauviette d'*otaku*. Et tu crois que je suis une femme à ta portée, c'est ça? se dit-elle. Au bout d'un mois à ce régime, elle avait envie de hurler.

Elle contint sa colère et regarda par la fenêtre.

L'enseigne «Clinique générale Irabu» passa devant ses yeux. Le bâtiment aux murs blancs donnait l'impression d'être propre et bien entretenu.

Dans une clinique générale, il y avait certainement un service de psychiatrie.

C'est plus facile d'y aller que dans un établissement spécialisé, songea-t-elle vaguement. Cela valait peut-être la peine d'y réfléchir vingt-quatre heures. Des médicaments qui l'aideraient à dormir, elle désirait en prendre de tout son cœur.

Hiromi, le bras suspendu à une poignée de cuir, poussa un profond soupir.

Le cabinet du service de psychiatrie se trouvait au sous-sol de la Clinique générale Irabu.

Elle avait pris sa décision le lendemain matin, devant son miroir, en voyant sa peau terne et fatiguée. Si elle ne faisait rien, cela allait lui porter préjudice dans son travail. Or, l'apparence était la raison d'être de Hiromi.

– Entrez, entrez donc ! retentit une voix extrêmement enjouée et aiguë quand elle frappa à la porte.

– Excusez-moi, dit-elle en entrant.

Un homme obèse et d'âge mûr, vraisemblablement un médecin, était affalé dans un fauteuil.

Pouah ! murmura-t-elle entre ses dents. Les gros lards au teint pâle étaient le genre d'hommes que Hiromi abominait par-dessus tout. En plus, on voyait des pellicules dans ses cheveux hirsutes. Il était chaussé de sandales et elle lut « Ichirô Irabu, docteur en médecine » sur le badge à sa poitrine.

– L'accueil m'a prévenu. Mademoiselle Hiromi Yasukawa, c'est ça ? Il paraît que vous ne dormez pas la nuit.

Cela dit, il montra ses gencives dans un large sourire. Hiromi baissa les yeux de manière à ne pas le regarder en face et s'assit sur une chaise.

– Vous avez vingt-quatre ans, et vous êtes à la fois *talento* et mannequin. Quel genre de travail vous faites exactement ?

– Je suis présentatrice assistante à la télévision, mannequin pour des magazines, ce genre de choses.

En réalité, elle était essentiellement hôtesse pour des campagnes promotionnelles, mais elle avait effectivement exercé ces autres activités par le passé.

– Génial ! La prochaine fois qu'on pourra vous voir quelque part, dites-le-moi. J'irai jeter un œil. Hi, hi, hi !

Quel rire dégoûtant, pensa-t-elle. Un frisson lui courut le long de la colonne vertébrale.

– Bon, on vous fait une piqûre ?

– Pardon ?

Hiromi fronça les sourcils.

– Une piqûre. Un truc pour vous apaiser et qu'on va vous injecter.

– … Mes symptômes, vous n'avez pas besoin de les connaître ?

– Ça, on verra après. Hé, ma petite Mayumi !

Irabu appela l'infirmière. La piqûre fut prête en un clin d'œil et Hiromi posa le bras gauche sur le support à injections.

L'infirmière qui s'appelait Mayumi se pencha sur elle, la seringue à la main. On apercevait ses cuisses par la fente de sa blouse blanche. Leurs regards se croisèrent et Hiromi lui sourit d'un air entendu, comme pour la provoquer.

Tu veux rivaliser avec moi, c'est ça ? Tu es plutôt mignonne, c'est vrai, mais tu n'en restes pas moins qu'une infirmière.

Elle sentit une présence juste à côté. Se retournant, elle vit Irabu, les narines dilatées, visiblement en état d'excitation, qui fixait l'endroit où l'aiguille s'enfonçait dans son bras.

Qu'est-ce que c'est que cette clinique… Hiromi se sentit mal.

La piqûre terminée, Hiromi fit de nouveau face à Irabu. Elle eut l'impression que la distance entre eux s'était réduite par rapport à tout à l'heure.

Elle regretta d'être venue en minijupe. Elle serra les cuisses et tira sur le bas de sa jupe.

– Mademoiselle Hiromi, vous êtes célibataire, évidemment ? l'interrogea Irabu d'un air ravi.

– Euh… oui.

Tout en répondant, elle eut la chair de poule. Il l'appelait « mademoiselle Hiromi » ?

– Moi aussi, je suis célibataire. Hi, hi, hi !

Irabu se gratta la tête, faisant voleter des pellicules. Elle eut un mouvement de recul involontaire.

– Je suis l'héritier de cette clinique, je roule en Porsche, mon groupe sanguin, c'est B, et mon signe astrologique, Balance.

Et alors ! Qu'est-ce que tu veux que ça me fasse ? !

– J'ai trente-cinq ans, mais on ne me les donne pas, n'est-ce pas ? Il paraît que je fais plus jeune…

Tu rigoles ou quoi ? Tu as l'air d'avoir quarante-cinq ans !

– Excusez-moi, la consultation…, demanda-t-elle, un peu gênée.

– Ah oui, bien sûr. Il faut d'abord que je vous pose quelques questions… (Il s'intéressa enfin au dossier médical posé sur son bureau.) Alors, ma petite Hiromi, pourquoi faites-vous de l'insomnie ?

Et voilà qu'il m'appelle « ma petite » maintenant… Hiromi eut envie de pleurer.

Elle se ressaisit et lui expliqua les causes de ses troubles : le fait que quelqu'un la suivait constamment, que la police ne l'avait pas prise au sérieux, et que ses amies croyaient que c'était le fruit de son imagination.

C'était pénible, mais elle n'avait pas le choix. Considérant qu'il valait mieux ne rien cacher à un médecin, elle lui donna tous les détails.

– C'est horrible. Il y a quand même des types bizarres dans ce monde.

Oui, c'est vrai. Des types comme toi !

– Vous pourriez peut-être embaucher un garde du corps pendant quelque temps.

Hein ? Irabu l'avait donc crue ? Une sensation de soulagement l'envahit.

– Mais je n'ai pas les moyens.

– Je pourrais le faire, moi. Gratuitement. Hi, hi, hi !

Hiromi était effarée. Bien entendu, elle déclina l'offre. Elle tendit la main vers son sac dans l'idée de prendre la fuite.

– Un autre moyen, ce serait peut-être de changer votre image, ajouta Irabu en caressant son double menton. Dans son imagination, l'homme qui vous suit s'est créé une image idéalisée de vous, alors il faudrait la détruire.

La main de Hiromi s'immobilisa en l'air.

– Il y a des exemples, vous savez. Une actrice de Hollywood était suivie partout par un harceleur. Un jour, cet homme se pointe jusque chez elle et l'actrice, ne sachant pas que c'est lui, lui ouvre sa porte en chaussons et sans maquillage. Eh bien, ce type, quand il a vu qu'elle était beaucoup plus petite et vieille qu'il n'avait imaginé, il paraît que ça l'a complètement refroidi et qu'il est reparti tout gentiment.

Hiromi reposa les mains sur ses genoux.

– En somme, ce harceleur fantasmait sur la star de l'écran, en talons aiguilles et superbement maquillée. C'est pour ça qu'en la voyant telle qu'elle était en réalité il a été très déçu. Donc, ma petite Hiromi, vous devriez vous aussi penser à sortir une fois de chez vous sans maquillage.

Elle révisa quelque peu son jugement sur Irabu. En fin de compte, il ne devait pas être complètement idiot.

– Ou alors, vous pourriez vous montrer un matin sortant vos poubelles avec un vieux survêtement sur le dos, et en train de vous gratter les fesses.

– Ça, au moins, je peux sans doute le faire.

Elle eut l'impression de voir une lueur d'espoir. Oui, il suffisait peut-être de lui faire perdre ses illusions.

– Encore mieux, vous avez une cigarette au bec et vous vous grattez le pubis, par exemple.

Ça, non, je ne le ferai pas, se dit-elle. Mais j'ai trouvé un moyen…

– Bon, revenez me voir tous les jours pendant quelque temps, d'accord ? On va vous faire des piqûres pour vous remettre en forme.

Irabu lui montra de nouveau ses gencives. Revenir ici tous les jours ? pensa-t-elle, pourtant elle répondit oui en hochant la tête.

Cet homme me met mal à l'aise, mais ça vaut toujours mieux que d'angoisser toute seule, se raisonna Hiromi. De fait, elle se sentait un peu plus apaisée qu'hier. Le fait de se confier à quelqu'un avait peut-être pour effet de la soulager de ses soucis.

Au moment de partir, Irabu l'accompagna jusqu'au couloir.

– Ma petite Hiromi, vous allez travailler maintenant ? Je vous emmène dans ma Porsche ? Hi, hi, hi !

Il était hilare, visiblement très content de lui.

Les joues crispées, Hiromi refusa en esquissant tant bien que mal un sourire.

Te vanter d'avoir une Porsche, pauvre minable ! l'injuria-t-elle intérieurement. Mercedes, Ferrari, je suis déjà montée dans presque toutes les voitures de luxe qui existent, alors si tu crois m'impressionner avec ça !

Une fois dehors, elle sentit encore un regard sur elle. Fait chier, ce taré d'*otaku* !

Elle s'assura qu'aucun bel homme ne se trouvait dans les environs et cracha par terre.

Une femme au foyer qui arrivait en sens inverse la regarda avec horreur.

J'ai une raison de faire ça, une bonne raison ! faillit-elle lui jeter au visage.

2

Le lendemain, elle travaillait dans un salon de jeux vidéo qui se tenait au Hall d'exposition international. Elle allait distribuer des brochures et faire la présentation de produits sur le stand du fabricant qui l'avait engagée. Évidemment, elle avait aussi pour mission de se laisser photographier. Le costume qu'on lui avait alloué pour l'occasion était une minirobe rouge sombre, avec une fermeture éclair pour régler l'ouverture du décolleté.

Hiromi, ce matin-là, sortit de chez elle maquillée et habillée comme à l'accoutumée. Sa tenue consistait en une minijupe, un pull échancré et des talons hauts. Elle avait d'abord eu l'intention de suivre la suggestion d'Irabu, mais s'était ravisée pendant qu'elle se regardait dans le miroir. Le responsable envoyé par l'agence de publicité ne serait pas forcément un jeune et bel homme. Mais si c'était le cas cette fois, elle s'en voudrait absolument d'y être allée non maquillée et mal fagotée.

On ne sait jamais quand la chance se présente, pensa-t-elle. Une fois le travail terminé, il n'est pas du tout exclu qu'on m'invite à dîner.

Pour faire bonne mesure, elle se fourra un doigt dans le nez quand elle sortit de chez elle. Sentant déjà une présence, elle prit soin de le laisser dedans une bonne dizaine de secondes tout en jetant un regard furieux autour d'elle.

Le show avait un succès fou. Des gros lards au teint pâle, du genre que Hiromi détestait le plus au monde, formaient des attroupements de tous côtés.

Néanmoins, Hiromi ne laissait rien paraître de ce qu'elle ressentait. Elle se tenait à côté des produits et prodiguait des sourires aux visiteurs. Le dos bien droit, la poitrine bombée. Sa posture s'améliorait d'elle-même grâce aux dessous correcteurs qu'elle portait. Elle avait l'habitude de les mettre pour le travail. Quelquefois, elle prenait aussi cette «pose de mannequin» quand elle attendait au feu rouge.

– Hé, Hiromi, murmura Atsuko en s'approchant d'elle. Il y a des gens de *Tomorrow*.

– C'est pas vrai !

Son cœur se mit à danser dans sa poitrine. *Tomorrow*, sur la chaîne Chûô Television, était une émission d'informations diffusée en fin de soirée et qui faisait de bons scores d'audience.

– Et après, il y aura aussi *Takaramono*.

Takaramono était un magazine de photos très populaire auprès des jeunes hommes.

Le spectacle sur scène était sur le point de commencer. Les journalistes allaient sûrement s'y masser.

Hiromi, sous prétexte de se réapprovisionner en brochures, passa derrière le stand pour vérifier son maquillage. Elle ne l'avait pas appliqué aussi bien que d'habitude. D'agacement, elle fit claquer sa langue. Pour compenser, elle baissa de trois centimètres la fermeture éclair sur sa poitrine.

Lorsqu'elle revint à sa place, les maniaques de la photo, devançant les journalistes, occupaient le bord de la scène.

Dégagez, les *otaku* ! C'est pas pour des minables comme vous que je montre mon décolleté ! leur jeta-t-elle en pensée, tout en leur découvrant ses dents blanches dans un grand sourire.

Toutefois, elle n'était pas tout à fait sincère. Depuis son enfance, elle adorait qu'on la photographie.

Effet sans doute de la fermeture éclair, les objectifs des maniaques se braquèrent sur elle.

Les flashes crépitaient. Les déclencheurs cliquetaient en continu.

Hiromi ressentit un vif plaisir à être regardée. De l'estrade, elle baissa les yeux sur les maniaques et prit des poses. Elle avança une jambe pour montrer sa cuisse.

Allez, je vous laisse aussi prendre ma petite culotte ? Comme ça, c'est sur moi que vous fantasmerez en vous branlant ce soir !

Elle avait la sensation de posséder un pouvoir. Son plaisir décuplait.

Au bout d'un moment, les objectifs commencèrent à se détourner vers la personne à côté. Elle jeta un coup d'œil. Le visage d'Emilin, une fille de dix-neuf ans de la même agence, s'illuminait d'orgueil sous les flashes.

Non mais, pour qui tu te prends ! Petite prétentieuse, tu t'es déjà choisi un pseudo alors que tu n'as de contrat nulle part ! Ta jolie poitrine, c'est juste du scotch que tu colles pour la faire pigeonner !

Hiromi se pencha en avant et croisa les bras afin d'accentuer son décolleté.

Elle prit une mine boudeuse pour en rajouter. C'était sa pose ravageuse.

Le résultat ne se fit pas attendre : les objectifs se braquèrent de nouveau exclusivement sur elle.

J'ai gagné et c'est normal, pensa-t-elle. Elle ne jouait pas dans la même catégorie que les étudiantes pour qui ce n'était qu'un petit boulot. Ayant déjà cinq ans de carrière, elle savait se montrer sous son meilleur jour.

Les médias tant attendus arrivèrent. D'abord, c'était le magazine *Takaramono*.

Des responsables de l'organisation repoussèrent les *otaku* sur les côtés. Sans en avoir l'air, les hôtesses qui distribuaient des brochures se rapprochèrent de la scène. Toutes espéraient saisir l'occasion de se faire remarquer.

Un photographe de presse barbu promena son regard sur les hôtesses. L'espace d'un instant, le silence se fit.

– Bon, disons toi, toi et toi, désigna-t-il les filles l'une après l'autre. Alignez-vous là.

Hiromi faisait partie des élues. Un léger soulagement l'envahit, en même temps qu'un sentiment de supériorité. En tout cas, lui, il a l'œil…, pensa-t-elle. Elle lança un sourire du bout des lèvres au photographe et s'assura habilement d'occuper la place centrale.

Atsuko n'avait pas été choisie. Hiromi était désolée pour elle, mais qu'y pouvait-elle ? Atsuko allait certainement devenir une femme au foyer comme les autres. Elle était gentille, mais un peu terne.

– Allez, les filles, *cheese* !

Obéissant au photographe, Hiromi exhiba les dents blanches qui faisaient sa fierté. Le flash crépita. Il y a trois ans, elle était sortie avec un dentiste qui lui avait redressé les dents gratuitement. Elle l'avait plaqué juste après et n'en éprouvait aucun remords. Il s'était bien amusé avec une jeune et jolie fille. C'était même peut-être lui qui avait fait la meilleure affaire.

Elle changea spontanément de pose pour mettre son décolleté sous le nez du photographe.

Celui-ci, émoustillé, faisait cliqueter frénétiquement son déclencheur.

La séance photos terminée, un journaliste s'approcha.

– Tu veux bien me dire ton nom, ton âge et tes mensurations ? lui demanda-t-il sans ambages.

Hiromi lui mentit de deux ans sur son âge, exagéra ses tours de poitrine et de hanche et réduisit légèrement son tour de taille.

– Dans quel numéro ça va paraître ? Mettez-moi en vedette, d'accord ? ! lança-t-elle d'une voix caressante au journaliste en lui secouant le bras.

Ce dernier rougit, embarrassé. Qu'est-ce que tu crois, que je vais accepter qu'on me mette dans une rubrique pourrie ? ! lui jeta Hiromi en pensée.

À ce moment-là, le photographe se mit à mitrailler juste à côté. Elle se demanda ce qui se passait et se retourna.

Emilin était sous le feu continu du flash, seule.

Hiromi n'en revenait pas. À part sa jeunesse, elle n'avait rien pour elle !

Elle alla voir Atsuko et lui murmura à l'oreille :

– Pourquoi il préfère cette fille ?

– Tu devrais être contente, Hiromi. Tu t'es fait photographier, toi.

Atsuko faisait la moue.

– Ce photographe, il en pincerait pas pour les lolitas, par hasard ?

Hiromi se mit à bouillonner de colère. Puisqu'il photographiait cette gamine séparément, le traitement qu'on allait réserver aux photos était clair. N'importe quoi ! De toutes les filles, c'était pourtant elle la mieux.

C'est pour cette raison que, quand ce fut le tour de l'équipe télé de *Tomorrow*, elle avait baissé de deux centimètres supplémentaires la fermeture éclair sur sa poitrine.

On était à présent dans le moment le plus fort du spectacle. Les lumières ayant été baissées, Hiromi se mit à danser en agitant la poitrine sur la techno qui passait en fond sonore.

Tout en se déhanchant, elle lançait des œillades au caméraman. Comme elle l'espérait, celui-ci n'y resta pas insensible et s'approcha tout au bord de la scène, caméra à l'épaule. Il fit un panoramique d'un angle bas et la filma comme si sa caméra avait été une langue qui lui léchait le corps tout entier.

Lorsque l'objectif arriva sur son visage, elle fit un clin d'œil. L'affaire est dans le sac ! pensa-t-elle.

Atsuko profita de la confusion pour la rejoindre. La caméra recula afin de les avoir toutes les deux dans le cadre.

Bah, pourquoi pas, se dit Hiromi. C'est une copine, je peux bien partager un peu de la gloire avec elle.

Deux puis trois autres filles se rassemblèrent autour de Hiromi. La caméra reculait de plus en plus.

Eh ho ! Vous ne manquez pas de culot ! C'est moi qu'il filme !

L'une des filles se pencha et lança un baiser à la caméra.

Hiromi comprit que l'objectif zoomait pour faire un gros plan sur elle. Ah non, c'est pas vrai ! Le meilleur moment pour une autre…

En un instant, cela avait tourné à la bousculade.

Hiromi fut projetée hors du centre de la scène. Quelle bande de salopes !

Elle n'allait pas se laisser faire. Elle prit une profonde inspiration et serra les poings. Elle baissa encore la fermeture éclair d'un centimètre et se fraya un passage parmi les filles.

Jetant un coup d'œil au pied de la scène, elle remarqua qu'un employé d'âge mûr de la société de jeux vidéo qui l'employait la fixait, bouche bée. Hiromi se moquait complètement de ce qu'on pensait d'elle tant qu'il ne s'agissait pas d'hommes jeunes, beaux et riches.

Des projecteurs multicolores illuminaient les filles qui dansaient sur la musique assourdissante.

Il était plus de vingt-trois heures lorsque Hiromi rentra dans son studio. Après avoir pris une douche, elle se campa devant la télévision. Elle voulait vérifier si le show allait être diffusé.

Évidemment, elle mit aussi en marche son magnétoscope. Elle conservait sur cassette vidéo toutes les émissions dans lesquelles elle était apparue, même très brièvement.

Assise en tailleur par terre, elle regarda la télévision tout en se séchant les cheveux. De temps en temps, elle grignotait une chips. Le client d'aujourd'hui s'était révélé un rapiat de première. Il leur avait fait livrer quelques pizzas dans les vestiaires, et c'était tout ! Et le pire, c'est qu'il n'y en avait même pas assez.

Il aurait quand même pu nous faire livrer quelque chose d'un bon restaurant ! Toutes les hôtesses lui avaient fait la gueule.

Tomorrow commença. Ils diffusèrent un sujet sur le salon de jeux vidéo au tout début de l'émission.

Hiromi se vit à l'écran, mais seulement trois petites secondes. C'était un résultat très décevant. Et comme elle s'en doutait, la fille qui lançait un baiser à la caméra passa en gros plan.

Tout ça pour ça… Hiromi allongea les jambes et poussa un soupir. Quelques secondes, c'était le maximum qu'elle pouvait espérer, étant donné qu'on ne l'avait pas interviewée.

Elle but du jus de fruits dans une petite bouteille et se brossa les cheveux. Les cheveux longs demandaient beaucoup de soins, mais elle n'arrivait pas à se décider à les couper. D'un geste de la tête, elle les faisait onduler sur ses épaules. Ce geste fascinait les hommes, et elle y avait trop pris goût pour être capable de s'en passer.

Elle arrêta de se coiffer et zappa sur *Beautiful*, une émission de variétés de fin de soirée dans laquelle on voyait des jeunes femmes en pagaille.

Passer dans cette émission était l'objectif immédiat de Hiromi. Quand on en devenait une invitée régulière, on se faisait aussitôt un nom en tant que « Beauty Girl ».

Elle reconnut à l'arrière-plan un visage qu'elle connaissait. Une fille avec qui elle avait travaillé comme *race queen*.

Pourquoi elle ?… Hiromi se sentit rougir.

Elle a réussi comme ça, tout à coup ? Franchement, elle n'est pas si terrible.

La fille portait une minijupe et avait les jambes croisées. Le présentateur lui posa une question graveleuse, à laquelle elle répondit « J'en sais rien ! » en minaudant.

Quelle sainte nitouche ! Elle n'avait pas si froid aux yeux avant, quand elle couchait avec tout le monde sur les stands de course. Même pour cette émission, je suis sûre qu'elle a été prise en couchant avec un sponsor.

Le sang lui monta à la tête et ses lèvres tremblèrent de rage. Ne voulant pas en voir davantage, elle éteignit le téléviseur.

Elle se coucha à plat ventre sur son lit et plongea la tête dans l'oreiller.

– Tu as vingt-quatre ans, murmura-t-elle entre ses dents.

Elle aurait beau tricher un peu sur son âge, il ne lui restait plus beaucoup de temps pour devenir *talento*.

Elle voulait être célèbre. Monter sur une grande scène où tous les projecteurs seraient braqués sur elle.

La chance allait-elle lui sourire un jour ? Une boule d'angoisse lui monta jusqu'à la gorge.

Peut-être devait-elle envisager un virage à cent quatre-vingts degrés et faire des photos de nu ?

Oui, mais elle n'avait pas confiance dans la forme de ses mamelons…

Cette nuit-là aussi, elle eut du mal à trouver le sommeil.

– Vous n'arrivez pas à dormir malgré les médicaments.

Irabu, ce jour-là, s'était lissé les cheveux avec du gel. Il était apparemment allé chez le coiffeur, car ils n'avaient pas l'air aussi sales que la fois précédente. Il portait aussi une blouse amidonnée.

– Bah, c'était des médicaments légers. Aujourd'hui, je vais vous donner quelque chose d'un peu plus fort.

Regardant ses pieds, elle remarqua qu'il ne portait plus des sandales mais des chaussures Ferragamo.

Et puis, il y avait ce parfum. Il s'en était tellement aspergé qu'elle devait se maîtriser pour ne pas suffoquer.

– Bien, bien. D'abord, la piqûre !

Encore une fois, on lui fit une injection. Mayumi, l'infirmière, avait trois boutons défaits sur la poitrine.

Tu veux rivaliser avec moi ? Sans le vouloir, elle faillit elle aussi se déboutonner.

– Ma petite Hiromi, vous avez vraiment tout d'une actrice, lui dit Irabu quand elle s'assit sur une chaise en face de lui.

Il lui montra ses gencives d'un air ravi et la contempla de la tête aux pieds.

– Oh, je ne sais pas…

Elle était d'accord avec lui, mais préféra secouer la tête.

– Vous avez marché dans la rue sans maquillage ?

– Non, pas encore.

Aujourd'hui non plus elle n'avait pu se résoudre à sortir de chez elle non maquillée. Et sa jupe était une mini.

Cet après-midi, elle avait une réunion dans une grande agence de publicité pour son prochain travail. Les autres hôtesses allaient sûrement se pomponner. Elle ne pouvait pas être la seule à se présenter sans maquillage et dans une tenue négligée.

– Et il y a toujours quelqu'un qui vous suit, n'est-ce pas ?

– Oui. Ça commence à l'instant où je sors de chez moi.

Ce matin, elle avait non seulement craché par terre, mais aussi donné un coup de pied dans un carton près des poubelles.

La vieille femme du bureau de tabac un peu plus loin avait froncé les sourcils, mais elle l'avait ignorée.

– Ma petite Hiromi, vous êtes une si belle femme. Je crois que je comprends ceux qui ont envie de vous suivre.

Eh, t'avise pas de le comprendre trop bien ! faillit-elle lui rétorquer.

– Les belles fleurs attirent les papillons, c'est la même chose.

Cela, elle pouvait l'entendre. Le problème, c'est qu'il y avait aussi des pucerons.

– Et donc, je pense vraiment que le mieux, ce serait de vous adjoindre une protection. (Irabu se pencha vers elle. Ses bajoues tremblèrent légèrement.) C'est pour ça que j'ai décidé de vous servir de garde du corps pendant quelque temps.

– Hein ?

Hiromi n'était pas certaine d'avoir bien entendu.

– Autrement dit, ma petite Hiromi, je ne vais plus vous lâcher.

Ce type était-il vraiment médecin ? Elle ne trouvait rien à lui répondre.

– Je vous conduirai et je viendrai vous chercher en Porsche. Hi, hi, hi !

Encore ce rire dégoûtant. Hiromi eut la chair de poule.

– … Non, je vous remercie, répondit-elle avec difficulté.

– Inutile de vous sentir gênée, vous savez.

– Mais je ne suis pas du tout gênée, rétorqua-t-elle sèchement.

Elle était furieuse.

– Bah quoi, c'est dommage…

Irabu boudait comme un enfant. Mais dites-lui quelque chose, vous, à la fin ! pensa Hiromi en se tournant vers l'infirmière. Celle-ci feuilletait un magazine, allongée sur la table de consultation dans un coin du cabinet.

Sa tête lui fit mal. Comparée à ces deux-là, elle se sentait tellement normale.

– Au fait, ce type qui vous harcèle, il est seul ? demanda Irabu.

Cette question la prenait au dépourvu. Elle n'y avait pas réfléchi.

– Se trouver partout où vous allez, de jour comme de nuit, c'est physiquement difficile pour un seul homme. Alors, si ça se trouve, ils sont peut-être plusieurs.

Possible, pensa-t-elle. C'est vrai, elle était tellement belle. Il n'y aurait rien eu d'étonnant à ce que plusieurs hommes fantasment sur elle. C'était plutôt le contraire qui semblait bizarre.

– Oui, peut-être, dit-elle, soudain submergée par l'angoisse. Docteur, qu'est-ce que je dois faire ?

– Eh bien, ce que je vous ai déjà dit : changer d'image, par exemple. Vous pourriez couper vos cheveux. Vous savez, j'aime aussi beaucoup les cheveux courts. Hi, hi, hi !

Irabu se tortillait sur son siège. Hiromi poussa un grand soupir.

– Ma petite Hiromi, je suis sûr que ça vous irait très bien.

Elle n'avait pas envie de se faire couper les cheveux. Ni de changer de vêtements ou de cesser de se maquiller. Elle aurait eu l'impression d'être un samouraï qui renonce à ses sabres.

– Sinon, vous pourriez aussi aller quelque part où ils ne pourront pas vous suivre.

– … Vous voulez dire que je déménage loin d'ici ?

– Non non. Je veux dire un endroit encore plus inaccessible. Les harceleurs qui vous pourchassent actuellement s'imaginent sans doute, quelque part dans leur cœur, que vous êtes peut-être une femme à leur portée.

Je veux dire, quand je vous regarde, ma petite Hiromi, je vous trouve resplendissante, mais il y a aussi quelque chose de très ordinaire chez vous.

Elle prit la mouche. Moi, très ordinaire ? N'importe quoi. À la fac, mon surnom c'était « Même pas en rêve ».

– C'est pour ça que vous suscitez des espoirs impossibles chez les harceleurs. Et donc, en élevant votre standing, en devenant une fleur inaccessible, vous aurez un moyen de les faire renoncer à vous. Ils se diront : « Elle est devenue trop bien pour moi. »

Irabu s'exprimait sur un ton paisible.

– Depuis toujours, ce sont les filles qui se dénudent dans les magazines pour hommes qui sont les premières victimes des harceleurs. Parce qu'elles se rendent célèbres en jouant les filles ordinaires, comme on en voit dans toutes les classes sociales. Les top modèles, à l'inverse, les hommes se contentent de les regarder de loin, ils ne s'imaginent pas qu'elles sont faites pour eux.

Ça se tenait, en effet. Bah oui. Elle était encore trop indulgente. Elle allait faire comprendre aux blaireaux qu'ils n'avaient aucune chance avec elle. Elle devait placer la barre plus haut.

Très bien. Elle allait se transformer en une femme encore plus magnifique. Encore plus parfaite.

Irabu, de son côté, lui tenait des propos un peu plus sensés. Simple impression peut-être, mais il lui sembla qu'elle s'était habituée à son visage disgracieux.

– Au fait, vous faites quoi pour le déjeuner ? Des sushis à Ginza, ça vous dirait ?

Elle sourit toute seule. Non, ça ne lui disait pas. Elle déclina d'un regard glacial et se prépara à partir.

– Dans ce cas, ma petite Hiromi, voici pour vous.

Irabu sortit un bouquet de fleurs de derrière le paravent. Des roses sublimes. Il avait dû les payer plusieurs dizaines de milliers de yens. Il n'était pas médecin pour rien. Il avait de l'argent.

Une étincelle fulgura dans le cerveau de Hiromi.

– Oh, comme elles sont belles ! s'exclama-t-elle, jouant la surprise avec emphase, avant de minauder – son point fort – sur le ton de la plaisanterie : Mais, docteur, moi, plutôt que des fleurs, c'est le dernier sac à main Prada qui me fait rêver.

Les joues d'Irabu rosirent.

– Ah, d'accord. Prada, pas de problème.

– C'est vrai ?

Hiromi sauta de joie. C'était trop facile !

– Je vais faire en sorte que vous l'ayez demain. Hi, hi, hi !

Bien joué ! Elle allait profiter de ses visites quotidiennes à la clinique pour se constituer une garde-robe de luxe.

Elle voulut embrasser Irabu sur la joue, mais y renonça en voyant sa peau luisante.

En fin de journée, la réunion de travail terminée, Hiromi but un thé avec Atsuko.

Elle lui déclara qu'il y avait apparemment plusieurs hommes qui la harcelaient.

– Tu es sûre que ça va ? fit Atsuko en fronçant les sourcils. Tu n'es pas allée consulter un psy ?

– Si, c'est lui qui me l'a dit. Comme c'est physiquement impossible qu'il soit seul, il y a de fortes chances qu'il y en ait plusieurs. Quand il m'a dit ça, j'ai pensé qu'il avait sûrement raison.

– Il est bizarre, ton médecin. Tu ferais mieux d'en changer. Et puis, Hiromi, pourquoi tu crois si facilement

145

un truc pareil ? L'idée ne te vient pas que ça pourrait être ton imagination ?

– Et voilà, tu recommences. Tu me traites comme si j'étais malade.

Hiromi fit la moue.

– Tu es étrange depuis un moment, je t'assure. Je t'ai vue aujourd'hui, tu as craché dans le couloir.

– Non ! Tu m'as vue ?

– Mais oui, bien sûr. Et aussi que tu marchais les jambes arquées et que tu t'es gratté les fesses.

– Je fais ça pour que les harceleurs arrêtent de se faire des illusions sur mon compte. Pour qu'ils arrêtent de fantasmer sur moi.

– Dans ce cas, qu'est-ce qui t'a pris de traiter l'assistant de « connard » dans les vestiaires ?

– Bah quoi, il me dévorait des yeux. Alors que ce n'est même pas un salarié à plein temps. Je voulais qu'il comprenne qu'un type à temps partiel doit savoir rester à sa place.

– J'en reviens pas.

Atsuko ouvrit de grands yeux.

– Je n'y peux rien. C'est moi la victime.

– Hiromi, je peux te dire quelque chose, en tant qu'amie ? Je crois que tu es narcissique.

– Narcissique ? Qu'est-ce que tu veux dire ?

– C'est la réalité. Les autres ne s'intéressent pas à toi autant que tu le penses.

– T'es méchante ! Atsuko, tu es jalouse. Tout ça parce qu'on me remarque plus que toi.

– Jalouse, moi ?

Elles se chamaillèrent pendant un moment. La conversation devait s'envenimer, car la serveuse vint leur demander de parler moins fort. Ce rappel à l'ordre agaça d'autant plus Hiromi que la fille était un boudin.

146

Elle régla sa part de l'addition et sortit seule du café. Elle sentit encore des regards sur elle.

– Bande de minables ! Arrêtez d'imaginer que je suis à votre portée ! lança-t-elle à la cantonade.

Un homme qui passait par là se figea comme s'il avait reçu une gifle. La bouche ouverte, il regardait Hiromi. Elle fit onduler ses cheveux d'un geste de la tête et quitta les lieux.

Tous les mêmes ! La colère bouillonnait en elle.

Même Atsuko doutait d'elle. Irabu, au moins, était beaucoup plus compréhensif.

Elle donna un coup de pied dans un poteau électrique et le talon de son escarpin se cassa net.

3

Ce jour-là, la mission de Hiromi consistait à jouer une fausse candidate au mariage pour une agence matrimoniale. Elle partit pour un hôtel de Ginza vêtue d'un tailleur rose, avec le sac à main Prada qu'Irabu venait de lui offrir.

L'agence matrimoniale en question était un club célèbre dont les publicités s'étalaient dans tous les magazines. Comme les clients hommes se plaignaient si on ne leur présentait que des boudins, elle faisait parfois appel à des hôtesses pour jouer les candidates lors de rencontres arrangées. Une imposture qui était pratiquée par la plupart des agences matrimoniales. Évidemment, même si elle plaisait au client, l'agence invoquait une excuse plausible pour que les choses en restent là.

En deux heures, déjeuner compris, elle gagnait vingt mille yens. Pour Hiromi, c'était une précieuse source de revenus, car les salons commerciaux, même s'ils étaient plus spectaculaires, n'offraient que des cachets modestes.

Elle avait une entrevue préliminaire dans le hall de l'hôtel avec la femme qui servait d'intermédiaire.

– Holà, mademoiselle Yasukawa ! Votre tenue, elle est beaucoup trop voyante !

– Vous trouvez ?

Elle répondit comme si de rien n'était, mais la femme paraissait mécontente.

– Voyons, aujourd'hui vous êtes censée travailler comme comptable dans une entreprise d'électricité !

Elle ne prit pas la peine de répondre. Cette femme croyait-elle qu'elle pouvait se présenter mal fagotée dans le hall d'un grand hôtel ?

– Bon, tant pis. En tout cas, on a simplement changé votre nom de famille, alors ne vous trompez pas, d'accord ? Vous vous appelez Hiromi Suzuki. Vous avez vingt-quatre ans, vous êtes née à Tôkyô et vous vivez chez vos parents. Vous avez fait des études dans une université pour jeunes filles, en section arts ménagers, et vous êtes toujours dans l'entreprise où vous avez commencé à travailler. Vos hobbys : le cinéma et la pâtisserie.

La dernière fois, c'était « la lecture et le tricot ». Cela la faisait toujours sourire.

– À présent, le monsieur…, dit la femme en feuilletant son dossier. Il s'appelle Minoru Ota. Né à Tôkyô, trente ans. Un mètre soixante-dix, soixante-dix kilos. Diplômé de l'Institut supérieur Tama, il travaille dans une entreprise de construction…

La femme poursuivit ses explications. L'homme gagnait quatre millions cinq cent mille yens par an. Et avec ça il compte entretenir une famille ? ! pensa

148

Hiromi, furieuse. Elle aurait préféré mourir plutôt que de descendre sous les dix millions.

– Voilà, c'est tout. Je vous en prie, faites bien attention à ne pas vous trahir, insista la femme.

– J'y veillerai, répondit Hiromi de façon toute formelle.

Précédée de la femme, elle entra dans le restaurant. C'était parti pour deux heures de souffrance. Il lui suffirait de sourire flatteusement et de donner le change dans la conversation.

Un homme en costume bleu marine et cravate rouge était assis à une table près de la fenêtre. Il avait un magnifique visage porcin. Lorsqu'il vit Hiromi, ses yeux étroits s'écarquillèrent.

Surpris ? On ne s'attendait pas à voir une femme aussi belle ? pensa Hiromi, qui ricana intérieurement.

L'homme sourit, aux anges, et ses joues rougirent.

La femme fit les présentations. Quand il se leva, l'homme se révéla beaucoup plus petit que Hiromi sur ses talons hauts. Un mètre soixante-dix, mon œil ! En plus, il devait bien peser quatre-vingts kilos, ce gros lard.

– Appelez-vous par vos prénoms, d'accord ? De cette façon, la glace se brisera plus vite. Oh, oh, oh…

Les présentations terminées, la femme prit congé. On leur servit des hors-d'œuvre à la française.

– Hiromi, vous mangez souvent français ? Moi, honnêtement, je trouve ça guindé et je n'aime pas beaucoup, fit l'homme d'une voix enjouée.

– Oui, moi non plus, répondit Hiromi en gardant les yeux baissés.

– Dans ce cas, la prochaine fois, on ira dans une brasserie, d'accord ?

Son visage s'illumina de bonheur.

Parce que tu t'imagines que je vais supporter ça une autre fois ! Tu as payé deux cent cinquante mille yens de droits d'inscription et trente mille par rendez-vous, et tu vas juste continuer à te faire couillonner !

– Mais c'est terrible, Hiromi, qu'une belle femme comme vous ait besoin d'une agence pour trouver un mari.

Sauf que ce n'est pas le cas, évidemment ! Tu devrais trouver ça bizarre !

– Tout le monde est déjà marié dans mon entreprise, dit-elle gracieusement.

– Eh oui, bien sûr. Pour nous, finalement, le plus grand problème, c'est que nous ne faisons pas de rencontres. Dans la mienne, c'est la même chose, les femmes sont toutes à temps partiel et d'un certain âge.

Ton problème, il ne se résume pas à ça, je pense. Tu pourrais aussi maigrir, par exemple.

L'injurier intérieurement était l'unique moyen pour Hiromi de passer le temps. Dans ce travail, elle n'avait jamais apprécié le repas. La cuisine avait beau être gastronomique, la conversation gâchait tout.

Un jeune couple prit place à la table voisine. Hiromi leur jeta machinalement un regard. L'homme était grand et beau, la femme pas mal non plus. Cette dernière leur adressa un bref regard.

Hiromi eut honte d'être avec le type mal dégrossi qu'elle avait devant les yeux. Il mangeait en mâchant à grand bruit.

– Hiromi, combien de rendez-vous avez-vous eus jusqu'ici ?

En plus, il parlait fort.

– Euh…, fit-elle, se demandant ce qu'elle devait répondre. En fait, c'est mon premier aujourd'hui.

– Moi, j'en suis au quatrième. Cela dit, les personnes que j'ai rencontrées avant n'étaient pas terribles… Alors, j'ai rouspété auprès de l'agence, et c'est comme ça qu'on m'a présenté à vous.

Hiromi s'aperçut que leurs voisins tendaient l'oreille sans qu'il y paraisse. Elle baissa la tête et fit la grimace.

– Je ne veux pas vous flatter, Hiromi, mais vous n'êtes pas mal du tout.

Le sang lui monta à la tête. Où tu es allé chercher ton petit compliment à trois balles, espèce de crapaud !

Le couple à côté échangea un regard complice et pouffa de rire. Hiromi rougit de honte et de colère.

Le monde est injuste, pensa-t-elle. Une beauté comme moi, être obligée de la gaspiller dans ce genre de petit boulot minable. Normalement, toutes les personnes présentes ici devraient rester bouche bée en me voyant.

– Et votre style, j'aime beaucoup aussi.

– Ça suffit, j'en ai marre !

La fourchette de l'homme s'immobilisa en l'air. Le couple à côté se figea également.

Hiromi eut le souffle coupé. C'est moi qui ai dit ça ? Elle blêmit.

– Hum… euh… je veux dire…, s'embrouilla-t-elle. C'est la cuisine ici, elle est vraiment trop épicée pour moi. C'est sorti tout seul.

Elle rit avec gêne, le front couvert de sueur.

Elle s'en tirait tant bien que mal. L'homme, malgré son embarras, rit à son tour.

Après le déjeuner, ils sortirent dans la cour. Par crainte qu'il ne se plaigne d'elle auprès de l'agence matrimoniale, elle décida de se comporter le plus gracieusement possible.

– Hiromi, combien d'enfants désirez-vous ? lui demanda l'homme tout en contemplant les carpes dans l'étang du jardin japonais.

– Euh… Deux, je pense, répondit-elle d'un air confus.

– C'est comme moi alors. On a des points communs, on dirait.

Putain… Tu veux que je te balance par-dessus ce pont, ou quoi ?

– Si on se marie, que ferez-vous pour votre travail ?

– Moi, ça m'est égal.

– Pour ma part, je souhaiterais que vous arrêtiez. Je veux une femme qui s'occupe bien de mon foyer.

Tu gagnes quatre millions et demi par an et tu oses dire ça ? pensa-t-elle, mais elle n'avait plus assez d'énergie pour se mettre en colère. Pourquoi un homme comme lui ne restait-il pas à sa place ?

Ces deux heures de torture terminées, Hiromi quitta l'hôtel. Je suis vraiment maudite, murmurait-elle en marchant toute seule dans les rues de Ginza.

Elle attendait à un passage piétons, quand elle sentit un regard dans son dos. Un regard d'un nouveau genre, cette fois. Une sorte de mauvais présage le lui disait. C'est l'homme avec qui j'ai eu rendez-vous, pensa-t-elle.

Elle se retourna et regarda aux alentours. Elle ne vit personne, mais elle était sûre d'elle. Elle avait un harceleur de plus. Elle eut envie de s'arracher les cheveux.

Dans ces conditions, elle aurait dû l'injurier sans se gêner tout à l'heure.

Hiromi balança son sac à main sur son épaule et traversa le carrefour à grandes enjambées.

Irabu croisa tant bien que mal ses jambes trop courtes puis dressa les sourcils.

– Ah oui, il y en a un de plus ? Ma petite Hiromi, que voulez-vous, une femme ravissante comme vous l'êtes, ça n'a rien d'étonnant.

Hiromi éprouva un grand soulagement que quelqu'un au moins la comprenne.

Quand elle en avait parlé à Atsuko au téléphone, cette dernière lui avait annoncé froidement qu'elle ne voulait plus la voir. Il n'y avait plus à présent qu'une personne qui l'écoutait réellement, et c'était le médecin assis devant elle. Irabu remontait dans son estime. Il avait été à la première place de sa liste «les hommes avec qui je ne coucherai jamais», mais à présent il était descendu à la deuxième.

– Le harceleur entretient une relation purement imaginaire, mais au départ il y a un désir de fuir la réalité. Comme il ne peut pas se satisfaire de la situation dans laquelle il est placé, il se justifie en se disant que c'est la faute de la société ou des gens, et c'est pour ça qu'il ne ressent aucune culpabilité.

C'est exactement ça ! pensa Hiromi. Elle aurait voulu que ses harceleurs entendent ce qui clochait chez eux.

– En somme, il possède un miroir qui ne reflète que sa propre image. Il trouve son reflet dans ce miroir séduisant et attirant pour le sexe opposé, et il est ardemment convaincu que les autres aussi le voient de cette façon.

C'était du miel dans ses oreilles. Elle ressentit une grande satisfaction.

– Par conséquent, il ne doute pas de lui. On appelle ça du narcissisme.

Hein ? Elle eut l'impression d'avoir déjà entendu ce mot quelque part… Mais peu importait. Quoi qu'il en soit, elle était une victime.

– Docteur, qu'est-ce que je dois faire ? Je m'y suis habituée, alors j'ai moins peur maintenant, mais je me sens déprimée, tellement déprimée tous les jours, se plaignit-elle.

L'irritation ne cessait de croître en elle.

– Vu que vous ne voulez pas changer d'image, et que vous ne pouvez pas non plus partir immédiatement dans un endroit inaccessible… (Irabu se caressa le menton d'un air pensif.) Une autre solution, ce serait sans doute de détourner l'obsession des harceleurs vers quelqu'un d'autre.

– Vers quelqu'un d'autre ?

– Un acteur qui joue avec un sex-symbol dans un film, c'est à lui que s'en prennent les fans de l'actrice. S'ils font une scène d'amour ensemble, c'est lui qui recevra des lames de rasoir, par exemple, pas elle. Les fans ne lui pardonnent pas d'embrasser leur idole sur la bouche. Ma petite Hiromi, vous devriez faire la même chose.

– Autrement dit, vous voulez que je sorte avec quelqu'un et que je m'exhibe avec lui devant eux ?

– Oui. Un soir, à Odaïba par exemple, vous embrassez langoureusement un bel homme en vous arrangeant pour qu'ils assistent à la scène. Il y a des chances qu'ils deviennent fous de jalousie et se mettent à le harceler cet homme.

Sans s'en rendre compte, Hiromi s'était penchée en avant et acquiesçait à ses propos.

Cela vaut peut-être la peine d'essayer, se disait-elle. Ils sont tous amoureux de moi. Ils ne pourront sûrement pas garder leur sang-froid. Irabu prit la troisième place sur sa liste.

Elle ne trouvait pas la méthode méprisable. Le plus important, c'était elle.

Bien, à qui allait-elle faire porter cette lourde responsabilité ? Au petit Yoshi, l'étudiant en huitième année qui habitait dans une salle de pachinko ? À Sû-san, l'agent immobilier marié et père de famille ? Ou alors à Yasshi, l'écrivain qui siégeait au Conseil de Tôkyô ? En fait, des hommes qui accourraient sur un simple coup de fil, elle en connaissait plein. Elle n'avait pas perdu son temps en s'amusant. Comme dit le proverbe, « les arts d'agrément peuvent au besoin assurer l'existence ».

Elle était plongée dans ses réflexions, quand Irabu dit :

– Ma petite Hiromi, je vais faire ça pour vous.

– Pardon ?

– Ma maison est parfaitement sécurisée, alors il n'y a pas de danger, et puis je crois que je pourrais faire n'importe quoi pour vous. Hi, hi, hi !

Il se tortillait sur son siège.

– Non, docteur, c'est inutile, fit-elle aussitôt en secouant la tête.

Qui voudrait faire ça avec toi !

– Je vous en prie, ne soyez pas si gênée, ma petite Hiromi, fit Irabu d'une voix caressante tout en tendant la main vers elle.

Quoi ? ! pensa-t-elle. Il lui avait pris la main.

– Docteur, non, qu'est-ce que vous faites ?

Elle chercha de l'aide auprès de l'infirmière, mais celle-ci ne daignait même pas les regarder.

– Je, comment dire… je crois que je suis tombé amoureux de vous, ma petite Hiromi.

Il se leva et s'approcha, les narines dilatées. N'importe quoi ! Espèce de toubib vicelard !

– Arrêtez, s'il vous plaît. (Elle recula.) Arrêtez ça tout de suite !

Répugnant à le toucher avec les mains, elle le bloqua et le repoussa d'un pied.

Irabu vacilla. Il tomba sur les fesses dans le fauteuil, lequel bascula en arrière.

Un bruit sourd retentit dans la pièce. Irabu devait s'être cogné la tête par terre.

– Ouh, ouh, ouh…, gémit-il.

Hiromi jeta un coup d'œil par-dessus le fauteuil et vit qu'il pleurnichait comme un enfant.

– Docteur, vous faites des choses bizarres, aussi, protesta-t-elle.

– Pardon, je ne le ferai plus, dit Irabu en boudant. Ma philosophie, vous savez, c'est de faire tout ce qui me passe par la tête.

Une philosophie, ça ?

– Mais là, j'ai vu votre petite culotte, dit-il en lui souriant malgré ses yeux humides.

Ce type était absolument incompréhensible. Dans son genre, il n'y en avait pas deux comme lui. Quelle éducation avait-il bien pu recevoir ? Hiromi s'assit sur le tabouret et poussa un long soupir.

Irabu se releva et, tout en se frottant l'arrière du crâne, dit : «J'ai une bosse», avant de sourire en lui montrant ses gencives.

Elle le regarda machinalement. Elle ne s'en était pas aperçue avant, mais sa blouse blanche n'était pas boutonnée aujourd'hui.

Le costume qu'il portait en dessous avait l'air assez chic. Devinant sans doute qu'elle l'avait remarqué, Irabu déclara que c'était un Hermès et lui montra l'étiquette intérieure comme un enfant tout fier d'un nouveau jouet.

D'ailleurs, il lui sembla qu'il portait un pull à carreaux Burberry la dernière fois. Et la fois précédente, il avait des chaussures Ferragamo.

Irabu faisait de la surenchère dans l'élégance. Lors de leur premier rendez-vous, ses cheveux étaient hirsutes et il avait des sandales aux pieds.

Elle scruta son visage. Ses sourcils étaient taillés et égalisés. Sa peau ne luisait plus.

– J'ai décidé d'aller régulièrement dans un salon esthétique pour hommes, dit Irabu en posant la main sur sa joue. On ne sait jamais, je pourrais tomber amoureux d'une patiente. Hi, hi, hi !

Hiromi fut frappée d'effarement. J'y comprends rien. Cet homme, j'y comprends absolument rien.

Cependant, puisqu'il avait cité Hermès, elle ne pouvait pas laisser passer une si belle occasion.

– Docteur, ça vous va hyper bien. Tellement bien que moi aussi ça me donne très envie d'avoir un tailleur Hermès…

Par instinct féminin peut-être, dans un réflexe conditionné, elle s'était mise à minauder.

– D'accord, pas de problème, dit Irabu, sous le charme.

C'était si facile que ça en perdait presque tout intérêt.

Mais bon, peu importait. C'était toujours ça de pris.

Elle choisit Utchi, un photographe free-lance, comme victime sacrificielle. C'était un sale con qui ne pensait qu'à coucher. Comme ça, si jamais les choses tournaient mal pour lui, elle n'aurait aucun remords sur la conscience.

Hiromi imagina même le scénario : Utchi devenait la cible des harceleurs. On le poignardait dans le dos. Coup de filet de la police, qui arrêtait toute la bande des harceleurs. Son calvaire était terminé…

– J'aimerais bien qu'on se voie de temps en temps, l'aguicha-t-elle d'une voix doucereuse au téléphone.

Utchi mordit aussitôt à l'hameçon en frétillant de la queue.

– Je suis trop content. J'aurais jamais cru que tu aies envie de me voir.

Pauvre débile ! Tu ne sais rien !

Arrivée à ce stade, elle ne pouvait considérer les hommes que comme des instruments. Elle avait du mal à croire qu'elle avait été vierge un jour.

Peut-être que j'ai pris conscience de ma valeur, pensa-t-elle. Si des curieux manifestent leur intérêt, personne n'est assez stupide pour ne pas leur faire payer un droit d'entrée.

La Volvo d'Utchi s'était à peine engagée sur la voie express qu'elle sentit qu'on était lancé à leur poursuite. Ils avaient même prévu une voiture ! Ces types avaient beau être ses ennemis, elle leur tira son chapeau.

Elle se retourna pour regarder discrètement les voitures qui les suivaient.

– Hiromi, il se passe quelque chose derrière ? demanda Utchi.

– Non non, rien, répondit-elle en feignant l'innocence.

Le Rainbow Bridge apparut dans le ciel nocturne. Au-delà, on voyait aussi la grande roue tout illuminée.

– À cette heure-ci, il y a sûrement la queue pour la grande roue, dit Utchi.

– On peut aussi aller dans le parc d'Odaïba. La vue est splendide la nuit.

– Dans ce cas, la place du Panorama ? Comme il n'y a pas de lampadaires, c'est plein de couples chauds bouillants.

– Pas question ! fit Hiromi d'un ton espiègle.

Dans l'obscurité, les harceleurs n'auraient pas bien vu le visage d'Utchi. Le plan de Hiromi était le suivant :

dîner, puis un baiser de cinéma sous un lampadaire avant de prendre une chambre dans un hôtel.

Cependant, elle ne le laisserait pas la toucher. Pour lui échapper, elle avait prévu de lui dire qu'elle avait ses règles.

Sur le Rainbow Bridge, la voie express, sinueuse jusque-là, devint une ligne droite. D'un coup, la perspective était beaucoup plus claire devant comme derrière.

Elle se retourna pour vérifier si leurs poursuivants étaient toujours là. À cet instant, un frisson la parcourut de la tête aux pieds.

Ce n'était plus seulement une ou deux voitures. Tous les véhicules étaient à leurs trousses, phares allumés.

Elle ne pouvait y croire. Elle ne comprenait pas ce qui s'était passé.

Ses lèvres tremblèrent. Elle les couvrit d'une main. Mais celle-ci aussi tremblait.

– Hé, Hiromi, qu'est-ce qui se passe ?

– Non non…, fit-elle en secouant la tête.

Son visage était livide.

Un grand camion commença à les doubler. Quand il arriva à leur hauteur, le chauffeur regarda Hiromi. Il lui sembla qu'il avait un petit sourire aux lèvres.

– Tu es toute pâle. Tu as mal au cœur ?

– Non non…

Elle ne parvenait pas à dire autre chose.

Est-ce que c'est réel ? Son cerveau s'engourdissait petit à petit. Elle sentait comme une démangeaison dans son crâne.

– Qu'est-ce que tu as ? Tu ne te sens pas bien ? Tu veux que je m'arrête sur le bas-côté ?

En fin de compte, je suis devenue le fantasme de tous les hommes ?

Comment je vais faire pour vivre à partir de demain ?

– Hé ! Ça va ? Réponds-moi !

Elle entendit la voix d'Utchi au milieu du vacarme de la voie express. C'était comme le mugissement d'une vache, et pourtant cela lui transperçait les tympans.

4

Hiromi ne supportait plus de mettre un pied dehors. Sa vie se résumait à passer ses journées sous sa couette.

Quand elle faisait des courses à la supérette, elle devenait presque folle en sortant parce que le caissier se mettait à la suivre dans la rue. Dès qu'ils la voyaient, le patron de la blanchisserie et le livreur de pizzas étaient eux aussi envoûtés par sa beauté et se transformaient immédiatement en harceleurs.

Elle avait renoncé à travailler plusieurs fois. Elle n'était vraiment pas d'humeur à sourire à tout-va. Si elle s'était retrouvée cernée par les *otaku*, elle les aurait probablement couverts d'injures.

Elle avait maintes fois demandé de l'aide à Atsuko ; or, celle-ci avait non seulement refusé de la soutenir mais semblait même avoir peur d'elle.

– Écoute, Hiromi, tu ne veux pas essayer de changer de vie ? Arrête ce boulot et travaille dans une boîte normale, par exemple, lui suggéra-t-elle timidement un jour où elle était passée chez elle.

Hiromi n'en crut pas ses oreilles. Un diplômé de l'université de Tôkyô travaillait-il sur des chantiers ? Un médaillé d'or aux jeux Olympiques livrait-il des journaux ? Une beauté comme elle, pourquoi aurait-elle dû passer son temps à faire des photocopies et à préparer le thé ?

– Atsuko, tu veux te débarrasser d'une rivale, c'est ça ?

Elle ne lui cacha pas ce qu'elle pensait.

– Quoi ! Tu parles sérieusement ? s'écria Atsuko en ouvrant de grands yeux.

– Je vais te dire un truc : je ne te considère pas comme une rivale. Mon objectif, il est bien plus élevé que ça.

Atsuko lui jeta un regard furibond et partit sans dire un mot. Hiromi ne l'avait plus revue depuis. Elle ne répondait plus à ses appels.

Irabu était le seul à la comprendre. Il compatissait à son malheur et lui avait dit de ne pas se forcer à sortir de chez elle.

Elle n'envisageait toujours pas de coucher avec lui, mais à présent elle aurait au moins accepté qu'il l'invite à dîner.

– Quand on n'est pas en forme, le mieux c'est de ne pas se forcer. Moi aussi, quand je ne me sens pas dans mon assiette, je ferme tout de suite les consultations. Ah, ah, ah !

Il riait avec insouciance.

Dans une prochaine vie, ce serait peut-être pas mal de renaître dans la peau d'une idiote, pensa Hiromi. Je suis sûre que j'aurais beaucoup moins de soucis.

– Mais passons là-dessus, ma petite Hiromi. En ce moment, je réfléchis à une petite opération de chirurgie esthétique, pour me faire débrider les paupières. Qu'est-ce que vous en pensez ?

– Pardon ?

Elle n'était pas certaine d'avoir bien entendu.

– Je me regardais dans un miroir, et je me suis dit que je serais plus beau si j'avais les yeux moins bridés.

Elle eut le vertige. Elle ne trouva rien à lui répondre.

– Ma petite Hiromi, vous avez déjà fait de la chirurgie esthétique ?

– Jamais, répondit-elle fermement.

En vérité, elle s'était fait retoucher le nez.

– Et puis je pensais aussi faire ressortir un peu plus mon menton.

Elle ne le vit pas le prendre, mais Irabu avait maintenant un miroir à la main. Il contemplait son visage sous tous les angles. Le regardant mieux, elle remarqua que la pointe de ses cheveux était légèrement teinte. Et aujourd'hui, il portait un costume italien.

À son âge, il avait pris goût à l'élégance ? Il perdait son temps.

– Docteur, si vous vous faisiez plutôt enlever le gras superflu que vous avez autour de la mâchoire ?

Ces mots lui avaient échappé.

– Et pour ça, comment on fait ? (Irabu se pencha vers elle.) Vous savez, je ne suis pas chirurgien esthétique, alors je n'y connais pas grand-chose.

– Eh bien, il y a un système qui aspire la graisse…

Puisqu'il lui demandait, elle lui donna l'explication. Irabu hocha la tête en faisant « Ah, ouais… ».

Il y avait quelque chose d'affligeant à devoir lui donner cette leçon. C'était elle la patiente, enfin !

Hiromi se sentait de plus en plus déprimée. Elle devait bien soupirer cent fois par jour.

Quand elle retourna enfin à l'agence, la directrice se montra désagréable avec elle.

– Je n'ai besoin de personne.

Elle ouvrit un livre de comptes sur son bureau et se mit à pianoter sur une calculette.

Pour qui tu te prends ! Et pourtant, tu ne nous trouves que des boulots minables… Hiromi se retint néanmoins de lui dire ce qu'elle pensait.

– Il y a quelque chose dont vous n'êtes pas satisfaite ?

– Non…

Hiromi la salua sans croiser son regard.

Elle s'était trompée d'agence. Elle le regrettait depuis longtemps. Si elle était entrée dans une meilleure agence artistique, elle serait déjà une *talento* à succès à l'heure actuelle.

Elle vérifia le planning sur le tableau blanc. Il n'y avait que quelques rares missions inscrites sous son nom.

Comment s'en étonner ? Par trois fois, elle avait fait faux bond.

Elle jeta aussi un coup d'œil sur le panneau d'affichage. C'était là qu'on punaisait les prospectus pour des auditions de toutes sortes.

Une annonce lui sauta aux yeux : « Concours Movie Star – Première édition ». Elle s'approcha davantage pour voir qui en était l'organisateur et vit qu'il s'agissait du plus grand studio de cinéma du pays.

En un instant, son esprit s'emballa. Avec une société de production de cette taille, elle était certaine de faire ses débuts au cinéma. Le montant du prix était de dix millions de yens. C'était donc un concours d'assez vaste envergure. Le vainqueur du grand prix serait lancé à grand renfort de publicité comme leur nouveau poulain. Et puisque c'était la première édition, la société mettait sa réputation en jeu.

Elle lut les détails de l'annonce. La compétition était divisée en plusieurs catégories, notamment « Cendrillon » et « Actrice ». C'était la catégorie « Actrice » qui intéressait Hiromi. Elle ambitionnait de devenir une comédienne sérieuse.

– Madame, fit-elle. Je vais participer à ce concours.

– Quoi, celui-là ? Mademoiselle Yasukawa, je croyais que vous désiriez participer à des émissions de variétés.

– Non, en fait, c'est actrice que je veux devenir.

Quelle importance, de toute façon ? Un artiste est une artiste.

– Pour ce concours, c'est Emilin que nous avons choisie. (La directrice réfléchit.) Dans cette agence, nous faisons notre promotion en disant «Cette fille est ce que nous avons de mieux». Aussi, autant que possible, je préfère n'envoyer qu'une personne…

Une gamine comme elle, c'est ce que vous avez de mieux ? Les joues de Hiromi se contractèrent nerveusement.

Elle réprima ses émotions et dit «S'il vous plaît, je vous le demande» en baissant la tête.

– Bon, écoutez, je pense que vous pouvez au moins participer à la présélection sur dossier. C'est d'accord. Je vais vous inscrire. (La directrice ajusta ses lunettes et lui jeta un regard par en dessous.) Mais, en échange, je voudrais que vous ne laissiez pas brutalement tomber vos missions d'hôtesse, d'accord ?

Puis elle se replongea dans son travail de bureau.

Pff… Et tu veux que je sois reconnaissante… Quand j'aurai gagné, tu verras, je te ferai porter mes bagages.

– Ah oui, mademoiselle Yasukawa, fit la directrice en levant la tête. Pour votre âge, je mets combien ?

– … Disons vingt ans, s'il vous plaît.

La directrice marqua une pause, puis murmura «D'accord» comme pour elle-même et arrangea un paquet de feuilles en les tapotant sur son bureau.

– Je vous remercie, fit Hiromi.

Elle la salua et sortit. Une fois dehors, elle se fourra un doigt dans le nez et le frotta sur la plaque de l'agence.

C'est quoi, une patronne comme ça ? Juste une ancienne *talento* ratée, alors pour qui elle se prend ?

Je suis au courant que tu as fait doublure de scène de douche dans un téléfilm !

À peine eut-elle fait quelques pas dans la rue que des harceleurs se mirent une fois de plus à la suivre. Ils formaient un régiment maintenant : plus d'une centaine, dont elle sentait la présence à toute heure.

Ils n'ont qu'à me coller aux basques autant que ça leur chante. Ça ne durera plus longtemps. Je serai bientôt actrice de cinéma. Je vais atteindre des sommets où ils ne pourront plus m'atteindre.

Elle vit son reflet dans la vitrine d'une boutique. Elle prit la pose.

Une taille magnifique. Une croupe joliment rebondie. Une poitrine bien bombée.

Elle se trouvait parfaite.

Un sourire s'épanouit sur son visage, dévoilant ses dents d'une blancheur éclatante.

Elle n'avait aucun doute : c'est elle qui serait choisie. Il n'existait pas de femme plus belle.

Très vite, elle déborda de confiance en soi.

Un homme d'âge mûr passa à côté d'elle en la dévorant des yeux.

– Profitez-en bien, vous n'aurez bientôt plus la chance de me voir en vrai ! lui lança-t-elle d'un air menaçant.

L'homme sursauta et se déporta à l'autre bout du trottoir. C'était si drôle à voir qu'elle éclata de rire.

Elle allait enfin pouvoir devenir celle qu'elle était depuis toujours : une héroïne qui monopolise l'attention de tous.

Elle continua de se tordre de rire sur le trottoir pendant un moment. Les passants lui jetaient tous un regard, mais elle n'en tenait pas compte : c'était normal, elle était si belle.

Lorsqu'elle lui parla de l'audition, Irabu lui déclara gentiment qu'il viendrait la soutenir.

– Je mettrai un bandeau autour de la tête et je vous crierai des encouragements, dit-il, les yeux brillants.

Elle décida de ne pas lui révéler le lieu où se tiendrait l'audition. Elle n'en avait plus pour très longtemps à fréquenter cette clinique.

Hiromi franchit sans difficulté l'étape de la présélection sur dossier.

Elle ne fut absolument pas surprise d'apprendre qu'elle faisait partie des deux cents élus sur un total de cent mille candidatures.

On avait seulement passé au crible les simples amateurs. Les deux cents appartenaient sans doute tous à des agences. Aucun d'eux, c'était certain, ne pouvait dire : « Un ami a posé ma candidature sans m'en parler, et on m'a pris ! » Le jury avait avant tout tenu compte de la motivation de la personne concernée.

La compétition ne faisait que commencer. Hiromi se rendit régulièrement dans un institut pour parfaire sa beauté. Sa peau terne et fatiguée retrouva tout son éclat. La peau est un bon révélateur de l'état de santé. Elle était certainement en pleine forme maintenant.

La deuxième étape du concours avait lieu dans une salle de spectacle louée pour l'occasion.

Elle se déroulait sur scène en trois temps : un entretien, un défilé en maillot de bain et une performance dans le domaine artistique de son choix. Dans chaque section, dix personnes seraient autorisées à poursuivre jusqu'à l'étape finale.

Évidemment, Hiromi avait confiance en elle. Quand elle apprit que les organisateurs recherchaient une actrice à la beauté classique, elle faillit sauter de joie.

C'est tout à mon avantage ! Et alors, tandis qu'elle se contemplait chaque jour dans son miroir, elle en vint à penser qu'elle était sans doute la plus belle femme du monde.

Elle ferait d'abord ses débuts d'actrice au Japon, puis, au bout de trois ans, elle s'envolerait pour Hollywood. Ce n'était pas un rêve, mais un projet. Depuis quelques jours, Hiromi s'était métamorphosée et vivait sur un petit nuage.

Le foyer des artistes consistait en une vaste salle ordinaire avec des rangées de tables et de chaises. Les participantes se réservaient chacune un espace propre et s'appliquaient avec ardeur à leur maquillage.

Parmi elles, il y avait quelques visages qu'elle connaissait. Rien que des filles qui passaient leur temps à courir d'une audition à une autre. Elles se lançaient parfois des regards menaçants, mais ne se saluaient jamais.

– Tiens, Hiromi, toi aussi tu as passé la présélection.

Hiromi se retourna et vit Emilin, la benjamine de son agence.

– Je suis contente qu'il y ait quelqu'un que je connais.

Menteuse. Au fond de toi, tu paniques.

– Par contre, Hiromi, je ne savais pas du tout que tu n'avais que vingt ans ! ajouta-t-elle avec un sourire ironique.

Tu crois pouvoir m'ébranler avec ça ? Hiromi la trouvait risible. Elle avait l'expérience pour elle. Dans le passé, entre rivales, elles s'étaient même versé du laxatif dans leur verre.

– Et toi, ça va aller pour le défilé en maillot de bain ? Il paraît qu'on nous demande de faire des mouvements de gymnastique, alors fais attention à ce qu'on ne voit

pas tes morceaux de scotch si ton soutien-gorge glisse.
Ce serait la honte pour l'agence.

Elle avait parlé assez fort pour être entendue de tout
le monde dans le foyer. Emilin blêmit.

– Et puis, évite de parler de ton parcours scolaire.
L'école dont tu sors est très mal classée, et ça va se
savoir.

Les lèvres tremblantes, Emilin retourna à sa place.
« Elle fait peur ! » entendit-on murmurer ici et là dans
la salle.

Je m'en fous ! pensa Hiromi. C'est la guerre. J'ai pas
besoin d'amies.

Hiromi sortit du foyer pour se rendre aux toilettes.

– Ma petite Hiromi, entendit-elle dans son dos pendant qu'elle descendait l'escalier.

Elle connaissait cette voix. Oh non, pas lui…

– Hé, hé, hé ! Moi aussi, j'ai décidé de passer l'audition.

C'était Irabu. Vêtu d'une combinaison en cuir, il
avait l'air d'un énorme ballon.

– Moi aussi, j'ai envie de jouer dans un film. Je me
suis inscrit dans la section « Acteur ».

– Vous, docteur ?…

Sur le coup, elle se trouvait à court de commentaires.

– Oui. Si je gagne, je serai à la fois médecin et acteur.
La classe, vous ne trouvez pas ?

– … Il y a une section « Acteur de genre », ou
« *Kirare-yaku*[1] » ?

– Non non. C'est la section « Star de film d'action ».
J'ai aussi envisagé la section « Jeune premier », mais
bon.

---

1. Dans les films de sabre, rôle spécifique des acteurs qui sont tués lors
des combats.

Hiromi commença à avoir mal au crâne. C'était pourtant bien des auditions pour un grand studio de cinéma, non ?

– Et donc, docteur, vous avez réussi la présélection sur dossier ?

– Ce truc-là, j'ai passé mon tour. Mon papa, qui est administrateur de l'Ordre des médecins du Japon, est aussi membre de la Fondation Kôjunsha[1], alors il a des relations bien placées un peu partout, expliqua Irabu en bombant le torse. Mais alors, si on gagne tous les deux, on pourra jouer ensemble dans un film. On aura des scènes d'amour. Hi, hi, hi !

Irabu contemplait son reflet dans un grand miroir sur le palier. Il prenait la pose.

Elle comprit plus ou moins. Il était narcissique. Malgré son visage, son corps, il était persuadé d'être beau.

Comme il était heureux, cet homme !

– Regardez, on dirait De Niro, non ?

Il avait croisé les bras et se caressait le menton.

Ne t'occupe plus de lui, pensa Hiromi. C'est juste une mauvaise blague comme il y en a partout. Je vais plutôt me concentrer sur mon audition.

– Bon, docteur, je dois y aller.

Elle partit en courant.

Dans une cabine des toilettes, elle se prépara mentalement. Je suis belle, je suis la meilleure, se motiva-t-elle en pensée. Elle prit une profonde inspiration et concentra toutes ses forces dans son ventre.

Les auditions commencèrent.

Hiromi se présenta à l'entretien en minirobe. Il était hors de question qu'elle n'exhibe pas ses jambes

---

1. Puissant club d'hommes d'affaires, créé en 1880.

magnifiques. Elle s'assit en les plaçant légèrement de biais, les mains posées sur les genoux.

– Mademoiselle Yasukawa, quel est votre type d'homme ? lui demanda-t-on.

Elle fit semblant de réfléchir.

– J'aime les hommes qui ont un rêve. Et j'aime les hommes qui s'efforcent de réaliser leur rêve.

Le truc, c'était de laisser une petite pause avant de répondre à une question banale. Cela donnait l'impression qu'on n'y avait pas réfléchi au préalable.

– Un homme est sur le point de se suicider. Comment allez-vous vous y prendre pour l'en dissuader ?

– Hmm… Attendez… (Se montrer embarrassée n'était pas un problème, mais il fallait l'être d'une manière charmante.) Je lui dirais : « Demain, je vais vous présenter ma sœur, qui est très sexy, alors faites-le après. »

Les jurés s'esclaffèrent. Une sensation de plaisir lui parcourut le dos. Son entretien était un succès.

Quand son tour fut passé, elle descendit dans la salle pour observer les entretiens de ses rivales. Ainsi, si elle captait leur regard, elle pourrait également les déconcentrer.

Emilin était idiote. Alors qu'il s'agissait d'une audition pour le cinéma, à la question « Quel est votre metteur en scène préféré ? », elle répondit « Nagashima[1] », ce qui provoqua des rires moqueurs.

Croisant un instant son regard, Hiromi pouffa de rire.

Hiromi éclipsa toutes les autres candidates dans le défilé en maillot de bain. Avec ses mensurations et

1. En japonais, le mot « metteur en scène » de cinéma (*kantoku*) signifie également « entraîneur » sportif ; Shigeo Nagashima étant le très célèbre entraîneur de l'équipe de base-ball des Yomiuri Giants.

son expérience de *race queen*, aucun juré ne pouvait détacher les yeux d'elle.

Cependant, elle devait aussi mettre l'accent sur l'ingénuité. Alors que défiler sur un podium était son point fort, elle marcha volontairement avec gaucherie, sans négliger néanmoins d'exhiber son décolleté lors du salut final.

Emilin, là aussi, se ridiculisa. Elle prit un air incrédule lorsqu'un des jurés lui dit : « Très bien, faites une pirouette maintenant », puis effectua une roulade avant sur la scène. Son visage se crispa sous les éclats de rire de la salle.

– Tu es la honte de l'agence, lui glissa Hiromi à l'oreille quand elle la croisa dans le couloir.

Emilin rougit jusqu'aux oreilles et se mordit la lèvre.

C'est dans la poche, pensa Hiromi. La performance finale lui servirait seulement à porter le coup de grâce.

Elle avait prévu de danser sur du disco. Comme elle était en mini robe pour l'entretien, elle avait l'intention de se montrer dans une tenue masculine : en uniforme militaire avec un béret.

Elle se changea dans le foyer et coiffa le béret sur sa tête devant le miroir.

Elle entendit un bruissement. Qu'est-ce qui se passe ? pensa-t-elle, et elle souleva le béret.

En un instant, elle fut exsangue.

Je me suis fait avoir !... Son champ de vision s'obscurcit.

Le sang qui avait reflué descendit jusqu'à ses pieds, puis fit demi-tour et remonta à grande vitesse jusqu'à sa tête.

Quelqu'un avait mis de la bande adhésive dans son béret. Et face collante vers l'extérieur, en plus.

– C'est dégueulasse ! hurla-t-elle. C'est qui ? Qui a fait ça ?

Elle le savait. C'était Emilin.

Les filles s'attroupèrent autour d'elle. Toutes regardaient le visage de Hiromi avec une expression farouche. Emilin n'était pas parmi elles.

Elle réussit à enlever le béret, mais la bande adhésive restait collée à ses cheveux, sur le haut du crâne et sur les côtés. On en avait entièrement recouvert l'intérieur du béret.

Hiromi fut prise de vertige. Tout son corps tremblait sous le choc et la colère.

– Attends un peu, Emilin ! rugit-elle. Tu es où ? Viens par ici !

Les autres filles s'éloignèrent. Elles préféraient visiblement ne pas être mêlées à ça.

– Me faire un truc pareil, tu ne vas pas t'en tirer à si bon compte !

Elle parcourut le foyer de long en large. Elle ne savait pas quoi faire. La fureur montait du fond de sa gorge. Elle était en proie à la panique.

C'est fini, pensa-t-elle. L'audition est fichue. J'ai déjà vingt-quatre ans. C'était certainement ma dernière chance. Je ne deviendrai jamais actrice. Je vais finir hôtesse. Juste un objet de fantasme pour les blaireaux…

Elle était désespérée. Ses jambes flageolaient et elle ne marchait plus droit.

Quand elle reprit ses esprits, elle errait sans but à l'intérieur de la salle de spectacle. Elle entendit des cris d'homme.

– Comment ça, vous ne me laissez pas passer l'audition ? Je vous ai dit je ne sais pas combien de fois que ce n'était pas une plaisanterie !

C'était Irabu. Les bajoues tremblant de colère, il prenait à partie un responsable dans un coin de la salle.

– Vous avez perdu la tête ? J'ignore qui vous pistonne, mais à votre âge, devenir une star de film d'action, c'est tout simplement impossible.

– Vous n'avez pas les yeux en face des trous, ou quoi ? Vous ne voyez pas que vous avez une star en puissance, là, devant vous ?

– Quoi qu'il en soit, je vous demande de partir. Je n'ai pas de temps à perdre.

– Tiens, ma petite Hiromi… (Irabu s'était avisé de sa présence.) Parlez à ces types. Dites-leur que je suis sérieux.

– Euh, excusez-moi. Je suis Hiromi Yasukawa. À ce stade de l'audition, je suis première au classement, n'est-ce pas ?

Elle agrippa le responsable et lui secoua fortement le bras.

– Qu'est-ce qui vous prend ? fit l'homme en reculant, puis il tourna la tête vers la radio qu'il avait à la main et lança à pleine voix : Hé ! Appelez-moi la sécurité !

– Je suis en première position, hein ?

– Il y a deux cinglés. Jetez-les dehors.

– Répondez-moi.

– L'un est un homme obèse, d'âge mûr. L'autre, une femme avec de la bande adhésive collée sur la tête.

– C'est moi la plus belle, hein ?

– Et moi, je suis le plus classe ! intervint Irabu.

Toi, tais-toi ! pensa Hiromi. C'est ma vie qui est en jeu !

– J'ai promis à ma petite Hiromi ici présente que je jouerai avec elle dans un film !

Non, ne laisse pas croire qu'on est ensemble. Je t'en supplie, ne dis pas qu'on est ensemble…

Des mains saisirent Hiromi par le col. Plusieurs gardiens baraqués, en uniforme, étaient arrivés.

Ils la soulevèrent de terre. Elle se débattit comme un beau diable, mais ne put rien y faire.

On la transporta en dehors de la salle de spectacle. Son champ de vision s'illumina brutalement. Le chant d'une alouette pénétra inopinément dans ses oreilles.

Ses forces l'abandonnèrent complètement.

Levant les yeux vers le ciel bleu et sans nuages, elle pensa d'une manière terriblement incongrue qu'il y avait longtemps, très longtemps, qu'elle n'avait pas regardé le ciel.

Hiromi se fit couper les cheveux. Court, très court, comme le Hatabô des mangas de Fujio Akatsuka qu'elle avait lus enfant.

Elle changea également sa façon de se maquiller et de s'habiller. Des traits d'eyeliner épais et des mini-jupes moulantes n'allaient absolument pas avec cette coupe de cheveux. Elle porta des jeans ordinaires pour la première fois depuis des années. Ses pulls aussi étaient on ne peut plus ordinaires.

Aujourd'hui, elle se rendait dans cette tenue dans la société de design où elle était en apprentissage. L'agence artistique ayant rompu son contrat, elle avait perdu son travail d'hôtesse.

Comme elle n'avait plus d'argent, elle avait apporté à un prêteur sur gages les objets de marque qu'Irabu lui avait offerts, mais ceux-ci s'étaient tous révélés des contrefaçons. Lorsqu'elle l'avait interrogé à ce sujet, Irabu lui avait répondu sans la moindre gêne qu'il les avait achetés à des Iraniens dans le parc d'Ueno.

C'est pour cette raison que plus personne ne se retournait sur son passage lorsqu'elle marchait dans la rue et que, bien entendu, plus personne ne la suivait.

« Exorcisme » était certainement le mot qui s'appliquait le mieux à ce qui lui était arrivé.

Comme si elle était délivrée, ou qu'elle avait oublié quelque chose. Il lui semblait que son corps et son esprit s'étaient allégés d'un poids.

Toutefois, Hiromi n'avait pas recouvré immédiatement la forme, aussi se rendait-elle encore une fois par semaine à la Clinique générale Irabu pour s'y faire prescrire des médicaments.

– C'est bizarre. Pourquoi on m'a éliminé à la présélection sur dossier ?

C'était Irabu, bien sûr. L'expérience ne lui avait apparemment pas servi de leçon. Il persistait à envoyer son CV pour des auditions diverses et variées.

– Docteur, vous êtes médecin, alors vous n'avez pas besoin d'entrer dans le show business, si ?

– Non, mais j'aimerais bien passer à la télé au moins une fois.

Il prononça ces mots avec un regard si sérieux que Hiromi pouffa de rire.

– Ma petite Hiromi, comment vous sentez-vous ?

– Ça va beaucoup mieux, je crois. Je me sens plus légère ces derniers temps.

– C'est parce que vous avez enlevé votre armure, sûrement.

– Mon armure ?

– C'est très fréquent. Un collégien rebelle, par exemple, si on le change d'école et qu'il arrête de se faire une banane, il redevient un jeune garçon gai et paisible.

– Docteur, il y a longtemps que ça ne se fait plus, la banane.

Néanmoins, elle comprenait plus ou moins où il voulait en venir. Jusque-là, le maquillage et les minijupes avaient été une armure pour elle. Un être humain, une fois une arme à la main, avait beaucoup de mal à s'en défaire.

– Du coup, plus personne ne vous harcèle ? dit Irabu.

– Non, plus personne, fit Hiromi avec un sourire ironique. Mais, au début, quand je suis venue vous consulter, docteur, est-ce que vous m'avez crue ?

– Non non, répondit franchement Irabu en secouant la tête. J'ai compris du premier coup d'œil que vous souffriez d'une manie de la persécution. Mais, ce genre de trouble, ça ne sert à rien de le nier. Le traitement commence à partir du moment où on affirme qu'il existe. Au patient qui ne peut pas dormir, c'est absurde de lui ordonner de dormir. Par contre, si on lui dit «Puisque vous ne pouvez pas dormir, vous n'avez qu'à rester éveillé», il va se détendre. Et le résultat, c'est qu'il réussira à dormir. C'est la même chose.

Hiromi considéra Irabu. Si ça se trouve, c'est un grand médecin ? pensa-t-elle.

– À propos, j'aime beaucoup vos cheveux courts, vous savez. Hi, hi, hi !

Il sourit, très content de lui, et s'approcha.

– S'il vous plaît, docteur ! Vous aviez dit que vous ne feriez plus ça ! s'écria Hiromi en reculant.

– Non non. C'est une autre histoire maintenant que vous avez coupé vos cheveux.

Il soufflait bruyamment par le nez.

Qu'est-ce que c'est que ce raisonnement ? Il ne savait donc pas renoncer ?

Hiromi le bloqua avec les pieds, puis, comme c'était déjà arrivé une fois, le repoussa de toutes ses forces.

Comme elle bougeait plus facilement dans son jean, elle le fit des deux pieds.

Irabu bascula avec le fauteuil.

Un bruit sourd retentit dans la pièce.

Plein d'amis

1

Il envoyait chaque jour plus de deux cents mails[1] avec son téléphone portable.

À trois yens le message, cela représentait un total de six cents yens. Et comme il le faisait sept jours sur sept, sa facture mensuelle, incluant l'abonnement de base et les communications, dépassait facilement les vingt mille yens.

Yûta Tsuda était en première et recevait de ses parents vingt mille yens d'argent de poche par mois. «C'est cool d'être fils unique!» ironisaient ses camarades de classe, mais en pratique, comme il devait aussi utiliser cet argent pour payer ses déjeuners, ce n'était pas tant que ça.

Sa mère soutenait qu'avec cette somme il pouvait s'offrir des vêtements et des CD.

Mais elle était complètement à côté de la plaque. Aujourd'hui, les lycéens se donnaient un mal de chien pour payer leurs factures de portable.

---

1. Au Japon, les téléphones mobiles n'envoient pas des textos mais des «mails», une adresse électronique étant attachée à chaque numéro de téléphone.

Yûta, lui, se débrouillait en travaillant à temps partiel dans un fast-food. Il gagnait cinquante mille yens par mois pour trois heures par jour cinq jours par semaine. C'était le moyen qui lui permettait de s'offrir vêtements et CD.

– Donc, en tout, ça te fait quand même soixante-dix mille ! Moi, combien tu crois que j'ai d'argent de poche ? s'était emporté son père, rouge de colère, le mois dernier.

– Et tes études, comment ça se passe ? L'année prochaine, tu seras en terminale, non ? lui disait sa mère.

Ce reproche, elle avait pris l'habitude de le lui faire deux fois par jour, le matin et le soir.

Pourtant, depuis peu, ses parents mettaient leurs critiques en sourdine. C'était à cause des spasmes que Yûta avait à la main gauche.

Un soir, voyant qu'il continuait d'envoyer des mails pendant le dîner, son père lui avait brusquement lancé :

– Arrête avec ça ! Je vais t'en coller une !

Yûta n'en avait pas tenu compte et avait gardé les yeux rivés sur son écran, si bien que, ne voulant sans doute pas se dédire, son père l'avait frappé sur la tête.

– Eh ! Qu'est-ce qui te prend ? avait protesté Yûta.

Son père lui avait pris son portable des mains et l'avait jeté sur le canapé du salon. Une atmosphère pesante avait déferlé autour de la table. Cela s'était produit quelques minutes plus tard : la main gauche de Yûta s'était mise à trembler d'une façon incontrôlable.

Cela avait commencé par le bout des doigts, puis avait gagné le coude, jusqu'à ce que, finalement, son bras tout entier soit pris d'une secousse verticale, comme s'il grattait une mandoline.

Il s'était précipité pour récupérer son téléphone et, à l'instant où il l'avait saisi, les tremblements s'étaient interrompus.

Son père et sa mère avaient blêmi. Avalant leur salive, ils étaient restés muets pendant un moment.

– Emmène-le chez le médecin, avait dit sèchement son père. Il y en a un près de la ligne de chemin de fer, Irabu ou je ne sais quoi. C'est une clinique générale, je crois.

Yûta, quant à lui, n'était pas tellement inquiet. Un de ses amis avait eu une tendinite à force de taper des mails, aussi se disait-il que c'était probablement un symptôme du même genre. Il lui suffirait dorénavant de taper de la main droite pour que tout rentre dans l'ordre.

– Tu sais, moi, ça me fait peur de te voir tout le temps avec ton portable à la main.

Le visage de sa mère demeurait sombre. Elle s'était apparemment souvenue de la courte période, au collège, où Yûta avait refusé d'aller à l'école.

– Je suis trop pris avec mon boulot au restaurant, j'ai pas le temps d'aller voir un docteur, dit-il.

Comprenant que c'était une manière détournée de lui réclamer de l'argent, sa mère proposa de lui donner dix mille yens s'il y allait.

Ouais, génial ! pensa Yûta. En plus, je vais pouvoir sécher les cours.

Cependant, il refusa qu'elle l'accompagne. À dix-sept ans, il aurait trouvé vraiment trop ridicule de s'y rendre avec sa mère.

Elle lui dit qu'elle lui avait pris un rendez-vous dans un service de psychiatrie. Cela ne causa pas particulièrement de problème à Yûta. Il ne connaissait rien aux cliniques ou aux hôpitaux. Il voyait la différence entre médecine générale et chirurgie, et c'était à peu près tout.

Le service de psychiatrie de la Clinique générale Irabu était situé au sous-sol. Comparé au hall de l'immeuble, lumineux et propre, on se serait cru dans les vestiaires du lycée. C'était sombre et il y flottait une odeur rance.

< *Suis au sous-sol. Trop l'angoisse !* >

Il envoya immédiatement un mail groupé à plusieurs de ses copains qui étaient en cours. Bien entendu, il leur en avait déjà envoyé un la veille pour les informer qu'il avait un rendez-vous à la clinique.

Il frappa à la porte.

– Entrez, entrez donc ! lui lança de l'intérieur une voix stridente.

< *On me dit : Entrez donc ! Trop l'angoisse bis !* >

Envoyer des messages aussi vite était son point fort. Il pouvait taper quatre-vingts caractères à la minute. Pendant un concert des Morning Musume, il avait même envoyé des comptes rendus en direct à ses amis.

Il entra et se trouva face à un médecin d'âge mûr et obèse, assis dans un fauteuil.

< *Un hippo ! C'est un hippopotame ! Suis hyper flippé !* >

– Yûta Tsuda, c'est ça ? Qu'est-ce que tu es en train de faire ? lui demanda le médecin dont les bajoues tremblèrent.

Il avait l'air sympa. Le badge sur sa poitrine disait : «Ichirô Irabu, docteur en médecine».

– Ah, rien…

Yûta s'inclina vaguement pour le saluer et s'assit sur le tabouret.

– Bon, on te fait une piqûre ?

182

– Pardon ? fit Yûta en ouvrant de grands yeux.

– Ça va aller, ça va aller. Ta maman m'a expliqué grosso modo ce qui t'arrivait. Hé, ma petite Mayumi !

Avant qu'il ait pu dire quoi que ce soit, les préparatifs pour la piqûre commencèrent.

< Une piqûre, direct ! Je vais gerber ! >

– C'est juste du glucose, ne t'inquiète pas.

Yûta posa le bras gauche sur le support à injections. Sentant soudain une odeur agréable, il leva la tête et vit devant ses yeux le décolleté de l'infirmière.

< Infirmière à gros nichons ! Décolleté plein les yeux ! Ouah ! >

Sa verge dressa aussitôt la tête.

– Relâche ton bras, dit l'infirmière d'un ton revêche.

Elle avait l'air de mauvaise humeur.

Je m'en fous, pensa Yûta. Étant puceau, c'était la première fois qu'il sentait si près de lui la peau douce d'une femme.

Il changea son téléphone de main, le prenant dans la droite. L'infirmière se pencha sur lui et, cette fois, laissa entrevoir ses cuisses par la fente de sa blouse blanche.

< Vois presque sa culotte ! Ouah ! C'est vrai, je te jure ! >

Il sentit un souffle sur son cou. Intrigué, il tourna la tête. La figure toute rouge d'Irabu se trouvait juste au-dessus de son épaule.

< Ça craint ! Il a vu mon mail ! Sérieux, ça craint ! >

Il tapait sans réfléchir tout ce qui lui passait par la tête. Pourtant, Irabu ne le réprimanda pas. Visiblement excité par quelque chose, il avait les yeux fixés sur le bras gauche de Yûta.

La piqûre terminée, ce dernier se rassit en face du médecin.

– Il paraît que tu es accro au portable ? dit Irabu, montrant ses gencives dans un large sourire.

Cette remarque indiscrète froissa Yûta.

– Non, pas du tout !

– Moi, tu sais, j'en ai jamais eu.

Yûta était sidéré. De nos jours, il y avait encore des gens comme lui au Japon ? Même sa mère n'oubliait pas de fourrer le sien dans son sac quand elle sortait.

– Prête-le-moi.

Yûta le lui passa à contrecœur. Il observait Irabu avec curiosité.

– Ça coûte combien ?

– Dix yens.

Irabu laissa le téléphone tomber par terre. Yûta se précipita pour le ramasser.

– C'est un vieux modèle, c'est pour ça, ajouta-t-il avant même qu'Irabu ne lui pose la question. Un smartphone dernier cri, ça vaut dans les vingt ou trente mille yens, mais les vieux, ça se vend pour presque rien, c'est sur les communications qu'ils gagnent de l'argent.

– Hmm, fit Irabu, avançant la lèvre inférieure d'un air dubitatif. Et alors, ce qu'on appelle les mails, comment on fait pour les taper ?

Ce qu'il est chiant ! pensa Yûta, mais il n'en laissa rien paraître et lui fournit l'explication.

– C'est génial ! Juste avec quelques touches, on peut convertir un texte en idéogrammes !

Les yeux brillants comme ceux d'un enfant, Irabu s'amusa un moment à taper sur les touches du clavier.

– Ah ouais ! Il y a aussi des smileys ! s'exclama-t-il. On peut faire des visages qui pleurent et qui rient.

– C'est les collégiens qui s'amusent avec ça. Nous, on sait bien écrire, alors on utilise les idéogrammes, répondit Yûta avec fierté.

Ses copains et lui se moquaient de ceux qui utilisaient les icônes et autres smileys puérils.

– Ce trou, il sert à quoi ? demanda Irabu.

– Ça, c'est pour brancher le flash électronique. Avec les nouveaux portables, on peut prendre des photos et les envoyer.

– Ah oui ? Et tu as un flash électronique, toi ?

– Oui, bien sûr.

Yûta sortit le flash de sa poche et le lui montra. Devant son aspect de jouet en plastique, Irabu devint hilare.

– Vas-y, prends-moi, prends-moi !

Il fourra le téléphone dans la main de Yûta et fit le V de la victoire. Ce type était vraiment médecin ?

En désespoir de cause, Yûta appuya sur le déclencheur puis lui montra la photo sur l'écran. Irabu, les narines dilatées, sauta de joie. Un adulte ne se comportait pas de cette manière.

< *Voilà le médecin hippo !* >

Puisqu'il l'avait pris en photo, il envoya celle-ci à ses copains à la première occasion.

– Ça s'achète où, les portables ?

Irabu reprit le téléphone des mains de Yûta. Même ça, il ne le savait pas ?

– On en trouve dans tous les magasins d'électronique. Et il y en a même dans certaines supérettes.

– Ah, ça marche, ça marche ! (Irabu avait composé un numéro sans lui demander la permission.) C'est juste l'horloge parlante.

Un coup de fil pour rien, et c'est moi qui paie ! pensa Yûta.

– Je fais le 110[1], pour voir ?

---

1. Numéro d'appel d'urgence de la police.

– Non, arrêtez. Ils doivent garder la trace des appels.

Irabu n'était pas disposé à lui rendre son téléphone. Il le tenait fermement dans la main gauche et pianotait sur les touches avec ses doigts boudinés.

– Ah ouais ! On peut faire des jeux !

– Euh, le répertoire, faites attention à ne pas l'effacer.

Yûta était mort d'inquiétude.

Irabu avait les yeux rivés sur l'écran, comme envoûté.

Au bout de dix minutes, un sentiment proche de la panique envahit Yûta.

Il avait peut-être reçu un mail ? En général, il en recevait au moins un pendant les interclasses.

– Pardon, docteur. Vous voulez bien me rendre mon portable ?

Pas de réponse. Il le réclama de nouveau. Irabu s'amusait à écouter les mélodies de sonnerie.

La main gauche de Yûta se mit à trembler. Une sueur épaisse suintait sur son front.

– Docteur, s'il vous plaît, dit-il en tendant la main vers le téléphone.

– Encore un petit peu.

Irabu se tourna sur le côté.

Il était bizarre, ce vieux ! On aurait dit un enfant. Et en plus, aussi égocentrique qu'un gamin de cinq ans. Le cœur de Yûta se mit à battre plus vite et ses lèvres s'asséchèrent.

– Docteur, rendez-le-moi.

Il se leva et arracha le téléphone des mains d'Irabu.

– Ah, pardon, pardon. (Irabu reprit enfin ses esprits.) J'étais complètement absorbé.

Les épaules de Yûta s'affaissèrent. Un soupir lui échappa. Il s'aperçut qu'il était trempé de sueur de la tête aux pieds.

– Il faut vite que je m'en achète un, moi aussi ! dit Irabu en souriant avec insouciance. Bien, ce sera tout pour aujourd'hui. Tu reviens demain, d'accord ?

Je dois venir régulièrement, c'est ça ? Yûta poussa un autre soupir.

– Au revoir.

Il baissa la tête pour le saluer et sortit dans le couloir. Mayumi, l'infirmière, fumait une cigarette sur un banc. Elle avait les jambes croisées, exhibant ses cuisses.

OK, je reviens tous les jours ! se dit Yûta.

– Euh, mademoiselle, lui demanda-t-il timidement. Vous voulez bien me donner l'adresse mail de votre portable ?

Il n'avait pas le courage de lui demander son numéro de téléphone, et lui envoyer des mails lui semblait moins rentre-dedans. Même s'il n'avait pas de petite amie, il en échangeait avec au moins une centaine de filles.

Mayumi lui jeta un regard.

– J'en ai pas, répondit-elle d'un air las.

Yûta n'en crut pas ses oreilles. Irabu était vieux, alors c'était compréhensible, mais Mayumi ne devait pas avoir plus de vingt-deux ou vingt-trois ans.

Ce n'était pas tous les jours qu'il tombait d'affilée sur deux personnes qui ne possédaient pas de téléphone portable. Sans portable, comment pouvait-elle avoir des aventures amoureuses ?

– Alors, je peux vous prendre en photo ?

– On ne me regarde qu'en vrai, refusa-t-elle, laconique.

Elle écrasa sa cigarette dans le cendrier. Les yeux de Yûta plongèrent de nouveau dans son décolleté. Il sentit un tiraillement entre ses cuisses.

Elle se leva, puis, tout en se grattant le cou :

– Autre chose ? demanda-t-elle.

Il secoua la tête et fila sans demander son reste. Trop bizarre, cette clinique. Les médecins comme les infirmières.

Arrivé au lycée, Yûta rendit compte à ses copains de ce qui lui était arrivé.

– Je vous jure, elle est trop sexy, cette infirmière. La blouse déboutonnée sur le décolleté, vous voyez le genre.

– Ça n'existe pas, des infirmières comme ça. C'est du bidon, ton histoire !

– Si, ça existe ! Je voyais presque ses mamelons.

– Ah, je vois. Et puis sa blouse, c'était une mini, c'est ça ?

– Et le spectacle, c'était comment ?

– T'as dû payer un supplément pour la prolongation ?

C'était un concert de railleries. Demain, je la photographie en douce, pensa Yûta. Quand ils la verront, ils feront la queue pour se faire soigner dans cette clinique.

– Au fait, Yûta, t'as acheté le nouveau CD de Glay ? demanda son copain Yôsuke.

– Bah ouais, répondit-il comme si c'était évident.

– Je t'apporterai un CD vierge demain. Tu pourras me le copier ? fit Yôsuke, les mains jointes.

– Pas de problème, accepta-t-il avec générosité.

Shinpei, un autre copain, s'immisça alors entre eux :

– Et le nouvel album de Ringo Shiina, tu l'as ?

– Ouais, je l'ai acheté. Évidemment.

Prenant la pose, il s'adossa à sa chaise et fit semblant de fumer une cigarette.

– Moi, c'est celui-là que je veux que tu me copies.

– Ouais, bien sûr, accepta-t-il gentiment.

188

– Et Shikao Suga, tu l'as acheté ? demanda Naoya, un troisième copain.

– Pas encore.

– Dépêche-toi, tu me le prêteras, dit Naoya en lui donnant une tape sur l'épaule.

Bien qu'un peu contrarié, Yûta répondit : « Je le ferai quand j'aurai ma paie » et continua de bavarder.

Chaque mois, il achetait plus de dix CD, singles et albums. Cela lui coûtait entre dix et quinze mille yens. C'était sans doute beaucoup pour un lycéen.

En général, il se procurait les CD qui avaient des chances de cartonner au hit-parade. Cela lui garantissait d'être toujours au centre de la conversation quand ils parlaient musique.

Il se sentait bien lorsque ses copains comptaient sur lui. Récemment, une fille lui ayant demandé de lui prêter un CD, il élargissait même ses choix à des chanteurs comme Masaharu Fukuyama, qu'il n'aimait pourtant pas.

Yûta trouvait bizarres ceux qui écoutaient des chanteurs occidentaux mineurs. Dans sa classe, il y avait un drôle de type qui écoutait Björk. Autant dire que personne ne lui adressait la parole.

– Hé ! J'ai reçu un mail de la nana du lycée commercial pour filles ! Elle veut qu'on fasse une sortie filles-garçons ! s'écria Yôsuke, les yeux rivés sur son téléphone.

– Pourquoi elle t'a écrit à toi ? se renfrogna Naoya.

Même pendant qu'ils bavardaient, tous gardaient leur téléphone à la main. Yûta tapait des mails de la main gauche tout en parlant. Il avait des « copains de mails » dont il avait fait la connaissance sur des sites Internet sans jamais les rencontrer.

Les moments qu'il passait ainsi avec ses camarades étaient ceux qu'il préférait. Il avait l'impression rassurante de ne pas être seul. En outre, plus il se montrait à droite et à gauche, plus le nombre de ses connaissances augmentait.

Il avait peut-être une trentaine d'amis proches. Si, en sortant du lycée, il attendait une heure devant la gare, il pouvait tomber sur plein de gens qu'il connaissait de vue. « Salut, Yûta ! » lui lançaient-ils en toute simplicité.

C'était bien d'avoir beaucoup de relations. Entretenir ces amitiés lui demandait forcément du temps et de l'argent. Mais Yûta considérait que c'était un investissement.

2

Quand Yûta arriva à la clinique le lendemain, Irabu l'attendait, un grand nombre de téléphones portables alignés sur son bureau.

– Dis, tu me montres comment ça marche ?

Yûta était stupéfait. Il y avait là les derniers modèles de tous les fabricants.

– Docteur, vous en faites un peu trop, non ?…

– Je ne savais pas lequel acheter.

Irabu souriait, montrant ses gencives. Il semblait véritablement ne rien y connaître, même pas comment envoyer un mail. Yûta lui créa un mot de passe et une adresse mail afin qu'il puisse s'en servir.

– Super, Yûta. Je vais essayer de t'envoyer un mail.

Avec application, Irabu appuyait sur les touches de ses doigts boudinés. Quand, au bout d'un petit moment,

Yûta lui montra sur son écran qu'il avait bien reçu son message, il sauta presque de joie.

– Cette fois, à toi de m'en envoyer un !

Devant son insistance, Yûta lui envoya, par pure habitude, le message : « On est copains de mails, OK ? » Aux anges, Irabu dessina un cercle avec son index et son pouce pour lui dire « d'accord ».

Yûta ne savait plus du tout pourquoi il était venu. C'était pourtant sa mère, inquiète pour sa santé, qui l'avait envoyé.

– Bon, on te fait une piqûre ? dit Irabu. Hé, ma petite Mayumi !

Mais oui, c'était ça. Aujourd'hui, il avait prévu de prendre une photo de Mayumi.

Il fixa discrètement le flash électronique sur son téléphone, qu'il prit dans la main droite. Il posa son bras gauche sur le support à injections et attendit l'instant où elle se pencherait sur lui.

Elle appliqua du désinfectant sur son bras. L'aiguille s'enfonça dans sa peau. Sentant un souffle chaud sur sa nuque, il tourna la tête et vit de nouveau le visage d'Irabu tout près de lui. Qu'est-ce qu'il avait, ce vieux, enfin ?

Mais peu importait. Aujourd'hui encore, le décolleté de Mayumi était vertigineux.

Une odeur agréable chatouilla les narines de Yûta. Il eut soudain envie de la serrer dans ses bras. Il posa le doigt sur le déclencheur.

Une vive douleur lui parcourut le bras gauche. Un cri lui échappa.

– Ah, pardon ! J'ai manqué la veine, dit Mayumi.

Au ton de sa voix, elle ne semblait absolument pas désolée. Elle voulut ôter le garrot de caoutchouc, mais sa main glissa et heurta la main droite de Yûta. Le téléphone portable lui échappa et se fracassa par terre.

– Oh, mon Dieu !

Mayumi se redressa. Sans un mot pour s'excuser, elle baissa froidement les yeux vers Yûta.

– Je recommence. Espérons que l'aiguille ne va pas se casser cette fois, lui dit-elle, menaçante.

Son projet étant visiblement démasqué, il y renonça. Il prit la poudre d'escampette en se débrouillant pour ne pas croiser son regard. Tout de même, elle est soupe au lait, pensa-t-il. Je me demande si elle a un petit copain.

À l'école, Yûta et ses copains faisaient des projets de sortie. Son temps libre, il le passait généralement à traîner avec eux. Il considérait comme un Martien un de ses camarades de classe qui lisait des romans policiers seul dans son coin.

– C'est amusant, ça ? avait-il demandé un jour à ce garçon.

– Très ! lui avait répliqué ce dernier.

Une réponse qui n'avait rien d'amusant.

Des romans ou des livres, Yûta n'aurait su dire la dernière fois qu'il en avait lu un. Il était incapable de rester une heure sans bouger.

– À propos de la sortie avec les filles du lycée commercial, dit Yôsuke, assis en tailleur sur un bureau. Pour l'instant, on serait quatre de chaque côté. Shinpei, Naoya et Yûta, dites-moi ce que vous comptez faire.

– Si c'est que des boudins, moi je suis pas d'accord.

– Qu'elles envoient d'abord un mail avec leur photo.

– Oui, ce serait bien, ça. On leur envoie aussi la nôtre ?

Les quatre garçons se serrèrent les uns contre les autres devant l'objectif. Puis ils envoyèrent la photo aux filles.

Pendant ce temps-là, chacun d'entre eux continuait de taper des mails. Seulement, le téléphone portable de Yûta ne marchait pas très bien. La fonction mail était détraquée, et le message d'erreur « Échec envoi » ne cessait de s'afficher sur son écran.

C'était sans doute parce qu'il était tombé à la clinique. Qui plus est, il avait aussi des problèmes de réception. Un message d'erreur s'affichait quand il recevait des mails et provoquait leur effacement automatique.

Pour voir, il demanda à Yôsuke de lui en envoyer un. Il ne le reçut pas.

Cette situation le déstabilisa. Peut-être n'avait-il pas pu lire un message important. L'inquiétude commença à le ronger.

Il téléphona à un copain d'une autre école.

– Dis, tu m'as envoyé un mail ?

– Nan. Qu'est-ce qui se passe ?

– Je crois que mon portable déconne.

– Ah ouais ? fit son copain, que cela n'intéressait visiblement pas.

Il téléphona à plusieurs autres amis. Tous lui répondirent qu'ils ne lui en avaient pas envoyé aujourd'hui.

Cependant, ce n'était qu'un hasard. Chaque jour il recevait des dizaines de mails, même si ceux-ci étaient beaucoup moins nombreux que ceux qu'il envoyait.

Il passa encore quelques coups de fil. Au bout d'un moment, la fonction téléphone commença elle aussi à se détraquer. Quand il faisait un numéro, il tombait toujours sur la tonalité occupé.

– Hé, Naoya. Tu me prêtes ton portable ?

193

– Sûrement pas ! le rembarra celui-ci.

Yôsuke et Shinpei, étant eux-mêmes occupés à taper des mails, ne se souciaient pas de lui.

Son téléphone portable finit par ne plus fonctionner du tout. Il n'était plus qu'un poids mort dans sa poche.

Les cours de l'après-midi furent une véritable torture pour Yûta.

Des amis devaient se demander pourquoi ils ne pouvaient pas lui envoyer de mails. Certains d'entre eux étaient même peut-être vexés. Quant à ses copines de mails, elles n'allaient sans doute pas tarder à chercher quelqu'un d'autre pour le remplacer.

Ces pensées le mirent dans tous ses états.

Il regarda autour de lui. Plusieurs garçons et filles se servaient de leur manuel comme bouclier derrière lequel ils jouaient avec leur téléphone. En temps normal, il aurait été l'un d'eux…

Son visage se couvrit lentement de sueur. Il lui sembla que les battements de son cœur s'accéléraient. Des rots lui montaient sans cesse dans la bouche et il agitait les pieds avec nervosité.

À la fin des cours, il foncerait acheter un nouveau téléphone portable. Il n'avait pas assez d'argent pour s'offrir un modèle dernier cri, mais s'il en prenait un semblable au dernier, cela ne lui coûterait presque rien. Les formalités de changement de modèle prendraient une demi-heure, après quoi il pourrait l'utiliser immédiatement.

Sa main gauche se mit à trembler. Ça craint, se dit-il, et il la glissa sous ses fesses. Il serra les dents pour maîtriser le sentiment de panique qui envahissait son corps tout entier.

– Hé ! lança-t-il à voix basse à Yôsuke assis à côté de lui. Tu peux me rendre un service ?

Yôsuke tourna les yeux vers lui.

– Qu'est-ce qui t'arrive ? T'es tout pâle, lui dit-il d'une voix inquiète.

– Envoie pour moi un mail à Yamada du lycée Ouest et à Takahashi du lycée Nord pour leur dire que mon téléphone est en panne.

– Quoi ? Tu avais rendez-vous avec eux ?

– Non, c'est pas ça.

– Bah pourquoi alors ?

– Je me dis qu'ils sont peut-être embêtés de ne pas pouvoir m'envoyer de mails.

Yôsuke fronça les sourcils.

– Et alors, qu'est-ce que ça peut faire ? S'ils ne peuvent pas t'en envoyer, ils vont laisser tomber, c'est tout.

– Hé, vous là-bas ! les interpella le professeur sur l'estrade.

Les deux garçons rentrèrent la tête dans les épaules. Yôsuke rangea son téléphone portable.

Yûta transpirait de plus en plus. Il se sentait incapable d'attendre jusqu'à la fin des cours. Il décida de sécher le reste de la journée à la fin de celui-ci. Dans la boutique d'électroménager devant la gare, il trouverait toutes les marques de téléphones et n'aurait que l'embarras du choix.

Il déglutit. Non, il ne pouvait pas attendre cinq minutes de plus. Beaucoup de ses amis étaient sûrement embêtés de ne pas pouvoir lui envoyer de mails. Et parmi ceux-ci, il devait y en avoir d'importants.

Une angoisse insupportable envahit Yûta. C'était la première fois qu'une telle chose lui arrivait.

Il fourra ses affaires de classe dans son sac et le mit discrètement sur son dos.

Yôsuke le regarda d'un air effaré.

– Hé, tu vas te barrer en plein cours ?

Il ne répondit pas. Profitant d'un moment où le professeur était tourné vers le tableau, il se rua, plié en deux, vers la porte au fond de la salle de classe. Les quelques élèves qui s'en aperçurent écarquillèrent les yeux.

Il poussa sans bruit la porte et sortit dans le couloir. Le professeur ne s'était aperçu de rien. Il comprit qu'on se faisait d'autant moins remarquer qu'on agissait sans hésitation.

Il quitta l'école sur sa lancée et sauta dans un bus.

C'est quand même pas normal, pensa Yûta, son nouveau téléphone portable à la main.

Il n'y avait pas urgence au point de filer au beau milieu du cours. À présent qu'il avait retrouvé son sang-froid, il ne voyait absolument pas ce qui avait justifié sa panique.

À peine avait-il acheté son téléphone qu'il envoya séance tenante un mail à un tas d'amis. Il leur expliqua que son téléphone était tombé en panne et s'excusa d'avoir été injoignable. Mais les réactions qui lui parvinrent se révélèrent plutôt sèches, la plupart se contentant de lui répondre « Ah bon ? ».

Seule Yuri, une fille du restaurant où il travaillait, lui apporta un peu de réconfort.

– Je comprends ce que tu ressens, lui dit-elle. Quand j'ai perdu le mien, j'étais complètement paniquée.

Si je perdais mon téléphone maintenant, peut-être que je tomberais dans les pommes, pensa Yûta.

– Au fait, continua Yuri, ce soir, avec les filles du boulot, on se fait un karaoké. Tu veux venir ?

– Oui, bien sûr ! accepta-t-il immédiatement.

– Yûta, tu es quelqu'un de très sociable, dit Yuri en riant.

Il n'avait jamais refusé une invitation à sortir. *Je vais peut-être manquer un bon moment*, pensait-il, et il ne pouvait pas s'empêcher d'accepter.

Yûta préparait des frites dans la cuisine du fast-food. Comme il suffisait de suivre à la lettre les instructions du manuel, c'était un travail facile. Son portable était dissimulé dans sa poche. Il pouvait ainsi vérifier ses mails dès qu'il avait quelques secondes de libre.

Le signal « nouveau message » clignotait. Il regarda, se demandant de qui cela venait. C'était un mail d'Irabu.

< *Il a fait beau aujourd'hui, hein ?* >

Ne sachant comment réagir, il décida de faire le mort.

Une minute plus tard, un deuxième mail d'Irabu arriva.

< *J'espère qu'il fera aussi beau demain.* >

Il était sans doute ravi au plus haut point de savoir utiliser son téléphone.

< *J'espère qu'il fera aussi beau après-demain.* >

Il lui envoyait mail sur mail. Pour un adulte, c'était bizarre comme comportement.

< *J'espère qu'il fera aussi beau après-après-demain.* >

C'était tellement ridicule qu'il décida de l'ignorer. Si ç'avait été Mayumi, il lui aurait tapé des réponses plus vite que son ombre.

Il termina son travail à dix-huit heures et se rendit directement au karaoké. Il envoya à sa mère un court message : < *Je ne dîne pas à la maison.* > Le plus génial avec un portable, c'était qu'on pouvait faire des annonces sans avoir à négocier.

Un jour, son cousin, un étudiant en quatrième année d'université, lui avait dit que personne n'avait de téléphone portable à l'époque où il était au lycée. Autrefois, les lycéens devaient donc téléphoner à leurs parents chaque fois qu'ils rentraient plus tard que prévu ? Il n'arrivait même pas à imaginer toutes les complications que cela devait entraîner.

– Yûta, c'est toi qui commences, lui dit Yuri.

À vrai dire, il avait envie de chanter plus tard, quand l'atmosphère serait plus détendue, mais il n'aurait pas été correct avec ses amis de faire le rabat-joie. Il sauta sur ses pieds et s'empara du micro. Des cris de joie – « Yeah ! », « Hou hou ! » – volèrent.

– Est-ce qu'il y a la nouvelle chanson de Ken Hiraï ? demanda Yûta.

– J'y crois pas ! Tu peux déjà la chanter ?

Vérification faite, elle figurait bien dans la play-list. Comme elle venait de sortir, personne ne devait encore l'avoir entendue au karaoké. Dès qu'il se mit à chanter, Yûta lut la surprise sur leurs visages. Cela lui fit plaisir.

Pour le karaoké, Yûta n'était jamais en reste. À peine un nouveau single sortait-il qu'il l'achetait et l'écoutait en boucle pour s'entraîner à le chanter. Cela pesait lourdement sur son budget, mais comme en contrepartie il s'attirait le respect de ses amis, il ne pouvait pas se permettre d'arrêter.

La chanson terminée, il fit le pitre en prenant une pose grotesque. La légèreté, c'était son secret pour se faire apprécier de tout le monde.

– Hé, Yûta. Tu me prêteras le CD ?

Là encore, on comptait sur lui. Pour être honnête, c'était parfois embêtant, mais il répondait toujours « Pas de problème » avec un sourire par crainte de passer pour un type mesquin.

Il y avait une nouvelle tête ce jour-là : un garçon que les autres appelaient Kôji et qui portait l'uniforme prétentieux d'un lycée privé. Une fille lui mit le micro dans les mains et il chanta la dernière chanson des Gospellers.

Yûta n'avait pas encore acheté ce CD. Il se sentit sur le gril.

En plus, Kôji portait les dernières baskets Nike. C'était le nouveau modèle dont les magazines venaient de parler, si bien que Yûta les voyait en vrai pour la première fois.

Il faut que je les achète, pensa-t-il. Mais elles doivent coûter au moins vingt mille yens.

Il allait faire davantage d'heures au restaurant. En travaillant chaque jour une heure supplémentaire, il pourrait s'offrir plus de chaussures et de vêtements neufs.

Kôji vint s'asseoir à côté de lui. Il appela Yûta par son prénom et lui tapa sur l'épaule comme s'ils étaient de bons copains.

– Fais voir ta montre, dit-il en prenant la main gauche de Yûta. Ouah, c'est un modèle anniversaire G-Shock, hein ? Classe !

Yûta savait pourquoi il mettait ce sujet sur le tapis. Kôji avait lui-même une G-Shock au poignet, mais c'était une montre de plongée considérée comme collector.

– La tienne est encore plus classe, répondit Yûta, histoire de lui faire la conversation, même si ça l'énervait.

– Et ton jean, c'est un quoi ? (Kôji vérifia l'étiquette dans son dos.) Ah ouais ! Un Levi's vintage.

À sa façon de parler, Kôji en possédait certainement un encore mieux. Et il le porterait la prochaine fois, sans aucun doute. Mais Yûta ne se laisserait pas faire aussi facilement. Il irait à Shibuya et en trouverait un encore plus vintage chez un fripier.

Je bosserai tous les jours pendant les vacances d'hiver, pensa-t-il. Pour les fringues, je ne m'en laisserai conter par personne autour de moi.

Une fille qui était en train de bavarder de choses et d'autres se tourna vers lui.

– Dis, Yûta, tu fais du ski ?

– Non, j'en ai jamais fait.

– Dommage. On a le projet de partir au ski bientôt.

– Je viens avec vous. Je m'y mettrai, répondit-il immédiatement.

Je vais aller voir mamie pour qu'elle me donne de l'argent en cachette, se dit-il. Ça coûte cher, la vie de lycéen.

Quand il arriva à la clinique le lendemain, Irabu boudait.

– Pourquoi tu ne m'as pas répondu ?

Il était apparemment mécontent que Yûta ait ignoré ses mails.

Hier soir, regardant ses nouveaux messages, Yûta s'était aperçu qu'il en avait reçu plus d'une centaine. Il les avait vérifiés, pris d'un mauvais pressentiment : presque tous provenaient d'Irabu.

< *Je vais prendre mon bain.* >

< *Je suis sorti de mon bain !* >

< *Au dîner, hamburger !* >

< *Finis tes carottes ! m'a grondé maman.* >

Qu'était-il censé répondre à ça ? Ce médecin était un adulte, non ? Et puis, d'abord, il n'était pas marié à son âge ?

– J'étais au boulot et après j'avais des devoirs à faire, se justifia-t-il tout en pensant que c'était ridicule.

– Tu ne m'as pas répondu une seule fois, c'est méchant !

Yûta comprenait ce qu'Irabu ressentait. Lui-même ne recevait de réponse qu'à un mail sur cinq. Il trouvait parfois cela injuste car, de son côté, son taux de réponses était de cent pour cent.

– Je suis désolé…, fit-il, tête baissée.

– Ça va, ça va. J'en ai marre du portable de toute façon, dit Irabu en se grattant le cou.

En effet, son portable n'était pas sur son bureau. Il ne semblait pas non plus l'avoir mis dans sa poche.

– Docteur, qu'est-ce que vous avez fait de votre téléphone ?

– Je l'ai rangé dans un tiroir, répondit-il en faisant un geste de menton. Quand on y réfléchit, le portable, ça n'a aucun sens s'il n'y a personne qui vous appelle.

Ce disant, Irabu prit un air un peu triste. Il existait donc des gens qui n'avaient personne avec qui communiquer ?

– Docteur, vous voulez que je vous envoie des mails quand j'ai du temps libre ?

Ces mots lui étaient sortis de la bouche sans qu'il le veuille, par compassion.

– Tu le ferais vraiment ? fit Irabu dont les yeux s'étaient soudain illuminés. Je suis super content !

Il saisit la main de Yûta et la secoua violemment.

Ce dernier ne savait plus pour quelle raison il venait à la clinique.

On lui administra une piqûre ce jour-là aussi. Mayumi était toujours aussi peu aimable.

La piqûre terminée, il profita d'un moment d'absence d'Irabu pour lui demander :

– Mademoiselle, vous n'avez pas de petit ami ?

Elle le dévisagea en silence.

– Ça vous dirait qu'on aille au karaoké ?… Oups, ça m'a échappé !

Il fit une bouche en cul de poule pour jouer au pitre.

Mayumi rangeait des seringues et des ampoules sur une étagère.

– Toi, au fond, tu es quelqu'un de très sombre, marmonna-t-elle.

Yûta tressaillit.

– Tu as peur que ça se sache, alors tu parles tout le temps.

– Ah non, pourquoi être si sérieuse ! Je disais ça pour rigoler, c'est tout !

– Tu transpires.

– Je ne transpire pas. Qu'est-ce que vous racontez ?

Il voulut sourire, mais ses joues se crispèrent.

– C'est pas facile d'être lycéen de nos jours, hein ?

Mayumi s'assit sur une chaise et alluma une cigarette. Elle croisa les jambes, exhibant ses cuisses. Elle contemplait d'un air las la fumée qu'elle expirait.

3

Un garçon d'une autre classe lui avait demandé un service. Il organisait une fête et souhaitait que Yûta lui fasse une compilation de chansons d'ambiance sur une cassette.

Yûta, évidemment, avait accepté. Il sélectionna des morceaux dans les CD qu'il possédait et en acheta plusieurs autres pour compléter la cassette. Cela lui revint tout de même à dix mille yens, mais ce qui comptait avant tout pour lui, c'était d'avoir l'occasion d'élargir

son réseau de connaissances au cours de l'année scolaire.

Au restaurant, Yuri lui demanda de lui prêter sa
montre.

– Avec tes affaires, je peux frimer, c'est pour ça ! lui
expliqua-t-elle.

Cela le mit de si bonne humeur qu'il acheta une autre
G-Shock pour enrichir sa collection. À Kôji, il prêta un
jean vintage provenant d'un stock d'invendus.

– T'es trop fort ! s'exclama ce dernier sur un ton
admiratif.

Irabu avait continué de lui envoyer un grand nombre
de mails tous les jours, mais avait arrêté au bout de
quelque temps. Yûta lui avait appris comment fonction-
naient les sites de rencontres. Irabu s'y était présenté
comme un «jeune médecin de vingt-six ans» et y
remportait apparemment un succès fou.

Il consulta Yûta :

– Elles disent toutes qu'elles veulent me rencontrer,
mais je ne sais pas quoi faire.

Évidemment, Yûta lui recommanda d'y renoncer.

– Quel genre de conseils on te donne à la clinique ?
lui demanda sa mère.

Des conseils ? Il n'essaya même pas de réfléchir.
Pouvoir sécher les cours était la seule chose qui l'intéressait.

Comme d'habitude, il continuait d'envoyer environ
deux cents mails par jour. Il n'y pouvait rien, c'était
aussi vital que de respirer pour lui.

On était samedi, et ce jour-là il avait trois projets de
sortie différents.

Après les cours, à midi, il était censé aller voir un
match de football de la J-League avec Mikki, un copain

de collège. En soirée, il y avait mah-jong avec Yôsuke et les autres. Et en même temps, des collègues du restaurant avaient prévu d'aller au karaoké.

Il n'imaginait pas de n'en choisir qu'un sur les trois. Puisqu'on avait la gentillesse de l'inviter, il était incapable de dire non.

Et puis, il était fier d'avoir un agenda si bien rempli. Il était mort d'inquiétude quand il y avait un trou dans son emploi du temps.

– Trouve une personne supplémentaire, comme ça on jouera au deuxième passe son tour, avait-il dit à Yôsuke.

– C'est trop chiant, avait répondu ce dernier en faisant une grimace. Bon, d'accord, je vais appeler Tetsu de la classe n° 5. Comme ça, t'es pas obligé de venir.

– Ne dis pas ça ! Moi aussi, j'ai envie de jouer, lui avait-il rétorqué.

Il avait plus ou moins réussi à l'apaiser.

Les cours terminés, il sauta dans un bus et se dirigea vers la gare.

< *Je suis en chemin* >, écrivit-il à Mikki, avec qui il avait rendez-vous. Il consulta ses nouveaux messages et vit qu'il en avait reçu un d'Irabu.

< *Pour déjeuner j'ai mangé une omelette au riz.* >

Il n'a donc rien d'autre à faire ? Yûta n'en revenait pas qu'il existe des hommes comme lui.

Tandis qu'il était ballotté par le bus, un homme d'âge mûr lui tapa sur l'épaule.

– Hé, toi, tu sais que c'est interdit le portable dans les bus ?

– Oui, mais j'envoie juste un mail…

– C'est mauvais pour les ondes électromagnétiques. On ne sait jamais, si quelqu'un a un pacemaker…

Et il y a un type comme ça ici ? ! Cette réflexion faillit lui échapper, mais comme les autres adultes le regardaient d'un air désapprobateur, il éteignit son téléphone et le ferma.

Est-ce que je vais arriver à temps ?… Yûta était un peu inquiet. Il avait rendez-vous à une heure, devant l'accès aux quais. Ils avaient prévu d'acheter les tickets pour le match le jour même. C'est pourquoi ils ne pouvaient pas se retrouver dans les gradins. Son front se couvrait de sueur. Il l'essuya du revers de la main. Elle était froide, différente de la sueur ordinaire.

Que se passait-il ? Il lui sembla que son pouls battait plus vite. Un sentiment de panique lui montait jusqu'à la gorge.

À une heure à la gare, à une heure à la gare, murmurat-il pour lui-même.

Ah ! pensa-t-il tout à coup. Il y avait deux sorties, Est et Ouest, et il ne lui avait pas demandé laquelle c'était.

Mais non, la dernière fois, ils s'étaient donné rendez-vous à la sortie Est. Si Mikki n'avait pas précisé, c'était sûrement la même.

Yûta ouvrit son téléphone et croisa le regard du bonhomme assis un peu plus loin sur le côté. Il tiqua et le rangea dans sa poche.

Il était sur des charbons ardents. Il lui aurait suffi de passer un coup de fil pour avoir confirmation.

Il regarda sa montre. Comme il avait encore de la marge, il décida de descendre du bus à l'arrêt suivant.

À peine sur le trottoir, il appela Mikki.

Mais sa ligne était coupée. Mikki était peut-être lui aussi dans un bus.

« C'est moi, Yûta. Le rendez-vous, c'est bien sortie Est ? Téléphone ou envoie un mail », lui laissa-t-il sur sa messagerie.

Quelle espèce d'adultes a bien pu interdire le portable dans les bus et les trains ? À quoi bon avoir un téléphone si on ne peut pas l'utiliser ? Le portable était précieux précisément parce qu'on pouvait téléphoner à tout moment.

Il monta dans le bus suivant. Il regardait l'écran dans l'attente d'un message, quand un autre adulte lui fit remarquer :

– Pardon, monsieur, le portable est interdit !

Cette fois, c'était le conducteur. Un sournois qui le regardait dans son rétroviseur.

Il éteignit son portable à contrecœur. Le gardant à la main, il contemplait le paysage par la vitre depuis un moment, lorsque sa main gauche se mit à trembler. Un rot lui monta à la gorge.

Il sentit lui-même que quelque chose n'allait pas. Le simple fait d'éteindre son portable le remplissait d'une angoisse insoutenable. Il serra les dents, mais se sentit incapable de tenir une minute de plus.

Il descendit du bus une deuxième fois et vérifia ses mails.

< *Au dessert j'ai mangé un parfait au chocolat* >, lui avait écrit Irabu.

Arrh ! hurla-t-il intérieurement, et il se mit à trépigner.

Il décida de courir jusqu'à la gare. Il risquait de prendre du retard, mais l'idée d'éteindre son téléphone lui faisait encore plus peur.

Il continuait de téléphoner en courant. Le portable de Mikki restait injoignable.

Il vit une bicyclette sur le bord de la route. C'était un vélo de bonne femme qui, à l'évidence, avait été abandonné là, et dont le cadenas était cassé. Ni une ni deux, il l'enfourcha et fonça vers la gare.

En chemin, dans un quartier résidentiel, il croisa une voiture de police. Il prit soin de ne pas les regarder. Néanmoins, sa culpabilité devait se deviner dans son comportement, car la voiture fit demi-tour et une voix dans un haut-parleur lui ordonna de s'arrêter.

Évidemment, il prit la fuite. Une course-poursuite commença.

Pourquoi ça prend cette tournure ? se demanda Yûta. Je ne suis ni un voyou ni un déséquilibré. Juste un lycéen qui est pressé de rejoindre un copain !

Les policiers eurent vite fait de l'attraper. Il leur expliqua en toute franchise qu'il avait emprunté sans permission cette bicyclette laissée à l'abandon parce qu'il craignait d'arriver en retard à un rendez-vous. Cependant, son acte ne pouvant être considéré comme un simple «emprunt», ils l'embarquèrent au commissariat le plus proche.

Il vérifia ses mails sur la banquette arrière de la voiture de police.

< J'ai bu une tasse de darjeeling. >

Yûta piqua du nez de désespoir. Irabu ne travaillait donc jamais ? D'où pouvait bien sortir un homme comme lui ?

Au commissariat, il réussit à obtenir qu'on n'informe pas son lycée, mais il fallait qu'un de ses parents ou bien un tuteur vienne le chercher.

Il leur fit croire que ses parents travaillaient tous les deux et téléphona à sa grand-mère. Celle-ci accourut en taxi, mais le prévint, le visage sombre, qu'elle ne pourrait pas le cacher à sa mère.

Je m'en fous, du moment que je peux me barrer d'ici, pensa Yûta.

Il se rendit en toute hâte au stade de football. Le match serait à coup sûr terminé quand il arriverait, mais il ne pouvait pas poser un lapin à un ami. Mikki s'inquiétait forcément pour lui puisqu'il n'était pas venu au rendez-vous.

Il eut beau vérifier à maintes reprises son portable, Mikki ne lui avait pas laissé de message. Il avait beau l'appeler, son téléphone était toujours éteint.

Il avait peut-être eu un accident ? Comme il connaissait à peine ceux qui l'accompagnaient, il n'avait pas leurs numéros de téléphone.

Le match était bien terminé quand il arriva et les spectateurs étaient en train de sortir du stade.

Il chercha son copain près de la sortie principale. Il savait qu'il avait très peu de chances de le trouver : la foule devait compter plus de dix mille personnes.

Il regarda son téléphone. Cette chose qui refusait de sonner lui fit penser au cadavre d'un énorme insecte.

C'est peut-être seulement la fonction réception qui est cassée ? se dit-il.

Il téléphona à Yôsuke pour lui demander de le rappeler. Son téléphone sonna et la communication passa sans problème.

– Tu me gonfles avec tes histoires de téléphone, lui déclara franchement son copain.

Néanmoins, Yûta ressentit un vif soulagement.

– Au fait, continua Yôsuke, la salle de mah-jong où on va d'habitude, elle est en travaux, alors on a décidé d'aller dans un endroit que connaît Tetsu. On a commencé sans toi, mais appelle-moi quand tu seras dans le coin.

Il lui indiqua la gare la plus proche.

Yûta décida de retourner en ville en train.

Dans le wagon, il vérifia maintes fois ses messages. Il en avait bien reçu, mais seulement de copains de mails sans urgence.

Son téléphone sonna. C'était Yuri.

– Pour le karaoké ce soir, on a décidé où on va. Je t'appelais pour te le dire.

Entendre sa voix suffit à le réjouir. Il était sans aucun doute en contact avec ses amis.

– On peut apporter quelque chose là-bas ? Si oui, je passerai au restaurant pour piquer des frites, des scones, ce genre de trucs, s'emballa-t-il aussitôt.

– Quoi ? Pas de hamburgers ?

– Écoute, Yuri, je me sentirais coupable vis-à-vis de tes fans si tu grossissais à cause de moi ! badina-t-il, tout fier de lui. C'est vrai quoi, tu t'es déjà envoyé trois bols de riz au bœuf chez Yoshinoya, c'est ça ? Ça suffit largement, non ?

Yuri se bidonnait. Il l'avait mise dans sa poche.

– Nan ! Tu veux du salé ? Yuri, fais gaffe, je te jure !

– Arrête, tu m'embêtes !

Quelqu'un le saisit par le bras. Il se retourna et se trouva nez à nez avec un jeune homme d'aspect patibulaire.

– Ah, pardon, s'excusa-t-il dans un premier temps. Bon, Yuri, à tout à l'heure.

Il coupa la communication.

– C'est quoi ça, de batifoler avec une nana au téléphone !

Ils étaient trois, habillés comme des voyous. Yûta pâlit. Il jeta un coup d'œil autour de lui, mais les autres passagers faisaient tous semblant de ne rien voir.

Un des voyous lui arracha son portable des mains.

– Dis donc, tu t'emmerdes pas, il est tout neuf !

Il le fourra dans une poche de son blouson en cuir.

Le train arriva en gare et les trois hommes descendirent.

– Hé, rendez-le-moi !

Yûta se lança à leur poursuite. Il descendit l'escalier quatre à quatre et sortit même de la gare.

Les trois hommes marchaient en direction du parking à vélos tout en se retournant de temps en temps vers Yûta. S'il continuait de les suivre, il était certain de se faire dépouiller. Or, comme il avait prévu d'aller au match de football et de jouer au mah-jong ou bien d'aller au karaoké, il avait près de vingt mille yens sur lui ce jour-là.

Son portable ne valait que dix yens.

Bon, tant pis, j'en rachèterai un autre, se dit-il. C'est chiant, mais je risque de me faire casser la gueule. Ce serait trop bête d'être blessé.

Yûta décida de décamper. Il tourna les talons et rejoignit la gare en courant. Une fois arrivé, il chercherait une boutique pour en acheter un. Comme il y avait beaucoup de formalités à remplir en cas de vol, il dirait qu'il l'avait perdu. Cela lui coûterait deux mille yens de commission. Concernant les téléphones portables, il savait à peu près tout.

Il eut de nouveau un téléphone tout neuf. Son ancien numéro fut annulé et on lui en attribua un nouveau.

Toutefois, sa ligne ne serait pas activée avant lundi. À cause d'un arriéré de paiement sur son précédent portable, on refusait de remplir les formalités tant qu'il n'aurait pas réglé sa dette.

Ça tombe trop mal, pensa Yûta. Le noir se fit devant ses yeux.

Survivre jusqu'à lundi sans portable ? Sa main gauche se mit à trembler.

Il aurait mieux fait d'affronter les voyous. S'il avait su, il aurait sûrement fait preuve d'une force incroyable.

Il se précipita dans une cabine téléphonique devant la gare. Il voulait appeler Yôsuke et Yuri.

Mais il ne connaissait pas leurs numéros. Tous ses numéros de téléphone étant mémorisés dans son portable, il n'en connaissait aucun par cœur.

Il ne lui restait plus qu'à aller les voir. Il était très en retard pour les deux rendez-vous. Tout le monde devait s'inquiéter.

Sa respiration devint haletante. Une douleur lancinante lui traversa la poitrine. Ça n'allait pas du tout. Il eut même l'impression que le paysage se déformait devant ses yeux.

Il prit un train et arriva à la gare du quartier où Yôsuke et les autres étaient censés jouer au mah-jong. Par pur réflexe, il sortit son téléphone et fit une grimace en s'avisant soudain que c'était inutile.

Zut ! Je n'ai pas demandé le nom de l'endroit.

Pour leurs sorties, Yûta et ses amis supposaient toujours qu'ils pouvaient se joindre à n'importe quel moment. Autrement dit, ils n'avaient pas besoin de se fixer de rendez-vous précis à l'avance.

Il marcha au petit bonheur dans la rue commerçante. Dès qu'il voyait une enseigne de mah-jong, il jetait un œil à l'intérieur de la salle, mais comme c'était un quartier étudiant, il y en avait beaucoup trop.

Je rejoins Yuri alors ? En tout cas, il avait envie de voir des visages amis.

Reprenant le train, il descendit dans un quartier de divertissements, seulement une gare plus loin, et se rendit au karaoké que lui avait indiqué Yuri.

Bon, ils sont dans quel salon ? Sans portable, il ne pouvait même pas le savoir. Il jeta un coup d'œil à travers les baies vitrées, mais ne les trouva pas.

Il décrivit Yuri et ses amis au personnel du karaoké.

– Vous savez, le samedi, on est complet dès la fin de l'après-midi et il y a même des gens qui renoncent et vont ailleurs, lui déclara-t-on de façon administrative.

Comme c'était plein, ils ont décidé d'aller ailleurs au dernier moment ? En temps normal, on lui aurait certainement téléphoné pour le prévenir.

Il eut soudain envie de hurler. Il avait prévu de passer un bon moment avec trois groupes d'amis différents, mais ne pouvait voir personne.

L'idée lui traversant l'esprit, il essaya d'appeler chez Mikki d'une cabine. Comme c'était un vieil ami, il se souvenait de son numéro de téléphone fixe.

C'est Mikki lui-même qui décrocha.

– Ah, Yûta. Alors, où t'étais aujourd'hui ? lui demanda-t-il tranquillement.

– Désolé, j'ai pas pu venir. J'ai piqué un vélo et je me suis fait choper par les flics.

– Ça, c'est pas de bol.

Il riait à l'autre bout du fil.

– Je t'ai appelé plein de fois. Et je t'ai envoyé des mails aussi.

– Désolé, désolé. J'avais oublié de prendre mon portable aujourd'hui.

Yûta resta sans voix. Mikki pouvait sortir de chez lui sans son portable ? Ça le laissait indifférent ?

– Et le match ?

– Je l'ai vu. Comme tu ne venais pas, j'y suis allé avec des potes de l'école, lui dit-il simplement.

Il ne s'était donc pas inquiété à son sujet ?

– Tu aurais pu m'envoyer un mail par exemple, ou essayer de faire quelque chose, non ? protesta Yûta.

– Je t'ai dit que j'avais oublié mon portable.

– Tu pouvais emprunter celui de quelqu'un d'autre.

– Pourquoi tu es fâché ? On s'est juste ratés, c'est tout.

– C'est tout ?…

– On ira ensemble une autre fois, et puis voilà.

Mikki restait calme, aussi insouciant que s'il avait oublié quelque part un parapluie en plastique bon marché.

Yûta raccrocha et se remit à errer dans les rues. Il releva le col de son caban et souffla sur ses doigts.

Il ne lui était d'aucune utilité, mais il avait son portable à la main.

C'est cuit pour aujourd'hui, je ne verrai pas Yôsuke ou Yuri… Il se sentait non seulement inexcusable d'avoir manqué à sa parole, mais aussi frustré d'être le seul à ne pas s'être amusé, et cela le déprimait.

Il avait un peu mal au crâne. Il lui semblait que ses intestins grouillaient dans son ventre. Il s'arrêta et vomit sur le goudron. La bile lui monta jusqu'à la gorge et ses yeux s'emplirent de larmes.

Son portable ne marcherait pas avant lundi. Il ne pourrait pas contacter ses amis. Quand il y pensait, la solitude le tourmentait comme s'il avait été abandonné seul dans l'univers.

4

Yûta envoyait à présent plus de trois cents mails par jour.

Il ne lâchait jamais son portable, ne fût-ce qu'un instant. Il négligeait même les cours, trop occupé à pianoter frénétiquement sur son clavier.

Samedi dernier, malgré trois rendez-vous différents avec des amis, il n'avait réussi à voir personne. Comme on se sent seul quand on ne peut contacter personne, avait-il alors pensé.

Mais le pire, c'était qu'aucun des amis à qui il avait fait faux bond ne s'en était montré particulièrement affecté.

Non seulement Mikki, mais Yôsuke et Yuri aussi.

Le dimanche matin, il avait appelé Yôsuke pour expliquer ce qui s'était passé et s'excuser.

– Oh, ne t'en fais pas pour ça, lui avait dit celui-ci, comme si c'était le cadet de ses soucis. Tetsu de la classe n° 5 était là de toute façon. D'ailleurs, ce salaud, il m'a ratatiné ! J'aurai ma revanche la semaine prochaine, il ne perd rien pour attendre !

À sa voix, on sentait qu'il était fou de joie d'avoir trouvé un nouvel adversaire au mah-jong.

Yuri devait encore dormir quand il l'avait appelée car elle s'était contentée de lui dire d'une voix sourde et non sans mauvaise humeur :

– C'est pas grave, pas besoin de t'excuser pour ça.

– Je me disais que tu t'étais peut-être sentie seule, sans moi.

Yûta plaisantait, mais Yuri lui rétorqua sèchement :

– Kôji a ramené des copains de son lycée, alors on s'est bien amusés.

Le plus rude pour lui, c'était que ni Yôsuke ni Yuri n'avait songé à lui envoyer un mail.

– Mon portable ne marche plus depuis hier soir, avait-il dit pour s'excuser de ne pas les avoir appelés.

Mais tous deux avaient seulement répondu « Ah oui ? », sans faire d'autre commentaire.

Il avait donc été le seul à essayer désespérément de les joindre. Eux s'étaient amusés chacun de leur côté sans se soucier de lui.

Il avait cru être quelqu'un d'important pour eux, mais ce n'était pas le cas. On le traitait à la légère, malgré tous les mails qu'il leur envoyait.

Il songea un instant à arrêter les mails, mais la peur du vide lui fit renoncer à cette idée. S'il ne continuait pas à leur en envoyer, ne serait-ce qu'à sens unique, ils ne lui prêteraient sûrement plus aucune attention.

– Écoute, on est dans la même classe, alors parle-moi plutôt directement, lui avait dit Yôsuke.

Et Yuri, d'un air perplexe :

– Mais on se voit tous les jours après les cours, non ?

Quant à son père, il lui avait jeté à la figure qu'il était accro au portable.

Malgré cela, Yûta ne pouvait pas y renoncer.

Chaque jour, il passait seize heures les yeux fixés sur son téléphone. Le reste du temps, il dormait.

– J'en ai marre, dit Irabu comme un petit enfant.

Yûta avait remarqué qu'il ne recevait plus de mails de lui ces temps-ci. Apparemment lassé de s'amuser avec son portable, il le laissait dormir au fond d'un tiroir.

– Les sites de rencontres ou les « copains de mails », c'est bien beau tout ça, mais quand j'y pense, ça ne me dit rien de rencontrer des gens.

– Ça augmente vos chances de vous faire des amis. C'est amusant, non ? plaida Yûta.

– Je ne veux voir personne, moi ! C'est chiant.

– Docteur, vous n'avez pas d'amis ?

– Non, j'en ai pas, répondit-il, imperturbable.

Yûta ne pensait pas qu'Irabu ait des amis, mais il fut étonné qu'il le reconnaisse aussi tranquillement. D'abord, parmi ses relations, personne ne lui ressemblait de près ou de loin. Si on avait demandé à Yûta s'il avait des amis, il se serait vexé et aurait répondu « Bien sûr !». Pour les adolescents de son âge, les relations amicales étaient comme des certificats d'existence. Leur plus grande peur, c'était de se retrouver seuls et isolés.

– Dans ce cas, docteur, vous faites quoi pendant vos jours de repos ?

– Ces derniers temps, je suis à fond dans les maquettes. La série des chars d'assaut au 1/35 de chez Tamiya. En ce moment, je construis en même temps un Tiger et un Rommel. Hé, hé, hé !

Irabu plissait les yeux de bonheur. Yûta poussa un profond soupir.

– Euh… En fait, mon père dit que je suis accro au portable. Vous croyez qu'il a raison ?

– Hmm… (Irabu rentra la tête dans les épaules et croisa les bras.) C'est possible, mais quelle importance ? Tu n'as pas spécialement de préjudices.

– Hein…

– Moi, ma philosophie, c'est : laisser faire tant qu'il n'y a pas de préjudices.

Il commença à se fourrer un doigt dans le nez.

Mais il y a un préjudice, pensa Yûta. Ça me coûte tellement cher !

Vint le moment de lui faire la piqûre. Mayumi se montrait toujours aussi peu aimable. Elle enfonça négligemment l'aiguille. Il lui sembla que c'était chaque jour plus douloureux.

– Mademoiselle, vous avez des amis ?

Cette question indiscrète lui échappa pendant qu'il se frottait le bras.

Mayumi leva lentement la tête.

– Non !

Comme Irabu, elle semblait n'y accorder aucune importance.

Pourtant, elle était différente d'Irabu. C'était une femme et elle avait l'âge où on a envie de traîner avec des amis et de faire la fête.

– Vous ne vous sentez pas seule ? demanda-t-il en la regardant pour essayer de comprendre.

– Si, bien sûr, répondit-elle immédiatement.

– Mais pourquoi alors ?

– Je suis bien, seule. C'est plus facile.

Mayumi pencha la tête à gauche et à droite, puis regarda Yûta dans le blanc des yeux.

– Toi, en vrai, tu n'as pas d'amis, hein ?

– Bien sûr que si ! s'écria-t-il en tordant la bouche, les yeux écarquillés. J'en ai plein. Samedi, par exemple, j'ai rendez-vous avec des gens.

– Oui. C'est super !

Elle pouffa de rire avec mépris.

Malgré tout, Irabu et elle se moquaient-ils complètement de ne pas avoir d'amis ? Comment pouvaient-ils dire si facilement «Non, je n'en ai pas» ?

Noël approchait. Yûta n'avait aucun projet pour les vacances.

Même si, étant lycéens, peu de ses amis disaient « Je vais dormir avec ma copine », chacun avait néanmoins des rendez-vous inscrits dans son agenda.

Yôsuke allait organiser une fête avec les filles du lycée commercial. Il avait invité Shinpei et Naoya depuis longtemps. Un jour, passant près d'eux dans un couloir, il l'avait entendu dire aux deux autres que les filles seraient quatre. Il attendait que Yôsuke l'appelle à son tour pour lui en parler, mais ce jour n'était pas encore venu.

Yuri et ses amies avaient prévu d'aller au ski. Ils devaient participer à un voyage organisé en car de deux jours, avec une nuit sur place, qui tombait pile pendant les vacances d'hiver. Il l'avait entendue en parler par hasard avec d'autres filles dans le vestiaire du restaurant.

Elle non plus ne lui en avait pas encore parlé. Il pensait plutôt aller avec Yuri. Les sports d'hiver, ça en jetait plus, il pourrait s'en vanter.

Son travail au restaurant terminé, il resta dans le vestiaire pour essayer, l'air de rien, de se mêler à la conversation de Yuri et ses copines.

– J'ai acheté le nouveau CD de Mr. Children. Je t'en fais une copie si tu veux.

– C'est vrai ? Merci.

– J'ai aussi acheté l'album de Hikaru Utada. Je te le copierai en même temps.

– Merci.

La conversation s'arrêta là. Yûta vit une autre fille adresser un clin d'œil à Yuri.

– Bon, on rentre ? proposa cette dernière.

– Euh, si on allait au karaoké ? demanda Yûta.

– Désolée, mais c'est bientôt les examens.

Ils sortirent tous ensemble et se dirigèrent vers la gare. Sur le chemin, Yûta continua à leur parler. Mais la conversation ne prit pas.

Tout à coup, venant de plus loin devant eux, une voix masculine retentit :

– Hé, Yuri !

Kôji se trouvait près de la fontaine sur la place de la gare et leur faisait de grands gestes. Plusieurs garçons se tenaient derrière lui, tous vêtus de l'uniforme du lycée privé.

– Réunion au premier étage du McDo !

Kôji fit semblant de pousser des bâtons de ski dans la neige. Un instant, le visage de Yuri se crispa.

Ah, c'est donc ça ? Yûta comprenait enfin. Yuri et ses copines partaient au ski avec la bande de garçons du lycée privé.

– Quoi ! Yûta vient avec nous au ski ? demanda Kôji.

Yuri ne savait que répondre.

– Ah bon ? Vous allez au ski ? ! s'exclama gaiement Yûta. Moi aussi, j'aimerais bien y aller, mais c'est pas possible. J'ai déjà un truc prévu. Une sortie avec des filles du lycée commercial le soir de Noël.

Le soulagement se lut sur le visage de Yuri et ses copines.

– Yûta, t'es un gros malin, dis donc !

Yuri affichait un grand sourire.

– Bon, je vous laisse.

Il secoua la main et quitta les lieux.

Le vent du nord s'étant levé, il enroula son écharpe autour de sa tête à la manière d'un masque.

Dès qu'il se retrouva seul, il sortit son portable pour téléphoner à Yôsuke. Celui-ci décrocha aussitôt.

– Oui, allô !

Derrière, il entendait le bruit de tuiles de mah-jong frappées sur les tables.

– Yôsuke, tu es dans une salle de mah-jong ?

Yûta commença à s'exciter. Yôsuke lui confirma que Shinpei et Naoya étaient là. Il avait toujours grand plaisir à voir ses copains.

– Je vous rejoins. Je viens de sortir du boulot.

– Ouais, d'accord, fit Yôsuke, mais seulement après un silence.

– Allez ! On jouera au deuxième passe son tour !

Il se demanda qui pouvait bien être le quatrième larron. Comme il s'y attendait, il découvrit en arrivant que c'était Tetsu de la classe n° 5.

Ce dernier leva la main en souriant :

– Salut !

– Qui est-ce qui gagne ? demanda Yûta après s'être assis au bord de la table.

– C'est Tetsu ! Il va me le payer, ce salaud.

– À plate couture ! Et deux fois de suite, en plus !

– Il a vendu son âme au diable, c'est pour ça qu'il est si fort.

Les trois garçons se lâchèrent tour à tour sur Tetsu. Malgré la véhémence de leurs propos, ils semblaient bien s'amuser.

– Le gagnant choisit en premier celle qu'il veut, c'est pour ça, dit le Tetsu en question.

– De quoi tu parles ? demanda Yûta en tournant la tête vers lui.

– Bah tiens, de la sortie avec les filles du lycée commercial ! répondit-il en empilant les tuiles.

Le visage des trois autres garçons s'assombrit.

Ah bon ? pensa Yûta. C'est Tetsu qu'il invite et pas moi.

– Non, euh…, dit Yôsuke en se grattant la tête. Pour l'instant, c'est quatre et quatre. Mais on pourrait s'arranger en leur demandant de faire venir une fille de plus…

– Non, c'est pas la peine, répondit Yûta en secouant la tête. C'est le soir de Noël, hein ? Moi, j'ai prévu d'aller faire du ski à Naeba pendant deux jours avec des filles du boulot.

– Ah ouais !

Shinpei et Naoya se déridèrent instantanément.

– Et tu nous as caché ça, espèce de gros veinard !

Ils firent semblant de lui donner des coups de pied.

– Ouais, c'est vrai. Je suis désolé.

Il réussit à se comporter avec naturel et bonne humeur.

Il baissa les yeux sur son portable et fit semblant de lire un mail.

– Docteur, j'ai mal à la poitrine.

Yûta avait séché les cours pour se rendre à la clinique.

Il décrivit les symptômes dont il souffrait : lorsqu'il regardait son portable, il respirait de plus en plus péniblement et avait des renvois par intermittence.

– Ça m'angoisse. Quand je ne reçois pas de mail ou que mon portable ne sonne pas pendant une heure, je commence à avoir des palpitations.

– Tu n'as qu'à le jeter, ton portable, lui suggéra Irabu avec désinvolture.

– C'est impossible. Comment est-ce que je contacterais mes amis ?

– Même si tu ne peux pas les appeler, tu ne vas pas en mourir.

Irabu s'arrachait les poils du nez.

– Non, bien sûr…, fit Yûta en grimaçant.

– Peu importe. En ce moment, à Akihabara, il y a une exposition de maquettes. Ça te dirait de venir avec moi ? À deux, on peut avoir une réduction.

– Et mes cours cet après-midi ?

– Tu les sèches. Je te ferai tous les certificats médicaux que tu veux.

Irabu souriait. Yûta ne trouva pas l'énergie de résister.

La Porsche tape-à-l'œil d'Irabu filait à toute vitesse dans les rues. Partout, les immeubles devant lesquels ils passaient étaient décorés pour Noël, comme si la ville tout entière attendait les réjouissances.

La salle d'exposition était pleine à craquer de fanatiques. Des types dans ce genre, il y en a aussi au lycée, pensa Yûta. En général, ils se tiennent sagement dans un coin de la classe.

Irabu ne décollait pas du stand des maquettes de chars d'assaut. Il avait presque des yeux d'enfant.

– Celui-là, c'est le prochain que j'ai prévu de faire.

– Ah… oui ?

Yûta ne savait comment réagir.

Arrivant dans le grand espace central, ils virent qu'y était organisé un tirage au sort où l'on pouvait gagner un cadeau si le numéro tiré correspondait à celui de son ticket d'entrée. Le cadeau était une maquette en édition limitée.

On annonça le numéro gagnant.

– Ah, c'est moi ! s'écria Irabu.

– C'est chouette, fit Yûta en lui adressant un sourire.

Seulement, pour une raison inexplicable, il se trouva qu'il y avait deux gagnants, le second étant un jeune écolier accompagné de ses parents.

Irabu et le petit garçon montèrent sur l'estrade.

L'animatrice, prise de panique, échangea quelques mots avec un responsable, puis, quand elle eut terminé, s'inclina poliment devant Irabu.

– Je suis désolée. C'est une erreur de notre part, nous avons émis deux tickets avec le même numéro. Je suis désolée de vous demander cela, mais pouvez-vous céder votre cadeau ?

– Mais pourquoi ! ? s'écria Irabu en faisant la moue. C'est votre erreur, pourquoi c'est moi qui devrais en assumer la responsabilité ?

– Je suis sincèrement désolée. Le cadeau est une édition limitée et nous n'en avons qu'un exemplaire.

– C'est bien pour ça que je ne peux pas y renoncer aussi facilement. Je le veux, moi aussi, ce cadeau.

– Euh, excusez-moi, est-ce un cadeau pour votre fils ? s'enquit avec précaution l'animatrice.

– Non non, c'est pour moi, répondit imperturbablement Irabu.

L'animatrice fronça un instant les sourcils, avant d'afficher un sourire crispé et de chuchoter :

– C'est un petit enfant. Je crois vraiment que vous devriez le lui laisser…

– Non, je vous dis !

– Nous vous offrirons autre chose à la place.

– Merci, je préfère l'édition limitée.

Irabu n'en démordait pas.

Yûta, n'y tenant plus, intervint :

– Docteur, lui glissa-t-il à l'oreille, soyez raisonnable, laissez-lui le cadeau.

– Je ne veux pas. S'il n'y en a qu'un, on n'a qu'à le jouer à pierre-feuille-ciseaux.

– Allons, monsieur, vous êtes un adulte !

– Je suis peut-être un adulte, mais c'est quand même non.

L'écolier leva des yeux inquiets vers Irabu. L'animatrice ne savait plus à quel saint se vouer ; comme le tirage au sort devait néanmoins se poursuivre, elle se résigna à régler le différend à pierre-feuille-ciseaux.

– Tu es d'accord ?

L'animatrice avait une mine coupable en demandant son consentement au garçonnet.

Un… deux… trois !

Irabu gagna. Il leva les bras en l'air et sourit jusqu'aux oreilles.

À côté de lui, l'écolier fondit en larmes.

Parmi les badauds qui les entouraient, des murmures se firent entendre :

– Quel sale gosse, ce type !

– Laissez la maquette au petit, enfin !

Irabu, totalement indifférent, rejoignit Yûta la maquette à la main.

– Regarde, regarde ! Je suis sûr que ça va prendre de la valeur !

Voyant son sourire insouciant, Yûta pensa : Cet homme ne cherche pas à se faire aimer ou détester. Il est comme un enfant, ça ne l'intéresse pas de se mettre à l'unisson des autres. C'est pour ça qu'il se moque bien d'être seul.

Il enviait l'innocence d'Irabu. Dans le monde d'aujourd'hui, cela lui apparaissait comme l'arme la plus puissante qu'on puisse posséder.

Le soir de Noël, Yûta marcha seul, au hasard, dans les rues. S'il était resté à la maison, quelqu'un aurait pu appeler et on aurait alors découvert qu'en vérité il n'avait rien de prévu.

Il mit son portable sur messagerie de manière à ne pas avoir à répondre. C'était la première fois qu'il le faisait.

Il avait faim, mais il ne pouvait pas non plus aller dans un McDo ou un Yoshinoya. S'il y était entré seul, on l'aurait pris pour un adolescent solitaire. Le ventre vide, il se promenait sous les néons des enseignes.

Par habitude, néanmoins, il avait toujours son portable dans la main. Il regardait constamment sur l'écran s'il n'avait pas reçu un mail.

Le symbole «nouveau message» clignota. Tout en se demandant qui ce pouvait bien être le soir de Noël, il constata que c'était Irabu.

< *J'ai commandé la bûche de Noël à l'hôtel Impérial.* >

Il s'y est remis ? pensa Yûta, qui souffla par le nez.

< *Les fraises sont énormes, je suis très satisfait.* >

Tu parles d'un adulte ! Normalement, il devrait être déguisé en Père Noël pour distribuer les cadeaux à ses enfants.

< *Maman m'a offert un pyjama Hermès.* >

Yûta était effaré. Comment avait-il pu réussir à devenir médecin ?

Comme il n'avait rien d'autre à faire, il lui envoya une réponse.

< *Je suis dans un car avec les filles du lycée commercial, en route pour le ski.* >

La réponse arriva aussitôt.

< *Envoie une photo, stp !* >

Ah zut ! pensa Yûta. Avec les progrès technologiques, on ne peut donc plus mentir ?

< *Je suis désolé, je vous ai menti.* >

Autant être honnête avec lui. Quelle importance ? Irabu était beaucoup plus âgé que lui, et ce n'était même pas un ami.

< *Je n'ai rien à faire, alors je me promène tout seul en ville.* >

Il eut l'impression de s'être confessé. Il lui sembla aussi qu'une brise légère lui avait traversé le cœur.

< *On dirait que moi non plus je n'ai pas d'amis*, poursuivit-il. *Ils ont peut-être deviné qui je suis, quelqu'un de très sombre.* >

Les mots coulaient sous ses doigts. Il ne savait pas pourquoi, mais il exprimait sans détour ce qu'il ressentait.

< *Au collège, j'étais un garçon très discret et je n'avais pas d'amis. J'ai même refusé d'aller à l'école pendant un moment. Depuis que je suis au lycée, j'ai essayé de changer, de me faire des copains en me*

225

montrant gai tout le temps. Mais ça ne marche pas, on dirait. Ça ne sert à rien de se forcer. >

Il se sentit soulagé. En vérité, il était épuisé de passer ses journées à se faire passer pour ce qu'il n'était pas et à chercher à plaire à tout le monde.

Il reçut une réponse d'Irabu.

< Je nous ai fait livrer une dinde rôtie de chez Isetan. >

Hein ! Cet homme ne s'intéressait donc pas à ce qu'on lui racontait ?

< C'est une vraie dinde du Canada. >

C'était pour ça qu'il se moquait bien de ne pas avoir d'amis.

< Elle a l'air délicieuse, alors je t'envoie une photo. >

Quelques secondes plus tard, la photo arriva. Le plat avec la dinde était posé sur une sorte de table, plus exactement sur une table de consultation. C'était apparemment dans son cabinet à la clinique Irabu. On voyait Mayumi derrière. Tournée vers l'objectif, elle faisait le V de la victoire. On apercevait aussi beaucoup d'autres personnes.

Soudain pris d'une terrible envie d'entendre la voix de quelqu'un, Yûta téléphona à Irabu.

– C'est Noël, alors les patients hospitalisés s'ennuient et ils ont décidé de se réunir, lui raconta-t-il tranquillement. Ça te dit de nous rejoindre, Yûta ?

Mayumi prit le téléphone.

– Viens si tu n'as rien d'autre à faire, dit-elle d'une voix toujours aussi peu aimable.

– Je peux ?

– Oui, mais seulement si tu es d'accord pour une piqûre.

– Je peux vous poser une question ?

226

– Quoi ?

– Mayumi, vous avez un petit ami ?

– Non !

– Vous ne voulez pas sortir avec moi ?

– Je ne sors pas avec les enfants, lui rétorqua-t-elle du tac au tac.

Yûta se sentit néanmoins de bonne humeur. Sans se décourager, il continua :

– C'est quoi votre genre d'hommes ?

– Les types qui n'ont pas d'amis. Les fêtes avec plein de monde, c'est un cauchemar.

– Joyeux Noël, murmura Yûta, les yeux levés vers le ciel nocturne.

L'hiver, les étoiles scintillent bien plus vivement qu'en été.

Elles sont telle une belle femme du Nord qui ne craint pas de défendre une position isolée.

Sur le gril

1

Lorsque, consultant un ouvrage de psychiatrie dans la salle de lecture d'une bibliothèque, il tomba sur les mots « actes de vérification compulsifs », le reporter Yoshio Iwamura pensa « C'est ça ! » et, dans un élan, se leva de sa chaise.

Les étudiants autour de lui le regardèrent, se demandant ce qui se passait. Yoshio reprit ses esprits et, la figure cramoisie, s'éclaircit la gorge d'un petit coup sec.

Il prit une profonde inspiration et baissa les yeux sur la page. Il lisait le chapitre « Troubles obsessionnels compulsifs ».

Une pensée ridicule revient avec insistance, contre sa volonté, dans l'esprit du patient, qui, malgré ses efforts, est incapable de l'écarter...

C'est ce qui m'arrive ! pensa Yoshio.

L'acte de vérification se transforme en rituel et, pour cette raison, finit par interférer avec la vie sociale...

Exactement ce que je vis tous les jours depuis un moment…

Son front se couvrit de sueur et les battements de son cœur s'accélérèrent. Cela lui semblait bizarre, pourtant il se sentait encore plus découragé d'avoir mis un nom sur le trouble dont il souffrait. Il avait l'impression d'être un criminel à qui l'on a prononcé sa sentence.

Trois mois auparavant, il avait commencé à vérifier si ses mégots de cigarettes étaient parfaitement éteints. Un doute l'avait saisi au moment de sortir de l'appartement qui lui servait à la fois de logement et de bureau. Je les ai bien écrasés ?… Et tandis qu'il enfonçait la clé dans la serrure, une angoisse indescriptible avait jailli du fond de lui.

Il retourna à l'intérieur et vérifia le cendrier posé sur son bureau. Oui, les mégots étaient bien éteints. Il allait ressortir, quand le doute s'immisça de nouveau en lui. Il y avait une montagne de livres et de papiers sur son bureau. On ne savait jamais, une étincelle pouvait suffire à tout enflammer. Yoshio rentra une deuxième fois dans le bureau pour s'assurer que les mégots étaient parfaitement froids.

Évidemment, cette fois il prit la précaution de transporter le cendrier dans l'évier de la cuisine et de le plonger dans l'eau. Pourtant, lorsqu'il sortit de l'appartement, il était déjà en proie à la peur. Qui sait si un mégot mal éteint n'est pas tombé du cendrier et ne s'est pas glissé sous des papiers ? Un feu couve peut-être en ce moment même quelque part dans ce bureau en pagaille, pensait-il. La panique envahissant son esprit, il perdit beaucoup de temps avant de sortir de chez lui.

Au début, il arrêta de fumer une demi-heure avant de partir.

Mais cela ne produisit pas le résultat escompté. En effet, il n'ignorait pas qu'un feu pouvait couver long-temps et, dans des coussins par exemple, se déclarer au bout de plusieurs heures.

Prenant ce fait en compte, il s'efforça de ranger le mieux possible son bureau. C'est parce qu'il est en désordre que des mégots se cachent quelque part, se disait-il à tort.

Mais cette bonne résolution ne dura pas longtemps. Un célibataire de trente-trois ans se montrait paresseux dans sa vie privée. Son zèle, il le déployait uniquement dans son travail. Faire le ménage tous les jours, c'était trop demander à un homme qui avait déjà du mal à descendre ses poubelles.

Chaque fois qu'il devait sortir, la peur d'avoir mal éteint ses mégots accaparait l'esprit de Yoshio et il retournait compulsivement cinq ou six fois dans son bureau. Ai-je vraiment à craindre que ces mégots mettent le feu quelque part ici ? se raisonnait-il alors en contemplant le cendrier immergé dans l'eau de l'évier ; néanmoins, une angoisse insoutenable l'assaillait dès qu'il franchissait la porte d'entrée.

Et puis, la semaine dernière, il avait fini par rater un avion.

Il avait décidé de ne pas fumer ce jour-là. Et de fait, il y était parvenu. Mais il avait jeté ses mégots de la veille dans un sac-poubelle, sans les tremper dans l'eau.

Inévitablement, ses pensées s'étaient emballées une fois qu'il était parti de chez lui. Un feu n'est-il pas en train de couver dans ce sac-poubelle ? se demandait-il.

Une fois que cette idée lui avait traversé l'esprit, le pire des scénarios s'était mis à tourner en boucle dans sa tête et l'avait mis sur le gril. Si seulement il s'était trouvé à une station près de chez lui, il aurait pu faire demi-tour sans problème, mais c'était dans le mono-rail pour l'aéroport que son angoisse était devenue insupportable. Évidemment, quand il arriva chez lui, il trouva son bureau vide et en pagaille, tel qu'il l'avait laissé à son départ.

Ses compulsions devenant préjudiciables à son travail, Yoshio prit peur.

Il n'y a pas à dire, c'est bizarre. Mon comportement n'est pas normal.

Il essaya d'arrêter de fumer à plusieurs reprises, mais en vain. Habitué à ses deux paquets de cigarettes par jour depuis quinze ans, il était trop dépendant. En outre, arrêter la cigarette n'aurait pas résolu l'essentiel. Le problème, c'était son comportement irrationnel.

Par habitude professionnelle, Yoshio se documenta. Il s'attaqua à une pile d'ouvrages de médecine à la bibliothèque et finit par parvenir à une pathologie appelée « trouble obsessionnel compulsif ». Les symptômes étaient des « actes de vérification compulsifs ».

Lorsqu'on en souffrait, il n'y avait qu'une chose à faire : se rendre dans une clinique pour suivre un traitement…

Il choisit la clinique Irabu parce qu'elle était située sur la ligne de chemin de fer qu'il empruntait habituellement. En outre, le bâtiment, d'aspect propre et bien entretenu, lui plaisait. Il regarda la grande enseigne « Clinique générale Irabu » et franchit le seuil en se disant qu'une clinique générale comportait certainement un service de psychiatrie. En effet, il y en avait un, mais celui-ci, étrangement, se trouvait au sous-sol.

Yoshio frappa à la porte.

– Entrez, entrez donc ! répondit une voix joyeuse à l'intérieur.

On aurait dit l'accueil empressé qu'on vous réserve dans une auberge traditionnelle. Il ouvrit la porte et pénétra dans le cabinet de consultation. Assis dans un fauteuil, un homme d'âge mûr, obèse et au teint pâle, le reçut avec un grand sourire.

– Bien, une piqûre pour commencer, ça vous va ? dit-il, écartant les mains et levant les fesses de son siège.

– Hein ?

De surprise, Yoshio avança la tête et fronça les sourcils.

– Les types du dessus ne nous envoient pas de patients, vous savez. Ça fait plus de deux semaines qu'on n'a pas fait de piqûre ! (Le corpulent médecin avait les narines dilatées.) Je vous jure, les généralistes ne sont vraiment pas des gens accommodants. Et pourtant, ce n'est pas faute de leur demander de faire passer les rhumes pour des symptômes psychosomatiques.

Yoshio était stupéfait. Qu'est-ce que c'est que ce bonhomme ? « Ichirô Irabu, docteur en médecine », disait le badge accroché sur sa blouse blanche.

– Ma petite Mayumi ! Aujourd'hui, allons-y pour une intraveineuse. Prends la plus grosse que tu trouves.

Une infirmière jeune et terriblement sexy apparut alors de derrière des rideaux. Son attitude était franchement peu aimable. Elle se grattait la nuque d'un air las.

– Ah là là, ce que je suis content ! Si on n'avait pas eu de patient cette semaine, je crois bien que je serais allé soigner les Iraniens qui traînent dans le parc d'Ueno.

Le docteur Irabu parlait tout seul entre ses dents. Yoshio ne comprenait rien à ce qu'il disait. La piqûre fut préparée en un instant et il se retrouva en train de se faire piquer une veine du bras gauche par une seringue énorme, presque de la taille d'une lampe de poche.

Irabu fixait ardemment l'aiguille quand elle s'enfonça dans la peau. Il était tout rouge et ses narines frémissaient.

– Aïe aïe aïe…, ne put s'empêcher de gémir Yoshio.

Une si grosse seringue faisait forcément mal.

Il regarda l'infirmière. Elle mâchonnait un chewing-gum d'un air maussade. Sa blouse blanche était fendue et exhibait ses cuisses roses.

C'est une clinique, ici ? pensa-t-il, plus très sûr, tout à coup, d'être dans le monde réel.

– Pour le moment, revenez nous voir tous les jours, d'accord ? lui dit Irabu, le visage hilare. Je vous ferai un prix pour les consultations.

Yoshio restait de plus en plus sans voix. Avec son cou enfoui sous la graisse, cet Irabu avait tout d'une otarie.

– Troubles obsessionnels compulsifs, à ce qu'il paraît. En tout cas, d'après la consultation préliminaire que la réception m'a fait passer.

– … Euh, oui, répondit-il non sans peine.

– Ce n'est pas courant, vous savez, quelqu'un qui vient après avoir fait son propre diagnostic.

– Ah bon… vous croyez ?

– En général, les gens courent voir un psychiatre parce qu'ils sont en proie à la panique. Environ une fois sur trois, ils oublient d'enfiler leur pantalon !

Tout en parlant, Irabu faisait de petits bonds. « Et un, deux, trois ! Un, deux, trois ! » Au milieu du cabinet de consultation, il suivait un cours de gymnastique diffusé à la radio.

– Et donc, vous êtes reporter ? s'enquit-il tandis que ses bajoues ondulaient en grandes vagues. Ça explique que vous ayez enquêté sur vous-même.

– Oui, sans doute. Enquêter, c'est mon travail.

– Alors, vous savez aussi quel traitement suivre. Hou ! Hou !

Il continuait à exécuter les exercices de la radio. Les mains sur les hanches, il bombait le torse en se cambrant.

– Écoutez, docteur, vous ne voulez pas vous asseoir pour parler ?

– Oui, bien sûr. Pardon, pardon ! C'était ma première piqûre depuis longtemps et, je ne sais pas pourquoi, je me sens tout léger. Ah, ah, ah !

Ils se retrouvèrent enfin assis l'un en face de l'autre. Irabu, en nage, se rafraîchissait en se servant de son dossier médical comme éventail. Ai-je bien choisi la bonne clinique ? se demanda Yoshio, dont l'inquiétude redoublait. Mais à présent qu'il était là, il n'y pouvait plus rien. Il se ressaisit et décida de lui raconter ce qui l'amenait ici. Dialoguer, c'était son métier. Méthodiquement, en choisissant ses mots, il lui décrivit en détail ses symptômes. Une fois terminé, il pensa qu'il avait réussi à être clair.

– Monsieur Iwamura, vous m'impressionnez ! dit Irabu avec admiration. C'est si peu rare une personne consciente de sa propre folie.

– Folie ? ! Docteur, je…, fit Yoshio, évidemment contrarié. J'attends de vous que vous me fassiez suivre une psychothérapie.

Selon les ouvrages de médecine qu'il avait consultés, les troubles obsessionnels compulsifs, contrairement aux névroses d'angoisse, se soignaient mal par un traitement médicamenteux. On considérait généralement qu'il fallait suivre une psychothérapie auprès d'un spécialiste.

– Une psychothérapie ? dit Irabu en fronçant le bout du nez d'un air dégoûté. Ça ne sert à rien, ces choses-là.

– Ça ne sert à rien ?

– Des trucs du genre «Parlez-moi de votre enfance» ou «Décrivez-moi votre caractère», c'est ça ? L'enfance et le caractère, ça ne se guérit pas, alors je ne vais sûrement pas perdre mon temps à vous interroger là-dessus.

– Mais…

Yoshio resta bouche bée. C'était la première fois de sa vie qu'il avait affaire à un psychiatre. Était-ce supposé se passer de cette façon ?

– Ou alors, vous avez quelque chose à avouer ?

– Non.

– Dans ce cas, tout va bien.

Irabu s'enfonça dans son fauteuil et croisa à toute force ses jambes trop courtes. Il l'avait fait asseoir sur un tabouret.

Ça aussi, ça fait peut-être partie du traitement ? alla jusqu'à se demander Yoshio.

– Vous êtes obsédé par le fait d'essayer de ne pas être obsédé par certaines choses. C'est un cercle vicieux.

Irabu croisa les mains derrière la tête et sourit.

– Alors, qu'est-ce que je dois faire ?…

– Les mégots de cigarettes, c'est ça ? Qui sait, si vous prenez une assurance incendie, peut-être que ça va s'arranger tout seul ?

Yoshio pencha la tête d'un air incrédule.

– Non, ça, je ne crois pas que…

– Vous n'arrivez pas à arrêter de fumer ?

– Non.

– Dans ce cas, n'utilisez plus de cendrier et jetez vos mégots dans un seau plein d'eau, par exemple.

Ah…, pensa Yoshio, surpris. C'était une méthode extrêmement pragmatique, qui éradiquait d'emblée l'aspect émotionnel. Il s'était attendu à ce qu'on lui tienne un discours psychologique plus moralisateur.

– Ou alors, il y a aussi la solution de ne pas rentrer chez vous.

– Pardon ?

Il ne voyait pas où Irabu voulait en venir.

– Aujourd'hui, vous avez réussi à sortir pour venir ici, non ? Alors, étant donné qu'il n'y a sans doute pas eu d'incendie chez vous, si vous n'y retournez pas, votre appartement ne risquera plus rien.

Yoshio se demanda s'il devait ou non acquiescer à ce raisonnement.

– Puisque vous êtes angoissé chaque fois que vous sortez de chez vous, vous pouvez régler le problème soit en ne sortant plus, soit en ne rentrant plus.

– Hmm…, fit Yoshio.

Le cours de la conversation le prenait tellement au dépourvu qu'il avait beaucoup de mal à réfléchir.

– Pour le moment, je vais mettre en pratique votre idée du seau d'eau.

– Très bien. De toute façon, il n'existe pas de remède souverain pour les troubles obsessionnels compulsifs. Vous pourriez aussi asperger d'eau votre appartement avant de sortir, par exemple. Ah, ah, ah !

Cette façon grossière de rire de ses malheurs déplaisait fortement à Yoshio. Irabu était très étrange pour un médecin.

– Au fait, monsieur Iwamura, vous avez un domaine de spécialité comme reporter ?

Yoshio s'éclaircit la gorge.

– Mon domaine, en un mot, c'est le point de vue des faibles. Je dénonce les injustices dans les organismes publics et les grandes entreprises, et j'essaie de faire en sorte que la société soit moins injuste avec les faibles…

Ce disant, il se sentit un peu fier de lui.

L'opiniâtreté avec laquelle il menait ses investigations était reconnue, tant et si bien qu'il pouvait à présent signer des articles dans des magazines d'intérêt général. Il considérait comme une simple question de temps le jour où quelqu'un viendrait lui proposer de publier un livre. Surtout, il se piquait de ne pas être qu'un rédacteur de nouvelles économiques. Les rédacteurs de sa génération se contentaient d'écrire les articles promotionnels que leur rédaction leur demandait. Lui était un vrai journaliste.

– Ah ! Dans ce cas, voici qui va vous intéresser : l'agent immobilier au coin de la rue, il se sert de tous les studios des environs comme dortoirs pour des employés de boîtes à hôtesses. Les filles, ça ne me dérange pas, mais les hommes sont des vraies petites frappes. Il faut que vous écriviez quelque chose pour le dénoncer.

– Non, les frictions de voisinage dans ce genre, merci…

Yoshio fronça les sourcils.

– Et si je vous donnais des infos sur les pratiques frauduleuses de la clinique qui se trouve de l'autre côté de la voie ferrée, vous les dénonceriez ?

– Quoi, des fraudes aux assurances, par exemple ?

– Non, ça, on le fait aussi ici. Là-bas, ils recrutent les infirmières en leur promettant un voyage à Hawaï, mais ils ne les emmènent même pas à Atami !

Yoshio regarda Irabu. Il n'avait pas l'air de plaisanter.

– Revenez demain, d'accord ? dit Irabu.

– Oui, répondit-il sans réfléchir.

Bah, pourquoi pas. De toute façon, les ouvrages de médecine qu'il avait consultés affirmaient qu'il n'existait pas de traitement médicamenteux. Et puis, sachant que dans un grand hôpital on l'aurait fait patienter deux heures, le fait qu'il n'y ait personne ici était un avantage.

En sortant de la clinique, Yoshio téléphona chez lui avec son portable. C'était une habitude qu'il avait prise tout récemment. Il appelait parfois jusqu'à cinq fois par jour.

Le message du répondeur se déclencha. Son téléphone fixe était sain et sauf. Au moins son domicile n'était-il pas entièrement réduit en cendres.

Au début, entendre le répondeur avait suffi à le rassurer, puis il s'était fait la réflexion que l'appartement n'avait peut-être brûlé qu'en partie et que son téléphone avait été épargné par les flammes. Depuis, la seule certitude qu'il avait, c'était que son appartement n'était pas entièrement calciné.

Son esprit visualisait aisément la scène : la sonnerie d'un téléphone abandonné dans une pièce à moitié consumée par les flammes.

Il eut un mauvais pressentiment. Il savait parfaitement qu'il délirait, pourtant son inquiétude ne se dissipait pas.

Yoshio avait un rendez-vous professionnel avec un rédacteur dans un café de la gare. Un magazine pour jeunes lui avait commandé une série de portraits. Pour Yoshio, cela représentait une excellente occasion d'élargir son carnet d'adresses.

— Monsieur Iwamura, votre choix de personnalités, vous ne trouvez pas qu'il est un peu trop fade ? dit Kinoshita, le rédacteur, en regardant la proposition de Yoshio pour la série « Jeunes et charismatiques ».

Kinoshita avait cinq ans de moins que lui.

– Je ne crois pas. Celui-ci est un jeune avocat qui défend les droits de l'homme et celui-là, un chanteur qui a dû surmonter beaucoup de difficultés pour sortir son premier CD.

– Un chanteur, d'accord, mais de folk cafardeuse. Par charismatique, je pensais à des gens plus gais, plus éclatants… un DJ à succès de Shibuya, par exemple, ou le fondateur d'une start-up, vous voyez ?

– Ce genre de types, on en parle dans tous les magazines, non ? Ce que j'ai envie de transmettre aux lecteurs adolescents ou dans la vingtaine, c'est qu'il existe des gens qui se donnent du mal pour faire des choses qui en valent la peine.

– Hmm… (Kinoshita croisa les bras, absorbé dans ses réflexions.) Bon, laissez-moi d'abord en parler au bureau.

– Ensuite, j'aurai besoin de deux jours pour la documentation. Vous me défrayez, n'est-ce pas ?

– Quoi ! Vous rigolez. C'est un article d'une page. Vous interviewez l'intéressé pendant deux heures, vous le prenez en photo, et c'est tout.

– Écoutez, moi, je ne travaille pas comme ça, dit Yoshio de manière à se faire entendre.

Kinoshita passa les mains dans ses cheveux longs teints en châtain et dit « OK, je vois » en faisant la moue.

Dans le travail, le premier contact était essentiel. Mieux valait lui montrer dès maintenant qu'il n'était pas un journaliste qui se laisse mener à la baguette.

Sur le chemin du retour, il s'arrêta dans une quincaillerie pour acheter deux seaux.

Arrivé chez lui, il remplit à moitié les deux puis en mit un dans son salon-bureau, et l'autre dans sa chambre.

Il fuma une cigarette pour voir. Lorsqu'il jeta le mégot dans le seau sous son bureau, le feu s'éteignit dans un petit grésillement.

Dans ces conditions, il n'avait sans doute pas à s'inquiéter. La possibilité qu'un incendie se déclare était réduite à zéro.

Il passa un moment à ranger de la documentation dans son bureau. Ensuite, il décida de sortir pour déjeuner.

Il regarda fortuitement le seau. Plusieurs mégots désagrégés, dont le papier du filtre était décollé, flottaient dans l'eau troublée par la nicotine.

Il eut une impression déplaisante.

Aucun feu ne se déclencherait d'ici. Mais le risque était grand qu'il ait dispersé des étincelles alentour quand il faisait tomber la cendre.

Yoshio inspecta les magazines et les papiers éparpillés sur le sol autour du seau. Une étincelle avait peut-être roussi un bout de papier. L'angoisse montait lentement en lui.

Je suis en train de délirer, se raisonnait-il en même temps. En supposant qu'une étincelle soit tombée, ça n'aurait certainement pas suffi à mettre le feu.

Yoshio sortit résolument de chez lui. Il ferma la porte d'entrée et prit une profonde et longue inspiration. Son souffle s'arrêta inconsciemment quand il enfonça la clé dans la serrure.

Juste une fois, pour être sûr ?… Il retourna à l'intérieur et inspecta le dessus et le dessous de son bureau.

Il n'allait pas s'en tirer. Il ressortit, puis rentra de nouveau. Il répéta ces allers-retours plusieurs fois et renonça finalement à sortir de chez lui.

Il décida de se faire livrer une pizza. À ce train-là, il en mangeait trois par semaine ces derniers temps.

Yoshio poussa un profond soupir. Il hésitait à embaucher quelqu'un pour garder son appartement. L'idéal, évidemment, aurait été qu'il soit marié.

Cette fois-là, il envisagea sérieusement d'arrêter de fumer. S'il ne le faisait pas, il serait bientôt incapable de sortir de chez lui.

2

– Alors, comment vous avez réussi à sortir de chez vous aujourd'hui ? lui demanda Irabu tout en tripotant le gras de son menton.

Il était assis en tailleur dans son fauteuil, un peu à la manière du gourou d'une secte.

– Eh bien, les jours où j'ai quelque chose à faire dehors, je m'efforce de ne pas fumer avant, se plaignit douloureusement Yoshio.

Il était heureux d'avoir quelqu'un à qui se confier, fût-ce un excentrique comme Irabu. Les piqûres lui faisaient mal, mais son besoin d'avoir une oreille attentive était le plus fort.

– Malgré ça, le moment où je dois sortir de chez moi est très pénible. Je suis mort d'inquiétude à l'idée qu'un mégot de la veille couve encore quelque part.

– Hmm. Autant que je vous le dise dès maintenant : je ne fais pas de consultations à domicile.

– Ce n'est pas ce que je vous demande. Docteur, la première chose que je devrais faire, c'est arrêter de fumer, vous ne croyez pas ?

– Non, répondit simplement Irabu en secouant la tête. Parce que ça, ce n'est qu'une manifestation de vos troubles. Même si vous arrêtez la cigarette, ensuite ce sera l'arrivée de gaz qui vous inquiétera et votre obsession se tournera vers ça.

– L'arrivée de gaz ?

Pourquoi lui parlait-il de ça ? Il eut une étrange sensation, comme une démangeaison ou une douleur au niveau de l'aine. Le gaz dans la cuisine… il ne l'avait pas fermé. En fait, depuis qu'il vivait seul, il n'avait jamais fermé l'arrivée de gaz de la gazinière. Il ne s'en était même jamais soucié.

Cela faisait trois ans qu'il avait emménagé dans cet appartement. Et pourtant, il n'avait jamais inspecté les installations de gaz. Il y avait un risque non négligeable que les parties en caoutchouc aient durci et se soient fendillées.

– Docteur, s'il vous plaît, évitez de me dire des choses pareilles, fit Yoshio d'une voix pitoyable. Voilà que je m'inquiète pour le gaz maintenant.

– Je vous l'ai demandé la dernière fois, vous n'avez pas pris d'assurance incendie ?

– Je pense que la propriétaire en a une. Quand j'ai signé le bail, elle m'a demandé d'assurer mes meubles.

– Dans ce cas, tout va bien. Vous n'avez pas à vous faire de soucis.

– Là n'est pas le problème. Si je provoque un incendie, ça va causer des dommages à plein de gens.

– C'est la même chose pour eux. Les incendies ne vont pas disparaître de la surface de la terre.

Qu'est-ce que c'est que ce raisonnement ? Yoshio fut pris d'un léger vertige.

– Docteur, arrêtons-nous là pour aujourd'hui.

– Déjà ? Vous venez d'arriver. Buvez au moins une tasse de thé. Hé, ma petite Mayumi !

L'infirmière, assise dans un coin du cabinet, leva la tête d'un air contrarié.

243

– Monsieur, vous devriez aller vérifier que vous n'avez pas une fuite de gaz, dit-elle brutalement à Yoshio.

Bravo, pour une infirmière ! En remettre une couche, comme s'il n'était pas déjà assez angoissé !

Ne tenant plus en place, il se leva.

– Monsieur Iwamura, attendez ! le retint Irabu. La clinique de l'autre côté de la voie ferrée, il paraît qu'ils trichent aussi sur le nombre de lits. Bon, nous aussi on fait ça ici, mais eux ils osent en déclarer deux fois plus qu'ils en ont en réalité. Faut le faire quand même ! Vous devez les dénoncer !

– Désolé, ce n'est pas le moment !

Il s'arracha des mains d'Irabu et se dirigea vers la sortie.

– Je vous donne un million de yens si vous le publiez quelque part.

Yoshio n'était plus en état de discuter avec lui. Il sortit dans la rue, héla un taxi et se dépêcha de rentrer chez lui.

Il visualisait clairement le gaz qui fuyait par les fissures des joints de caoutchouc. Ses genoux tremblaient légèrement.

Pourquoi son imagination lui représentait-elle la scène aussi concrètement ? Yoshio avait envie de pleurer.

Par la vitre du taxi, il fixait le ciel en direction de son appartement. Il n'y avait pas de nuages de fumée.

Et, en effet, quand il arriva, son appartement était bien là, toujours aussi sombre, en pagaille et désert. Il se sentit soudain épuisé.

Il ouvrit une fenêtre pour aérer. Il regarda la ville de son balcon au troisième étage. Un soupir lui échappa.

Ce n'est franchement pas bon signe, se dit-il. Si je reste dans cet état, je vais paniquer chaque fois que je devrai sortir.

Ses yeux tombèrent par hasard sur le bureau de tabac de l'autre côté de la rue. C'était toujours là qu'il achetait ses cartouches de cigarettes. Il était tenu par une femme qui devait avoir l'âge de sa mère.

Yoshio sortit de chez lui et s'y rendit.

– Excusez-moi, dit-il d'une voix plus discrète que d'habitude.

– Bonjour, fit la vieille dame en souriant.

Il n'avait jamais bavardé avec elle, mais elle semblait le reconnaître.

– Euh, en fait, j'aurais un service à vous demander, dit-il humblement. Est-ce que vous accepteriez de me donner le numéro de téléphone d'ici ?

– Pardon ?

La vieille dame fronça les sourcils d'un air méfiant.

– J'aimerais vous appeler de temps en temps quand je ne suis pas chez moi. Comme ça, vous pourriez me dire si cet immeuble… (Il se retourna et le désigna du menton.) … est en train de brûler ou non.

La vieille dame garda le silence. Elle fixa Yoshio quelques instants puis recula sa chaise.

– Non, euh… je vais vous expliquer. (C'est mal parti, pensa-t-il en se forçant à sourire.) En fait, j'ai peur d'avoir mal éteint une cigarette ou d'avoir oublié de couper le gaz…

Elle se tourna vers le fond de l'échoppe et tendit le cou.

– Sayoko, tu peux venir, s'il te plaît ?

– Pardon, vous voulez bien m'écouter juste un instant ?

Yoshio se couvrit soudain de sueur.

Une femme d'une trentaine d'années apparut dans le fond.

– Que se passe-t-il, belle-maman ?

– Cet homme, là, il est bizarre.

Les deux femmes braquèrent sur lui un regard plein de défiance. La plus jeune ferma craintivement la vitre du guichet. Yoshio y vit son propre reflet.

Ne sachant plus où se mettre, il sortit du bureau de tabac. Puis, reprenant ses esprits dans l'ascenseur de son immeuble, il se sentit rougir.

Qu'est-ce qu'il lui avait raconté ? Il n'en revenait pas. Son comportement n'était pas normal. On allait parler de lui dans le voisinage, c'était inévitable.

Il se prit la tête dans les mains. Il eut l'impression de comprendre concrètement ce que c'était de devenir fou.

Ayant réussi à convaincre Kinoshita, le rédacteur, Yoshio choisit lui-même les personnalités dont il ferait le portrait. Le premier d'entre eux était celui d'un poète sans domicile fixe.

– Ah bon ? ! J'espère qu'il ne puera pas trop.

Kinoshita, qui portait une chemise italienne, fit une grimace de dégoût.

– Et vous alors, sur quel genre de sujets vous souhaiteriez écrire ?

– Moi ? Sur des trucs excitants, évidemment. J'aimerais faire des reportages sur des stations balnéaires à l'étranger, par exemple, ou présenter aux lecteurs de nouveaux produits. Les responsables des pages «culture», ils voient gratuitement tous les films qu'ils veulent, on leur envoie tous les CD, c'est trop dégueulasse !

Kinoshita lissait ses cheveux sur les tempes. Étant plus âgé et plus expérimenté, Yoshio décida de lui donner son opinion.

– Écoutez, vous devriez avoir au moins un peu plus d'ambition. À chercher uniquement les petits profits, on s'avilit. On fait pleinement partie de la société quand on y joue un rôle utile.

– Pitié, monsieur Iwamura, vous parlez comme un vieux ! Vous n'avez pas de copine ?

– Ne détournez pas la conversation.

Rien à faire : dans la presse magazine, les rédacteurs étaient des gens frivoles et capricieux.

L'interview eut lieu dans le parc Yoyogi. Le SDF, qui avait une petite trentaine d'années, calligraphiait au pinceau sur des cartes postales des poèmes de sa composition qu'il vendait cent yens à des lycéennes.

Te regardant
Je vois combien il est facile
D'être incompris

– Monsieur Iwamura, ce type, c'est un escroc, lui glissa Kinoshita à l'oreille.

– De quel droit vous dites ça ? Il a beaucoup de succès auprès des lycéennes.

– Ça veut juste dire qu'il sait y faire pour tromper les gamines.

– Ça suffit ! Je déteste ce genre de cynisme.

Ayant fait taire Kinoshita, il commença l'interview. L'homme, bien que sans domicile fixe, était vêtu proprement. Il allait chez le coiffeur et se rasait.

– Moi, en fait, je suis devenu SDF par conviction, pour exprimer ma révolte contre la société capitaliste, dit-il avec un sourire au coin des lèvres. En un mot, je ne veux pas faire partie de la société telle qu'elle existe. Un homme doit avoir une vie plus digne, plus humaine…

Yoshio pouvait approuver ces propos. Il n'y avait rien de vil chez cet homme ; au contraire, il paraissait s'enorgueillir de sa liberté.

– Et ça, je veux aussi que les adolescents le comprennent. Que la vie ne se résume pas à aller à la fac et à trouver un boulot dans une entreprise. Rien ne nous oblige à nous mettre en concurrence avec les autres.

Kinoshita tira Yoshio par la manche et l'entraîna un peu plus loin.

– Quoi ? fit Yoshio en le regardant avec colère. Ce n'est pas poli vis-à-vis de lui.

– On s'en fout de la politesse, on est au XXIe siècle ! C'est quoi, cette philosophie de la vie toute ringarde ? ! s'écria Kinoshita, les yeux écarquillés.

– Au contraire, c'est un point de vue très nouveau pour les jeunes d'aujourd'hui. La preuve, c'est qu'il a du succès.

– Ça prouve seulement qu'il y a des imbéciles à toutes les époques.

– Pourquoi vous avez des idées si tordues ?

– Vous allez vraiment faire un article sur lui ?

– Bien sûr !

Kinoshita secoua la tête et soupira.

– Monsieur Iwamura, vous êtes beaucoup trop sérieux.

L'interview dura deux heures. L'homme était bavard. À la fin, il raconta qu'il voulait publier un recueil de poésie.

Kinoshita boudait, assis derrière Yoshio. Il fumait une cigarette, la tête levée vers le ciel légèrement couvert, l'air de dire : « Je m'en fous complètement. »

Yoshio se rendait à présent tous les jours à la Clinique générale Irabu. Il était allé voir le service de psychiatrie d'une autre clinique, mais la salle d'attente était bondée de monde et il avait douté qu'on puisse s'occuper sérieusement de lui.

– Allez, s'il vous plaît, monsieur Iwamura. La clinique de l'autre côté de la voie, il faut que vous fassiez quelque chose, dit Irabu.

Yoshio éprouvait le besoin de parler tranquillement avec quelqu'un, fût-ce Irabu.

– Écoutez, docteur : à cause de vous, en plus des mégots de cigarettes, je suis aussi angoissé par le gaz maintenant, protesta-t-il. Qu'est-ce que vous allez faire à ça ?

Il avait remplacé les vieux joints en caoutchouc par des neufs achetés dans un Tôkyû Hands, mais son angoisse n'avait pas disparu pour autant.

– Je vous ai dit que les incendies c'était la même chose pour tout le monde.

– Et vous croyez que ça suffit à me rassurer ?

– Dans ce cas, qu'est-ce qui vous arrive aujourd'hui ? Vous n'êtes pas angoissé ?

– Je n'avais pas le choix, alors, quand je suis sorti, j'ai coupé le compteur à l'extérieur. Comme ça, il n'y a plus de gaz qui circule chez moi.

Il l'avait vraiment fait. C'était très pénible, mais, dans le cas contraire, les fuites de gaz l'auraient angoissé et il aurait été incapable de sortir.

– Ah ouais ! Vous êtes malin ! s'exclama naïvement Irabu, plein d'admiration. Qui sait, en coupant vos angoisses à la racine, vous allez peut-être guérir.

Yoshio leva la tête.

– Toutes vos angoisses, il suffit que vous preniez les devants pour les bloquer. Par conséquent, monsieur Iwamura, vous êtes sûrement sur la bonne voie.

C'était la première fois qu'Irabu lui disait quelque chose d'encourageant. Sans qu'il y prenne garde, des larmes lui montèrent aux yeux.

– Mais, dans ces conditions, après le gaz, ce sera sans doute le tour de l'électricité, ajouta Irabu.

– Hein ?

– Il paraît que les incendies sont plus souvent provoqués par des courts-circuits que par des fuites de gaz. Les branchements multiples, par exemple, ou bien les tubes cathodiques, ça prend feu tout seul.

Pourquoi est-ce qu'il me raconte ça ! L'image de son bureau s'imposa dans l'esprit de Yoshio. Un grand nombre d'appareillages y étaient branchés, avec tout autour des montagnes de livres et de papiers. Si le feu prenait, cela se propagerait très vite… Le sang reflua lentement de son visage. Ses doigts se mirent à trembler légèrement.

Une fois rentré, il allait s'occuper des branchements multiples. La plupart étaient concentrés autour de son bureau, où était posé son ordinateur. Il rangerait la lampe et la radiocassette dans un placard. Mais que faire pour que le tube cathodique ne prenne pas feu ?

– Docteur, je vais me débrouiller avec les branchements multiples, mais en cas d'incendie provoqué par ma télévision, vous croyez que je suis responsable ?

– Eh bien, il faut faire un procès au fabricant.

Yoshio eut le vertige. Pour un journaliste, une affaire de ce genre pouvait être souhaitable sur le plan professionnel, mais il savait suffisamment combien un procès contre une grande entreprise était voué à l'échec et usant pour les nerfs.

Je renonce à la télé alors ?…

Mais non, c'était du délire. D'abord, tout le monde avait une télévision. C'était injuste qu'il soit le seul à s'en inquiéter.

– Docteur, ça ne vous angoisse pas d'avoir une télé chez vous ? demanda Yoshio.

– Moi, j'ai un écran plat. Ce n'est pas un tube cathodique. (Irabu montra ses gencives dans un grand sourire.) Un de ces nouveaux modèles qu'on accroche au mur. Il m'a coûté un million cinq cent mille yens. Hé, hé, hé !

Les épaules de Yoshio s'affaissèrent. C'était peut-être l'occasion d'en acheter une neuve ? La sienne avait plus de dix ans.

Quoi qu'il en soit, que pouvait-il faire pour prévenir les courts-circuits ? S'il coupait l'électricité au disjoncteur, son répondeur et son fax ne fonctionneraient plus, sans compter la nourriture qui pourrirait dans le frigo…

– Quand un immeuble a plus de vingt ans, les installations électriques des murs commencent à se détériorer, et puis il arrive que les souris les rongent, ajouta Irabu.

– Docteur, vous prenez un malin plaisir à me faire peur !

Ses fesses commençaient à le démanger.

– Pardon, pardon ! fit Irabu en riant avec insouciance. Au fait, vous voulez un café ? Hé, ma petite Mayumi !

L'infirmière, qui se trouvait dans un coin de la pièce, souleva sa blouse blanche pour se gratter la cuisse.

– Vous devriez vite rentrer chez vous pour vérifier l'électricité, non ? dit-elle d'un air las, avant de tourner les yeux vers la fenêtre.

Elle a raison, pensa Yoshio. Je vais rentrer tout de suite. Un sentiment de fébrilité l'envahissait.

Une fois qu'il se serait assuré que tout allait bien, il irait acheter un petit téléviseur à écran plat. Et au cas où il ne pourrait plus utiliser son frigo, il aurait aussi besoin d'une glacière.

– Excusez-moi, je vais y aller, dit-il d'une voix très légèrement chevrotante.

– Quoi, vous partez déjà ? Attendez, laissez-moi vous parler de la clinique en face. Ces types, ils ne soignent pas les patients, ils les assomment de médicaments ! Remarquez, nous aussi, on fait pareil, mais…

Yoshio n'était pas en état de se préoccuper de ça. À peine sorti de la clinique, il sauta dans un taxi pour rentrer chez lui. Il regarda le ciel en direction de son appartement. Il eut l'impression que ça devenait une habitude.

Pendant qu'il contemplait le ciel bleu printanier, il se sentit de plus en plus déprimé. Qu'allait-il devenir ?

3

Après avoir longuement tergiversé, il décida de couper le gaz et l'électricité chaque fois qu'il sortirait.

Il laisserait seulement des boissons dans le frigo et n'achèterait plus de produits frais.

Il mit de l'ordre dans le matériel électrique autour de son bureau. Il renonça à la lampe et décida de la remplacer par un casque de chantier muni d'une lumière frontale. Un accoutrement de travail nocturne qu'il ne pourrait montrer à personne.

– Pourquoi votre répondeur téléphonique ne marche-t-il plus ? lui demanda Kinoshita.

– J'ai un portable, alors appelez-moi dessus.

– Mais je ne peux pas vous envoyer de fax quand vous êtes absent, c'est gênant.

– Écoutez, les fax n'existaient pas il y a dix ans. Envoyez-moi les épreuves par la poste.

– Comment ?…

Kinoshita fit la moue.

Yoshio lui-même avait conscience qu'on devait le prendre pour un drôle de type.

Un jour, il était en rendez-vous de travail, lorsqu'il avait entendu la sirène d'un camion de pompiers. Alors que son domicile se trouvait à dix kilomètres de là, il avait blêmi, s'était excusé et était rentré chez lui.

Son rendez-vous, le voyant si pâle, avait apparemment imaginé que sa mère ou son père était à l'article de la mort. Lorsque, par la suite, Yoshio lui avait expliqué la raison de son départ précipité, l'homme avait eu un mouvement de recul et lui avait adressé un sourire maladroit.

Il téléphona réellement au bureau de tabac en face de chez lui. Ce matin-là, devant partir en province pour un reportage, il était finalement sorti de chez lui après avoir perdu plus de deux heures à tout vérifier et revérifier ; néanmoins, une angoisse insupportable l'avait envahi sur le quai de la gare de Tôkyô. Des images lui venaient à l'esprit – de fumée s'échappant des prises, de fuites des tuyaux de gaz – et ses genoux flageolaient.

Il n'eut pas le courage de prendre le Shinkansen dans cet état. S'il était monté dans son train, il aurait passé la totalité du voyage à imaginer son appartement en feu. Toutefois, s'il avait fait demi-tour pour retourner chez lui, il aurait aussi mis beaucoup de gens dans l'embarras.

Yoshio, après avoir téléphoné aux renseignements pour obtenir le numéro, appela le bureau de tabac de son portable. Il n'eut pas la moindre hésitation. La vieille femme décrocha.

– Excusez-moi. Est-ce que vous voyez de la fumée sortant du troisième étage de l'immeuble en face ?

Comme il y avait un précédent entre eux, elle le reconnut immédiatement.

– Je vous en prie. Dites-moi si ça brûle ou pas.

Sans doute impressionnée par son ton impérieux, la vieille femme lui répondit d'une voix apeurée :

– Non, ça ne brûle pas.

Il réussit tant bien que mal à accomplir son voyage, mais par la suite il eut du mal à marcher comme si de rien n'était dans la rue devant son immeuble. Il s'enfonçait une casquette de base-ball jusqu'aux yeux et courait à petits pas en feignant de ne pas voir le bureau de tabac.

Qu'est-ce que je suis en train de faire ?… Il n'arrivait pas à croire qu'il en était arrivé à une situation pareille.

Doté d'un tempérament actif depuis son enfance, il avait été délégué de sa classe et membre de l'association des élèves. Il aimait être au centre de l'attention et faire rire les gens. Et pourtant, voilà qu'aujourd'hui il était paralysé par la peur d'un incendie imaginaire et incapable de sortir librement de chez lui.

Il prit trois kilos. Il avait complètement cessé de faire la cuisine et commandait des pizzas ou des repas dans des restaurants qui livrent à domicile.

Il regardait la télévision sur un écran LCD portatif.

Quand il rechargeait son téléphone portable, il ne le quittait pas des yeux jusqu'à ce que le voyant rouge s'éteigne.

C'est à ce moment-là que sa vieille propriétaire, qui habitait au dernier étage de son immeuble, lui demanda un service. Le tube fluorescent dans le couloir du troisième étage, où vivait Yoshio, était grillé, et elle souhaitait qu'il le change. Veuve, elle vivait seule à Tôkyô. Changer un néon était une tâche trop ardue pour elle.

Cela ne présentant aucune difficulté pour lui, Yoshio accepta de bon cœur. Il grimpa sur une chaise et changea facilement le tube.

– Merci beaucoup, dit la vieille femme en s'inclinant poliment, avant de disparaître dans l'escalier vers son étage.

Lui-même se sentit revigoré d'avoir accompli cette bonne action.

Seulement, la nuit venue, lorsqu'il leva distraitement les yeux vers le tube fluorescent de son bureau, une vague inquiétude l'envahit.

Cet immeuble était ancien. Les appartements étaient certainement remis en état à chaque changement de locataires, mais il y avait de fortes chances qu'on ait fait l'économie d'entretenir les parties communes. De toute évidence, les installations électriques dataient de la construction de l'immeuble.

Non, non, il faut que j'arrête… Affolé, Yoshio tenta de chasser ces pensées de son esprit. Les couloirs de l'immeuble, ce n'était pas son domicile. Ça ne le regardait pas.

Il revit le brave sourire de la vieille femme. Il se donna plusieurs claques sur les joues.

Un court-circuit…

Yoshio poussa un cri. Son visage se couvrit de sueur.

Un incendie…

Il avait le feu aux joues, mais un frisson lui parcourut le dos.

Les couloirs sont en béton, ça ne doit pas brûler si facilement, essaya-t-il désespérément de se raisonner.

Quoi ? Ah non ! Au niveau du néon qu'il avait changé, un locataire laissait toujours des cartons dans le couloir. Des cartons vides d'eau minérale, il s'en souvenait. Si un incendie se déclarait, ce serait de là qu'il partirait.

Yoshio sortit dans le couloir et alla sonner à cet appartement. « Oui ! » répondit une voix féminine. Une jeune femme aux cheveux teints en blond platine apparut à la porte.

– Excusez-moi, j'habite dans l'appartement là au coin. Je me demandais, est-ce que vous pourriez arrêter de déposer vos cartons dans le couloir ?

– Pardon ? fit la femme en le regardant avec méfiance.

– Je voudrais que vous les laissiez à l'intérieur, déclara Yoshio d'un air grave.

La femme, comprenant qu'il s'agissait d'une réclamation, prit une expression furieuse.

– Ça, c'est de l'eau minérale que je me fais livrer à domicile. Le livreur dépose les cartons pleins et récupère les vides quand je suis absente, alors je n'ai pas le choix !

– Laisser des choses dans le couloir, je crois que ça enfreint le règlement contre les incendies.

– Ça vous dérange ? demanda-t-elle, toute rouge. Ce sont des petits cartons, et puis la propriétaire ne m'a rien dit là-dessus de toute façon.

– Non, mais c'est juste au cas où il y aurait un incendie. Ça brûle facilement, les cartons.

– Hein ? Vous seriez pas un peu bizarre, vous ? Pourquoi vous voulez qu'il y ait un incendie ici ?

– C'est le néon, dit-il en pointant un doigt vers le plafond. On ne sait jamais, s'il y avait court-circuit, ça pourrait prendre feu.

– J'appelle la police ! s'écria la femme d'une voix stridente qui lui perça les tympans.

Elle lui claqua la porte au nez.

Yoshio posa les mains sur ses hanches et poussa un soupir. Que faire ? Il retourna chez lui et, en attendant d'aviser, dîna d'un plat préparé de supérette. Il s'allongea sur son lit pour lire un livre nécessaire à son travail, mais le couloir le préoccupait tellement qu'il ne parvint pas se concentrer.

Il se rendit plusieurs fois dans l'entrée afin de jeter un coup d'œil par le judas.

Pour le moment, rien n'indiquait qu'un court-circuit allait se produire. Mais comment savoir si quelque chose n'allait pas arriver bientôt ? C'était lui qui avait fixé le néon. Il ressentait une part de responsabilité.

Yoshio posa une chaise contre la porte, en régla la hauteur par rapport au judas avec des annuaires et s'assit dessus : il avait décidé de surveiller le couloir. De temps en temps, il baissait les yeux sur son livre.

Ce n'était pas commode, mais il n'avait pas le choix. Sinon, il n'aurait pas trouvé la paix une seconde.

Il en vint à surveiller les résidents de l'immeuble lorsqu'ils rentraient chez eux. Il ne l'avait pas remarqué, mais deux portes plus loin vivait un couple d'homosexuels, et ils se pelotaient dans le couloir.

Il enviait tous ces locataires qui pouvaient vivre sans souci. Il était encore comme eux quelques mois plus tôt. Qu'est-ce qui pouvait bien clocher ?

Quand il se fit tard, il s'enveloppa dans une couverture. Tout en luttant contre le sommeil, il surveilla le couloir jusqu'au matin.

La vieille propriétaire, qui était une lève-tôt, descendit à six heures. Elle fit la tournée des étages pour éteindre les lumières.

Yoshio put enfin aller se coucher.

Son dos était perclus de fatigue. La prochaine fois, je demanderai une piqûre de vitamines à Irabu, pensa-t-il.

– Dans ce cas, on vous en fait deux ?

Les yeux brillants, Irabu proposa de lui faire deux injections avec son énorme seringue, une dans le bras et l'autre dans la fesse.

– La deuxième, je vous la fais gratis de toute façon, ajouta-t-il.

L'excitation s'entendait jusque dans sa voix.

Yoshio lui raconta comment il avait passé la nuit. Il se lamenta sur sa situation difficile : il était déprimé à l'idée qu'il ferait probablement la même chose cette nuit si rien ne changeait.

– D'accord, mais si les incendies vous angoissent à ce point, à la fin il faudra que vous vous inquiétiez des pyromanes, dit Irabu.

Aujourd'hui, il était assis à la manière d'une femme, les jambes repliées le long des cuisses.

– Que voulez-vous dire ?

– Bah oui, la première cause d'incendie, ce ne sont ni les mégots mal éteints ni les courts-circuits. Ce sont les pyromanes. Monsieur Iwamura, vous allez bientôt être contraint de faire des patrouilles autour de votre immeuble.

– Non, les pyromanes, je ne crois pas que ça va me préoccuper.

– Pourquoi ?

– Parce que je n'en suis absolument pas responsable.

– Hmm… (Irabu fit la moue et se gratta le cou.) En somme, monsieur Iwamura, vous êtes obsédé par l'idée de devoir assumer une responsabilité, aussi minime soit-elle. Vous vous dites : « Si je m'en mêle, c'est jusqu'au bout », en quelque sorte.

En entendant ce commentaire d'Irabu, Yoshio eut l'impression de comprendre la véritable nature de son mal. S'il avait vu quelqu'un d'autre remplacer le néon dans le couloir, il n'aurait sans doute éprouvé aucune angoisse. En s'en occupant lui-même, il en avait fait son problème.

– J'ai une très bonne idée, dit Irabu en se tapant sur les cuisses. Vous devriez devenir concierge de votre immeuble.

– Hein ?

– Je suis sûr que vous feriez un excellent concierge. Voyez à quel point vous êtes soucieux d'éviter les incendies.

– Non merci, fit Yoshio en grimaçant. Je m'inquiéterais pour les mégots des locataires, vous imaginez ?

Et puis d'abord, son avenir, il le voyait comme reporter. Mais là, il n'avançait plus, et il ne comprenait pas pourquoi.

– Bien, et si nous passions maintenant au véritable traitement ? dit Irabu. (Il se leva de son fauteuil et se mit à faire des rotations du bassin.) C'est une sorte de thérapie comportementale, vous allez voir.

Yoshio leva les yeux vers lui. Une thérapie ? Il eut l'impression qu'un rayon de soleil perçait dans son cœur. Il pouvait donc être guéri ?

– Suivez-moi.

Irabu sortit du cabinet de consultation. Yoshio obéit. En partant, il croisa le regard de l'infirmière. Elle tourna la tête avec indifférence.

Ils quittèrent la clinique et marchèrent dans la rue. Où va-t-on ? se demandait Yoshio tout en le suivant. Irabu fredonnait une chanson. Vu de derrière, on aurait dit une peluche géante. Yoshio se surprit même à chercher une fermeture éclair dans son dos.

Ils traversèrent la voie ferrée et arrivèrent bientôt devant un haut mur de parpaings. Des cerisiers se dressaient de l'autre côté. On sentait la verdure printanière. Les arbres n'allaient pas tarder à bourgeonner.

Yoshio leva les yeux vers le bâtiment devant lui. Il comprit immédiatement qu'il s'agissait d'une clinique : des infirmières allaient et venaient dans les couloirs.

– Il y a une cour de l'autre côté de ce mur, et c'est là que les médecins et le personnel prennent leur pause, dit Irabu.

Où veut-il en venir ? se demanda Yoshio.

– Regardez, il y a du gravier au pied de ces massifs. Prenez une belle grosse pierre.

Irabu s'agenouilla et chercha une pierre. Non, quand même pas…, pensa Yoshio en l'imitant.

– Maintenant, on va les lancer, d'accord ? dit Irabu.

– Attendez, s'il vous plaît, fit Yoshio, les yeux écarquillés. Et si on blesse quelqu'un ?

– On a plus de chances de ne toucher personne.

– Allons, je vous en prie !…

– Sur terre, il y a beaucoup plus d'espace sans personne que d'espace occupé par des gens. Par conséquent, on peut jeter une pierre les yeux fermés, il y a très peu de risque qu'on touche quelqu'un.

– Qu'est-ce que c'est que ce raisonnement ? On est au cœur de Tôkyô ici, et puis d'abord vous avez dit que c'est là que les employés de la clinique prennent leur pause, non ?

– Monsieur Iwamura, ce que vous pouvez être angoissé ! C'est pour ça que vous avez tellement peur des courts-circuits.

– Non, là, je crois que vous faites erreur.

– Pas du tout, c'est pareil, fit Irabu en lui montrant ses dents blanches. Allez, hop !

Et, sans la moindre hésitation, il jeta sa pierre.

Celle-ci, qui avait la taille d'une balle de ping-pong, dessina une jolie parabole dans le ciel bleu et disparut derrière le mur. On l'entendit rebondir sur le sol. Il n'y eut pas de réaction humaine.

– Alors, vous voyez ! s'exclama Irabu en riant. Par contre, c'est pas très amusant… L'autre fois, il y a quelqu'un qui a crié : « Putain, c'est quoi ça ! »

– Docteur, je dois le faire moi aussi ? s'enquit Yoshio avec angoisse.

– Bah oui, c'est votre traitement.

– Vraiment ?

Yoshio prit une pierre malgré les doutes qui l'assaillaient. Avec Irabu, il avait souvent l'impression d'être manipulé.

Il jeta mollement la pierre en direction des cerisiers.

– Non non, pas comme ça, dit Irabu en secouant exagérément la tête. Vous vous retenez. Vous devez vous dire « Je m'en fous » en la lançant. De toute façon, ils sont tous malhonnêtes dans cette clinique.

– Docteur, on ne s'écarte pas un peu du sujet ?

– Pas du tout, pas du tout.

Il éclata d'un rire sonore.

Yoshio ramassa une autre pierre et avala sa salive. En esprit, il vit la pierre s'écraser sur le front d'une belle doctoresse. Il blêmit.

– Docteur, finalement, j'aime autant ne pas le faire. Ça se passerait très mal si je touchais quelqu'un.

– Arrêtez de vous dire « si ceci », « si cela ».

– C'est humain de réfléchir, non ?

– Non mais quel trouillard ! Regardez !

Irabu jeta une deuxième pierre. Cette fois, elle heurta le mur du bâtiment.

Yoshio regarda immédiatement autour de lui. Quelqu'un ne les avait-il pas vus ? Son cœur battait à tout rompre.

Pendant ce temps, Irabu, visiblement indifférent à ce qui se passait autour d'eux, cherchait une autre pierre.

Je suis sans doute bizarre, mais ce type l'est encore plus que moi, pensa Yoshio.

Dans le monde, il y avait ceux qui donnaient des soucis aux autres et ceux qui se faisaient du souci. Irabu appartenait à la première catégorie, et lui à la seconde. C'était parce que les angoissés allaient jusqu'à assumer les soucis que n'avaient pas ceux qui en donnaient aux autres que le monde vivait en paix.

C'était tellement injuste ! Tout le monde aurait dû avoir une part égale d'angoisses.

Yoshio concentra ses forces dans son ventre et se mit en position de lancer sa pierre.

– Tiens, vous avez changé d'avis. Dans ce cas, je vais en jeter une en même temps que vous. Comme ça, on ne saura pas quelle pierre est à qui.

Quoi ? Qu'est-ce qu'il veut dire ? Quoi qu'il en soit, Yoshio lança sa pierre de toutes ses forces. Les deux disparurent dans l'enceinte de la clinique.

Ils entendirent un fracas de verre brisé. Cela résonna très fort : à l'évidence, c'était une vitre épaisse.

Irabu prit ses jambes à son cou. Malgré sa corpulence, il s'éloignait à grande vitesse.

– Docteur, attendez ! s'écria Yoshio, qui se lança aussitôt à sa poursuite.

– C'est votre pierre ! dit Irabu, tandis que ses bajoues se balançaient d'un côté à l'autre.

– Comment ! Qu'est-ce qui vous permet de dire ça ?

Yoshio était à bout de souffle. Il y avait des années qu'il n'avait pas couru à fond.

– La prochaine fois, on le fera avec des cocktails Molotov, d'accord ?

– Ça va pas, non !

– C'est le traitement, le traitement ! Ah, ah, ah !

Yoshio ne trouva rien de pertinent à lui rétorquer.

Si tout le monde avait été comme Irabu, la plupart des angoisses de la planète se seraient évanouies sans laisser de traces.

Merde alors. Il monopolisait l'insouciance à lui tout seul !

Au fait, est-ce qu'on ne les avait pas vus ? Une douleur lui transperça la poitrine.

Quel rôle ingrat on lui réservait ! Yoshio courait dans la rue comme un dératé.

4

Le champ des « actes de vérification compulsifs » de Yoshio s'élargissait lentement mais sûrement.

Tout ce qu'il touchait se mettait ensuite à le préoccuper.

Un soir, dînant avec des amis dans un barbecue coréen, il avait pris l'initiative d'éteindre le gril. Après quoi le doute l'avait saisi : peut-être avait-il mal coupé le gaz et provoqué une fuite ?… Il était revenu tambouriner sur le rideau de fer du restaurant au milieu de la nuit, et quelqu'un avait appelé la police.

Ses angoisses ne se limitaient plus aux incendies. Un jour, il avait relevé une bicyclette tombée sur la chaussée devant une gare. L'ai-je correctement engagée dans le râtelier ? Si les vélos tombent comme des dominos, quelqu'un pourrait être blessé… L'angoisse l'avait envahi dans le train et, toutes affaires cessantes, il avait fait demi-tour pour aller vérifier.

Aussi, lorsqu'une jeune femme lui avait demandé de l'aide pour changer un pneu crevé de sa voiture, avait-il immédiatement refusé. Il savait qu'ensuite il serait inévitablement poursuivi par la crainte d'avoir mal serré les boulons.

Voyant l'incrédulité de la femme, Yoshio avait songé que le mariage était une perspective compromise pour lui et considéré son avenir avec pessimisme.

Devenir concierge, comme Irabu le lui avait suggéré, ne l'intéressait pas, mais il se mit à envisager une profession qui consiste à surveiller les navires suspects au large de la mer de Chine orientale. Puisque la surveillance, c'était ce qu'il faisait le mieux…

Son quotidien était déjà passablement déprimant lorsqu'un nouveau coup dur lui arriva.

Le poète SDF à qui il avait consacré un portrait avait agressé plusieurs lycéennes. Il avait apparemment gagné leur confiance en leur montrant le magazine dans lequel était publié l'article de Yoshio. Au lieu d'aller à la police, les lycéennes étaient venues se plaindre à la rédaction.

– Je vous l'avais bien dit, non ? Ce type est un escroc. Franchement, monsieur Iwamura, vous êtes trop sensible à ce genre de boniment contestataire.

Yoshio ne sut que répondre aux récriminations de Kinoshita. Mais le plus important, c'étaient les mesures à prendre : il fallait arrêter l'homme avant qu'il ne fasse d'autres victimes.

– On s'en fout, laissez tomber, dit Kinoshita, se donnant des airs de grand seigneur. Elles l'accusent d'agression, mais en fait il leur a juste peloté les nichons. Quand les filles se sont mises à crier, il paraît qu'il s'est sauvé. Ce type est un minable. Quant aux filles, sans doute parce que quelqu'un le leur a suggéré, elles nous ont réclamé des dédommagements en nature, du genre « qu'est-ce que vous allez faire pour nous ? ». On leur a envoyé des boîtes d'échantillons de produits de beauté qu'on a piquées aux rédactions des magazines féminins, et après elles sont redevenues douces comme des agneaux.

– Oui, mais il y a toujours récidive dans les crimes sexuels.

– Allons, allons, monsieur Iwamura, vous vous angoissez pour un rien.

– C'est moi qui ai parlé de lui dans le magazine. J'ai une responsabilité morale, non ?

– Mais non, pas du tout. Si encore on avait fait un grand sujet sur lui, je voudrais bien, mais ce n'était qu'un petit article d'une page. Même s'il avait tué quelqu'un, ça n'aurait rien à voir avec nous.

S'il avait tué quelqu'un ? Quelle horreur ! Le cœur de Yoshio se remplit de ténèbres.

Plus un homme était peureux, plus il paniquait facilement. Si la fille poussait des cris, il l'étranglerait de crainte d'être découvert.

Yoshio se prit la tête entre les mains. Sa responsabilité n'allait tout de même pas jusque-là…

Il demanda conseil à Irabu, qui éclata de rire.

– Même s'il lâchait une bombe atomique, ça n'aurait rien à voir avec vous.

Cela le rassura un peu. Ces derniers temps, ses visites à la Clinique générale Irabu lui donnaient beaucoup à penser. Il mettait toujours deux heures avant de réussir à sortir de chez lui, mais il se sentait étrangement détendu quand il arrivait dans le cabinet d'Irabu. Cela avait

peut-être à voir avec ce qu'on appelle la «zoothéra-
pie»? Cela ressemblait à l'apaisement qu'on ressent en
contemplant des chameaux ou des buffles dans un zoo.

– Cet homme, on n'a qu'à l'attraper et le forcer à
lancer un cocktail Molotov sur l'autre clinique.

Toutefois, Irabu demeurait un mystère pour Yoshio.
Aujourd'hui aussi, il lui annonça qu'ils allaient faire un
exercice de «thérapie comportementale».

– Docteur, si c'est quelque chose comme l'autre
jour, je refuse.

– Ne vous inquiétez pas. Cette fois, on va prendre
uniquement pour cible le directeur de la clinique.

– Hein?

– C'est un sale type. Il touche des pots-de-vin des
sociétés pharmaceutiques et il n'arrête pas de dire du
mal de notre clinique…

– Docteur, il va porter plainte.

– Pas grave, pas grave. Il a trop à se reprocher,
jamais il n'osera courir chez les flics.

Tout en montrant ses dents blanches, Irabu secoua
son ventre des deux mains.

– Et donc, qu'est-ce que vous voulez faire? demanda
craintivement Yoshio.

– Je veux qu'on desserre les boulons des roues de
sa Mercedes.

– Jamais de la vie! refusa tout net Yoshio. Vous
imaginez ce qui arrivera si une roue se détache pendant
qu'il roule?

– Bah, il aura un accident, dit Irabu avec indifférence.

– Et si ça le tue? Ou si une personne qui n'a rien à
voir est blessée? protesta Yoshio en postillonnant.

– Ça, ce sont les risques à prendre. Qu'une roue se
détache, qu'il ait un accident, qu'il y ait un mort.

– Mais enfin, pourquoi ? ! s'exclama Yoshio d'une voix éraillée.

– Entraînement à la pensée positive, répondit Irabu en prenant une grosse voix.

– C'est faux. Vous m'utilisez uniquement pour vous venger d'une clinique rivale.

– Ah, vous m'avez percé à jour alors ? fit Irabu en se fendant soudain d'un sourire.

– C'est pas très compliqué !

Yoshio était effaré. La thérapie dont il avait besoin, il la trouverait dans un ouvrage de médecine. Il appréciait de parler à Irabu, mais il ne fallait pas lui en demander davantage.

Le plus urgent, c'était de s'occuper du SDF. En fin de compte, il ne pouvait pas le laisser comme ça dans la nature.

Yoshio se rendit au parc Yoyogi. Il interrogea d'autres SDF, qui lui dirent tous en chœur qu'ils ne l'avaient pas vu récemment. Sans doute n'avait-il pas pu rester plus longtemps dans le quartier de Harajuku.

Ne voyant pas d'autre solution, il partit à sa recherche jusqu'à Shibuya et Shinjuku. Il l'imaginait montrant l'article du magazine à des petites filles et abusant d'elles sexuellement, et ces images ne quittaient plus son esprit.

– Vous avez perdu la tête ? fit Kinoshita en le regardant d'un œil méprisant. À ce rythme-là, vous allez bientôt me dire que c'est à cause de vous que les boîtes aux lettres sont rouges.

Yoshio avait décidé de confier à Kinoshita le choix des personnes dont les portraits paraîtraient dans le cadre de la série. Ceux qu'il avait choisis, il sentait qu'il aurait fini par enquêter sur leur passé.

Il existait apparemment un réseau informel entre les SDF, car, une fois qu'il en eut trouvé un qui le connaissait, il obtint des informations grâce au téléphone arabe. Quelqu'un l'avait vu à Ebisu, un autre à Nakano. Mais l'homme devait se déplacer sans cesse ; il était déjà parti lorsque Yoshio se rendit dans ces deux quartiers.

Je suis ridicule, pensa-t-il. Même si je réussis à mettre la main dessus, je n'ai pas l'intention de le dénoncer… Il soupira. Je me contenterai de le voir et de lui dire : «Fais-moi le plaisir de ne pas utiliser mon article à de mauvaises fins.» Ça me rassurera et ça me déchargera du fardeau que j'ai sur les épaules.

Tout avait commencé avec les mégots de cigarettes mal éteints. Mais pourquoi cela avait-il pris une telle dimension ? Depuis l'enfance, il avait eu un sens des responsabilités beaucoup plus développé que les autres. Mais, en même temps, le fait est qu'il était aussi peureux. Lors d'un voyage scolaire, à l'époque où il était délégué de classe, il avait fait l'appel tant de fois que tout le monde en avait eu marre de lui. Il avait peur de l'échec.

Au bout de quelque temps, on lui rapporta que l'homme avait été vu dans le parc près de la sortie ouest de la gare d'Ikebukuro.

Il s'y rendit en toute hâte et tomba sur le poète SDF ; il tenait son petit commerce dans un coin du parc. «Je l'ai trouvé !» s'exclama Yoshio sans le vouloir. Il vendait encore des poèmes à des lycéennes.

– Hé, toi ! lui dit Yoshio. Je te cherchais.

L'homme blêmit à vue d'œil et fit un pas en arrière.

– L'article que j'ai écrit, je t'interdis de t'en servir pour…

Il prit la fuite avant que Yoshio ait le temps de terminer sa phrase. Hé, tu te trompes ! lui cria-t-il intérieurement en se lançant à sa poursuite. L'homme trébucha et roula par terre sous ses yeux.

– Tu n'as pas besoin de t'enfuir, dit Yoshio en l'attrapant par le bras et en le remettant debout. Je ne vais pas te livrer à la police ou quoi que ce soit de ce genre…

Il sentit un coup à la mâchoire. Ce type l'avait frappé ! Et un coup de poing, en plus ! Son visage devint rouge de colère.

L'homme courait à toutes jambes vers la sortie du parc. Yoshio le poursuivit. Il n'était plus question de simplement l'avertir. Il ne serait content que lorsqu'il lui aurait cassé la gueule.

Il lui courut après dans les rues d'Ikebukuro comme dans un téléfilm policier. L'homme percuta la bicyclette d'un livreur. Des nouilles de sarrasin voltigèrent et atterrirent sur la tête de Yoshio qui, encore plus furieux, se jura qu'il ne le laisserait pas filer.

Il le rattrapa à l'angle d'une rue et lui sauta dessus. Ça va faire mal quand je vais toucher le sol, se dit-il vaguement, mais son corps agissait de son propre chef.

L'homme tomba en avant sur le goudron. De petits sachets de plastique jaillirent des poches de son blouson et s'éparpillèrent sur la route. Ils étaient pleins d'une poudre blanche.

«Le poète des rues était en réalité un dealer.»

«La traque d'un reporter : Ne te sers pas de mon article pour tes méfaits !»

Yoshio, trouvant fastidieux d'y revenir en détail, avait laissé les médias dire ce qu'ils voulaient sur l'affaire. Résultat, on le traitait soudain en héros. Il eut beau fuir, sa réputation de «jeune homme modeste» grandit encore davantage et il reçut une foule de demandes de collaboration. D'une manière inattendue, ses « actes de vérification compulsifs » s'étaient révélés utiles à la société.

– C'est impressionnant, monsieur Iwamura ! Vous êtes devenu une célébrité ! se réjouit Irabu comme s'il s'agissait de lui-même. On en profite pour faire une séance de thérapie comportementale ?

– Non merci !

Yoshio se rendait toujours quotidiennement à la clinique. Il n'aurait su dire combien de piqûres on lui avait infligées.

– Au moins, vous avez appris à réfléchir de manière constructive, non ? C'est grâce aux gens vigilants que la sécurité du monde est assurée.

– Mais si je suis le seul à assurer toute la sécurité, c'est injuste !

– Dans ce cas, on doit s'occuper des pneus de la Mercedes, dit Irabu, boudant comme un enfant.

– Quel est le rapport ?

– Vous n'avez qu'à vous délester de tout ça, laisser quelqu'un d'autre assurer la sécurité. Déchargez-vous de vos angoisses. Par exemple, vous êtes dans un bus et la plupart des passagers doivent descendre à l'arrêt suivant. Disons une gare ou bien une cité HLM. À ce moment-là, vous n'appuyez pas sur le bouton « Arrêt demandé » ; vous laissez quelqu'un d'autre le faire. Ne vous inquiétez pas. Il y aura toujours quelqu'un qui le fera. Personne n'aime rater son arrêt.

C'était tellement vrai. Il était toujours celui qui prenait l'initiative de demander l'arrêt.

– La Mercedes appartient au directeur de la clinique, alors ce serait bien de lui donner un peu de souci. Vous ne croyez pas ?

Là, la logique de son raisonnement m'échappe, pensa Yoshio. Irabu était-il intelligent, ou complètement idiot ?

– Je me demande si je ne vais pas le faire moi-même, dit-il, riant avec insouciance.

Yoshio bavarda avec lui jusqu'en fin de journée, puis quitta la clinique. Comme il avait faim, il dîna dans un petit restaurant des environs avant de flâner en direction de la gare.

Il se retrouva par hasard à proximité de l'enceinte de la clinique où il était venu avec Irabu. Au bout de la rue, il aperçut justement ce dernier, dans sa blouse blanche.

Il sortait de la clinique, une boîte à outils à la main.

Une boîte à outils ? Le temps qu'il se demande s'il devait l'appeler, Irabu montait dans sa Porsche. Le vrombissement du moteur retentit aux alentours. Les phares s'allumèrent et la voiture partit.

Non, c'est pas possible ? Yoshio se figea sur place, frappé de stupeur. Il avait réellement desserré les boulons des roues ? C'était un délit grave. On l'inculperait pour « blessures volontaires » si cela provoquait un accident.

Je ne peux pas fermer les yeux là-dessus, pensa-t-il. Pour le bien d'Irabu, je ne peux pas. Il alla jusqu'à l'entrée de la clinique et jeta un coup d'œil à l'intérieur. Les heures de visites étaient passées. Ne portant pas de blouse blanche, il ne pouvait pas entrer sans se faire remarquer.

La Mercedes apparut à ce moment-là dans l'allée. Un homme d'une soixantaine d'années était au volant.

Oh non ! Non ! Les genoux de Yoshio se mirent à flageoler. Il devait l'arrêter coûte que coûte. Dans le pire des cas, il risquait d'y avoir des morts.

Yoshio courut derrière la voiture. Il la rattrapa à un feu rouge et frappa à la vitre. L'homme le regarda avec une expression de surprise.

– Ouvrez, s'il vous plaît ! Vous n'avez rien à craindre de moi ! hurla-t-il.

L'homme ne baissa pas la vitre. Il regarda devant lui, visiblement effrayé, et démarra en trombe dès que le feu vira au vert.

Mon Dieu ! Cet homme se méprenait sur son compte.

Yoshio se lança de nouveau à sa poursuite. En ville, il y avait beaucoup de feux tricolores. La voiture ne pouvait pas prendre beaucoup de vitesse.

Malgré tout, pourquoi devait-il faire une chose pareille ? Irabu avait parlé de se « décharger de son angoisse sur les autres ». À l'évidence, il était un de ces « autres ».

Comme il voulait l'arrêter coûte que coûte, il se mit à crier.

– Arrêtez cette Mercedes ! hurlait-il à pleins poumons.

Alors, dans la panique, le directeur de la clinique donna sans doute un coup de volant malheureux car la Mercedes alla s'encastrer dans un poteau électrique. De la fumée jaillit du radiateur et le coffre s'ouvrit tout seul. Des passants accoururent.

Yoshio arriva près de la voiture. Il jeta par hasard un coup d'œil dans le coffre. Il était plein de sacs-poubelle transparents contenant des centaines de seringues. Le directeur ne bougeait pas de son siège, de l'écume à la bouche.

« Un directeur de clinique accusé de destruction illégale de seringues : l'éthique médicale en question. »

« Yoshio Iwamura, la ténacité d'un reporter. »

Le monde était plein de mystères. Un rôle nous y était assigné, et on ne pouvait sans doute pas en changer.

D'aucuns donnaient des soucis aux autres, et d'autres se tracassaient de choses qui ne les regardaient pas. Le caractère était une maladie incurable.

– Certainement pas ! Je n'ai pas desserré les boulons de ses roues ! se défendit Irabu, sans que Yoshio sache s'il devait le croire. J'ai juste coupé l'alimentation d'eau dans les toilettes. Pour que le caca ne soit pas évacué.

Yoshio ne trouva rien à répondre.

– Reporter, c'est une vocation, dit Irabu en souriant et en s'enfonçant dans son fauteuil. Ce n'est pas un travail pour les optimistes.

Il y a une manière de dire les choses, pensa Yoshio.

Dans ce cas, la psychiatrie était aussi une vocation pour Irabu. Son tempérament ne laissait pas les gens prendre les choses trop au sérieux.

– Docteur, j'ai emménagé dans une pension complète à Hongô, dit Yoshio.

Ne pouvant se débarrasser de sa peur des incendies, il avait, en désespoir de cause, opté pour la vie de pension. C'était assez original pour un homme dans la trentaine.

– Oh, chouette, comme un étudiant alors ! s'exclama Irabu avec envie. Je passerai vous voir un de ces jours, d'accord ?

– Avec plaisir, répondit évidemment Yoshio.

Irabu lui sourit de toutes ses dents.

C'était bon d'avoir un refuge où aller. Yoshio était un peu plus en paix avec le monde.

Table

COMPOSITION : IGS-CP À L'ISLE-D'ESPAGNAC
IMPRESSION : CPI BRODARD ET TAUPIN À LA FLÈCHE
DÉPÔT LÉGAL : SEPTEMBRE 2014. N° 117036 (3006064)
IMPRIMÉ EN FRANCE

Éditions Points

le cercle

Le catalogue complet de nos collections est sur
Le Cercle Points, ainsi que des interviews de vos
auteurs préférés, des jeux-concours, des conseils
de lecture, des extraits en avant-première…

www.lecerclepoints.com